U0029614

柴田元幸

翻譯教室

自由、推理、激辯，
東大師生的完美翻譯示範

Shibata Motoyuki

LECTURES
ON LITERARY
TRANSLATION

THE 10 MOST POPULAR UTOKYO TRANSLATION LECTURES

目次

編按

　　原著在將英文字彙譯成日文時，有時會譯成片假名（以片假名拼音方式形成日文），此日文大多帶有外來語色彩。日本譯者在翻譯時，若將字彙譯成片假名，應視為有意識的選擇，本書為了讓讀者看到這種譯表現，在日譯中時選擇保留片假名，不直接譯成中文，但在後方夾注英文原文及中文翻譯。

例：「ホーム・ラン」（home run；全壘打）

前言

柴田元幸

這本書是將 2004 年 10 月到 2005 年 1 月為止，在東大文學系的課程「西洋近代語學近代文學演習第 1 部　翻譯演習」的內容直接化為文字的結果。課堂中的口誤和矛盾等都經過修正，特別是教師的一連串不合理、不明所以的發言，也做了某些程度的合理化修飾，不過基本進行方式都跟實際課堂相同。

　　在這本書中可以看到實際課堂上哪些問題會讓教師和學生特別熱辯得欲罷不能，若是對翻譯或者文字技巧等並不特別感興趣的人，或許會認為那大多是微不足道的爭論。但是也有人認為，一個地方能熱切討論社會上多數人覺得無關緊要的事，才夠格稱為大學。再說，這世上本來就沒有什麼問題能讓萬人同聲認同是全天下最重要的大事。任何事都可能對某人來說無關緊要、對某人來說至關重要。在這 2004 年的課堂中，不知為何聚集了不少認為翻譯這個問題至關重要的人，是個相當幸運的場域。我也由衷希望整理內容成書後，能讓更多有同樣想法的朋友模擬參與討論。

　　課堂的進行方式大致如下：首先我會事先發下習題，請所有學生翻譯、繳交譯文。這些譯文由教師和幾個研究生（該學期有三個）分工修改，寫上評語後在上課時發還。上課時學生手邊會有領回的譯文。課堂上會使用懸吊式攝影機，簡稱 OHC，又稱俯視攝影機，或是教材提示裝置，這種工具始終沒有固定名稱，總之就是一部簡單的放映攝影機，可以把事先列印出來的學生譯文映在畫面上提示，一邊跟學生討論，教師當場批改。課堂結束時學生繳交下次上課的習題譯文……這樣的過程重複了一個學期。學生幾乎每星期都得交出翻譯，是挺吃力的一門課。

　　從 1993 年到 2001 年，我在教養學系開這門課的時候，授課對象是所有學系的學生，選修人數多達 100 ～ 400 人，授課方式多半是教師

一個人講課、對著畫面上的譯文批改（很少有學生能在 200 人面前自在發言），2002 年以後我開始在文學系開這門課，授課對象基本上都是文學系學生（也有少部分其他系感興趣的人聞風而來），選修人數大約 40～60 人左右，教師和學生得以在課堂上做各種討論。其中，2004 年的課堂討論氣氛莫名熱烈。有人常喜歡強調名師、劣師的差異，其實我覺得，一堂課的好壞主要還是掌握在參與的學生手中。

要怎麼讀這本書，當然是讀者的自由。這本書沒必要從第一章開始依序閱讀（其實前兩章的內容最細雜，可能從第三章開始看比較容易進入狀況）。不過，若試著用參加虛擬課堂的觀點來思考如何利用本書，最理想的方式還是像課堂上的學生那樣，先親自面對原文，就算不親自試譯，至少也在腦中想想「這裡該怎麼譯？」，把原文讀透一遍。還有，很遺憾讀者的譯文無法由教師或院生團隊來批改，但各位可以把存在自己腦中或者已確實寫在紙上的譯文，與各章末尾收錄的教師譯文範例作比較，自行批改，再開始「上課」。

為了讓讀者能更輕鬆地閱讀原文，我也想過要不要加上注釋，但是這種一個英文單字對應一個譯詞的注釋，對翻譯有百害而無一利。儘管比較費事，但長遠看來我還是認為利用字典「閱讀」每個生字的定義和例句，由此掌握詞語整體的「面貌」，才是有益的做法。如同我對待學生的方式，我也同樣將習題原封不動地丟給各位讀者。像這樣親自讀過、譯過，然後發現「這裡該怎麼處理才好？」、「這個地方就是看不懂」，在腦中帶著幾個問號來「上課」，就是最棒的過程。

該感謝的人很多。首先是渡邊利雄老師和島田太郎老師，這兩位在筆者的學生時代灌輸筆者正確閱讀英語的重要性，還有每次上課都踴躍發言的學生，以及曾經應邀來授課的傑・魯賓（Jay Rubin）和村上春樹先生。有兩位蒞臨的課堂，學生的表情真的都容光煥發，我在一

旁看了也很高興。還要感謝每次提供課堂協助的小野進老師等視聽覺教育中心的各位，以及文學系教務課的各位。雖然基於公司方針不便在此公布名字，但我也要特別謝謝每次到教室來錄製上課過程、將錄音文字化的責任編輯。每週跟我一起批改學生提交譯文的研究生，新井景子小姐、小澤英實小姐、小路恭子小姐，謝謝妳們。以前不管100份或200份，我都得獨自看完批改，但是現在能挪來閱讀報告的時間減少、體力衰退，再加上大腦的轉數（rpm）也大幅降低，研究生助教（TA）已經是我不可或缺的左右手。另外小澤小姐在本書原稿的階段已經先行讀過，並給了無數建設性意見。多虧了她的幫忙，全書的明瞭度提升了20%。在此一併致謝。

今年因為時間關係無法舉行，不過往年我都很期待授課結束後跟TA邊吃午餐邊舉行「反省會」。承蒙反省會上眾TA給我的意見，課程才有了許多改善。這本書要獻給自1993年以來協助這堂課的所有TA，特別是前山佳朱彥先生，他多年來幫我尋找習題、照顧學生，在許多方面都提供我授課上的協助。

譯序

所謂忠實，
在於忠於讀者的感受

詹慕如

這本書的題材特別，體裁也特別，可以說如實地將一門翻譯課化為文字。

全書共有九篇文章加上一場村上春樹先生的特別講座，還邀請了村上春樹先生作品的英譯者傑‧魯賓先生加入討論，總共十堂課的內容，分量十足。

每堂課依照事先指派的翻譯功課，進行逐段討論，基本上讓學生們自由表達對範例譯文的意見，再由老師點評；當然老師也會主動提出一些該注意的重要問題。

處理這本書時，我的進行順序是先依著日文譯出一遍，再回頭對照英文原文；翻完下面針對此段的解說後，回頭修改；每章最後有教師的翻譯範例，這時還要前後對照下點工夫，表現出學生譯文和教師譯例之間的差異；其中某些章節引用了坊間既有的譯本，當然得再調整中文譯法，表現出各種譯本獨特的味道。

也就是說，同一篇文章約要翻上兩到三次，並且要給每一種譯法不同的表情。我英文造詣不佳，偶爾遇上難解的原文，還不時要勞煩英文譯友出手相救，替我說文解字一番。

在這樣字斟句酌的過程中，必須不斷回頭修改原本翻好的文字，原本下意識選擇的字詞，也會在過程中重新被端上檯面，從各種角度反覆檢視。

這種調整修改的過程不比一般潤稿，更加費神也困難。前半段的工作尚能單純專注在字句的正確度上，愈到後期加入多種譯本比較時，在正確度的基礎上，更重要的是呈現出每種譯本文氣、風格，甚至翻譯策略的不同。

說老實話，遇到某些難以順利將原文的日文解釋轉換為中文的部分，我心裡不免沮喪挫折，甚至有點懊惱後悔，「唉！何必硬要翻一

本用日文來講解英翻日技巧的書？」

　等到全書譯畢，最艱難的作業結束，進入最後階段的修潤時，我才終於能比較冷靜客觀地看待這本書。

　書中討論的問題，固然有一部分侷限於日文這個語言的文法、文化特殊性，例如片假名、漢字的比較、多樣的人稱變化、日文語序等等，這些對於閱讀中文的讀者來說或許沒有太大意義；不過這本書更有趣的部分，在於生動地呈現了一位日本教授如何教授翻譯、如何在課堂中表達他的翻譯觀點。

　其中作者最重視的，我認為是譯文的忠實。而什麼是作者所謂的忠實譯文？引用作者的解釋，簡單地說就是「奇怪的原文就要有奇怪的譯文」。

　作者認為，譯者首先要了解每一個字詞在原文中的力度及意義，然後在譯文中試圖表現出相同分量。

　「就像我剛剛說如果英文裡有五次 she，日文中大約三次具有同等效果，跟 Are you crazy 效果相當的說法並不是『你瘋了嗎？』。」

　同樣一個字，在不同語言中的「強度」不同，因此照字直翻不見得是最好的策略。

　「總之，能不能讓讀者腦中自然浮現出一個年輕人跟女孩一起散步的情景，才是最大的關鍵。」

　所謂的忠實，不在忠於文字本身、力圖精確對照，而在於忠於讀者的感受，讓閱讀不同文字的讀者，能獲得相同的感動。

　另外，可以運用文字長短、標點符號等來營造文章的節奏感，還有必須掌握敘事者跟人物之間的距離、咀嚼原文的調性風格後再下筆等等，也都是超乎語言差異的共通準則。

　對於翻譯有興趣的朋友，可以如作者的建議，看完習題原文之後

實際試翻一次，然後再對照接下來的討論過程，享受虛擬課堂的感覺。當然也可以純粹隔空旁聽，透過每堂課的不同主題概略感受近現代英美文學的風格，了解作者的翻譯觀點。我自己個人很喜歡這位教授在課堂上詼諧風趣、沒有架子，對誤譯嚴謹，但開放接受學生意見的態度。

為了盡量不影響閱讀，文中盡可能不標示日文原文，只留下少部分不得已必須保留或加注之處。讀懂日文的朋友閱讀這些保留的原文，或許也有另一番樂趣。

轉換至第三種語言的譯文，或有牽強、不盡理想之處，感謝編輯在初稿階段仔細地修改、給與諸多建議，以及許多譯友各方面的鼎力相助。

翻譯過程中對譯稿的琢磨，讓我深深反省自己平時對於文字的敏感度之不足。

用字決定文章風格這件事，似是理所當然地存在每一個靠文字維生的人心中，但是當我自問，我是不是夠認真地面對每一個字，讓它足以面對來自各種角度的檢視考驗而依然成立？我有沒有替每一個譯文挑選出最適合、最能表達原文涵義的字句？

說來慚愧，很多時候並沒有保留足夠充裕的時間，能像這樣對某個字詞不斷鑽研、再三反覆玩味。

這趟旅程對我來說，不僅是一門翻譯教室，更是一門提醒自省、謙卑的課堂。

1

史都華・戴貝克
Stuart Dybek

故鄉
Hometown

Not everyone still has a place from where they've come, so you try to describe it to a city girl one summer evening, strolling together past heroic status and the homeless camped out like picnickers the grass of a park that's on the verge of turning bronze. The shouts of Spanish kids from the baseball diamond beyond the park lagoon reminds you of playing outfield for the hometown team by the floodlights or tractors and combines, and an enormous,rising moon. At twilight you could see the seams of the moon more clearly than the seams of the ball. You can remember a home run sailing over your head into a cornfield, sending up a cloudburst of crows...

Later, heading back with her to your dingy flat past open bars, the smell of sweat and spilled beer dissolves into a childhood odor of fermentation : the sour,abandoned granaries by the railroad tracks where the single spark from a match might still explode. A gang of boys would go there to smoke and sometimes, they said, to meet a certain girl. They never knew when she'd be there.Just before she appeared the whine of locusts became deafening and grasshoppers whirred through the shimmering air. The daylight moon suddenly grew near enough for them to see that it was filled with the reflection of their little hometown fragment of the world,and then the gliding shadow of a hawk ignited an explosion of pigeons from the granary silos. They said a crazy bum lived back there too, but you never got to look at him.

翻譯教室

柴田 好，第一次的習題請大家譯的是史都華・戴貝克在 1993 年推出的小冊《The Story of Mist》（State Street Press）中收錄的作品。發下去的文章有兩頁，其中一頁節錄了各位事前交的作業，串接了六個人的譯文。另一頁是我的譯文。

整體來説譯得很不錯，通常針對一、二年級學生上這堂課時，第一次的作業往往慘不忍睹，不過大家不愧是三、四年的文學系學生，水準相當高。當然還是有很多部分可以修改，但是我想大家對英翻日該如何著手，都已經有了大致的概念。那我們就馬上進入正題吧。

啊，開始之前，我上次忘了告訴大家標題〈Hometown〉也要譯。不過還是有人譯出來了，大概有這幾種譯法。

「故鄉」、「ホトムタウン」（hometown；故鄉）、「我出生的地方」、「故里」……

似乎沒有太多可以發揮的空間。不過我個人對於用片假名來解決還是有些抗拒。像最近的電影標題，動不動就冠上片假名不是嗎？以前則剛好相反，什麼都要「譯」，例如把 Waterloo Bridge 譯成《哀愁》[1]之類的，很多都跟英文原名沒太大關係，不過標題如果譯得好，還能多提供不少資訊。像這裡的〈Hometown〉，最好還是譯為日文，不要直接用片假名「ホームタウン」帶過。下次開始請大家記得譯標題。

不過下次是〈Carp〉，好像只有〈鯉魚〉一種譯法（笑）。那我們先看開頭吧。

> Not everyone still has a place from where they've come, so you try to describe it to a city girl one summer evening, strolling together past heroic statues and the homeless camped out like picnickers on the grass of a park that's on the verge of turning bronze.

1　電影《魂斷藍橋》的日文片名。

柴田　好。先看到這裡。

　　首先是第二行的 a city girl，大部分人都譯成「都市女孩」，其實這樣就夠了。根據上下文，有時候當然可以譯成「都會女子」，但並不適合這裡的文意。「都會女子」、「都會男子」意味著這個年輕女性或男性在文化上的時尚、幹練感，不過這裡講得更單純，只是交代這個女孩在哪裡出生長大而已，所以不適合套用這樣的譯法。

　　那我們來看看學生譯文。

學生譯文 1

　　並不是每個人都有故鄉。因此在某個夏天傍晚，你企圖跟一個在都市長大的女孩說明這件事。你跟她一起從英雄群像前，和在快要變成褐色的公園草地上，彷彿正在野餐般的流浪漢前走過，隨意漫步。

柴田　關於這種譯法，任何地方都可以，不管好的還是壞的，大家都可以說說自己的意見。（指向舉手的學生）A，請說。

A　　以「你跟她一起……」開頭的這個句子太長了。

柴田　確實是。

A　　「快要變成褐色的公園草地上」後面有逗點，如果把這個逗點拿掉，句子會稍微短一點。

柴田　原來如此。這裡的句型結構是「通過 A 跟 B」（strolling together past heroic statues and the homeless）。走過英雄群像之後，再走過流浪漢前，總共分成兩大部分，如果把第二大部分「在正要變成褐色的公園草地上，彷彿正在野餐般暫居的流浪漢前」從中間截斷，比較難查覺這是一個完整部分。所以這個逗點確實拿掉比較好。其他還有嗎？

A　　啊，還有一點。「從……走過，隨意漫步」這裡好像有點不妥……

柴田 兩個類似動詞並列，但沒有什麼必然性是吧。有什麼取代方案嗎？

A 原文是 strolling together past...。先譯 strolling together，這就已經是「一起漫步」的意思了吧？

柴田 嗯。這個譯文把「一起」拿到「英雄群像」之前了。

A 我覺得先講「漫步」可能比較好。原文中的 strolling 也放在很前面。

柴田 喔，我覺得這樣不錯。目前的句子已經思考得很仔細，並不難理解，如果改為「跟她一起漫步」，更可以先傳達出兩人一起悠閒走路的整體印象。但是這麼一來，「從……走過」要怎麼處理？

A 不好意思，我的譯法只有把「漫步」稍微挪前一點，並沒有拿到那麼前面。我只是把「走過」和「漫步」對調，變成「隨意漫步通過流浪漢」而已。

柴田 這樣嗎。可是「通過流浪漢」聽起來好像穿過流浪漢的身體耶（笑）。改成「從流浪漢面前走過」可能比較好。

關於把「漫步」移到前面這一點，這是翻譯的基本原則之一，我再仔細說明一些。大家先看看原文，首先是 one summer evening，一開始就點出大致的季節和時間框架，在這個框架裡他跟女孩做了什麼呢？strolling together past... 也就是兩人一起隨意漫步、從某些東西前面走過，在這裡提示了一個大概情景。然後介紹他們經過時面前有些什麼東西。「英雄群像」、「快要轉為褐色的公園草地」、「流浪漢」。

所以這裡先說出核心資訊，然後再描寫細節。這是英文語序的基礎。但是譯為日文時，因為日文動詞在句子最後，大家往往會先出現細節描寫，再把整體印象放到最後，這裡就需要下一番工夫處理。比方說，先說出呈現整體氣氛的「隨意漫步」這類關鍵字等等。先講了英雄群像這些細節，只會讓讀者不知道該帶著什麼樣的心情往下讀，很難進入狀況。

B 一開始的 Not everyone still has a place from where they've come，直譯為日文好像會產生誤解。

柴田 沒有錯。這個學生譯文也譯成了「並不是每個人都有故鄉」，漏掉了表示「還有」或者「仍然」的 still。

B 是啊，這樣看起來好像原本就沒有故鄉。我把這句解釋為「人們已經沒有故鄉了」……咦，我的理解是不是很奇怪？

柴田 這裡因為是 Not everyone，以教科書文法來說屬於部分否定。所以意思是「現在有人還有，但也有人沒有」。接著後面還有 still，這句話隱含的意思是以前大家都會說 I come from 我從哪裡來，但是現在很多人的生長環境改變，他們已經不會這麼說了。

B 可是這麼一來，就等於在都市長大的人也有故鄉了不是嗎？這樣是對的嗎？

柴田 沒有錯。啊，對了。這可能是因為我也看過 Dybek 其他作品，所以比較容易判斷。這位作家筆下的背景幾乎都是芝加哥的老街。雖然處於都會中，但是卻讓人產生類似故鄉的感覺，在這種地方生長的人，會說 I come from the South Side of Chicago，所以這些人雖然在都會長大，還是有 a place from where they've come。想到這裡，我想 B 的問題核心應該在於「故鄉」這個詞語恰不恰當對吧？

B 是。

柴田 確實有這個問題。不過我想應該沒有相當於 a place where they've come from 的日文。這麼一來還是得用「故鄉」或者「老家」等詞語。只能勉強用這些近似字來套用了。

B 嗯。我用的標題是「我出生的地方」。因為我想避開「故鄉」這兩個字。至少用「出身地」之類的。

柴田 聽你這麼說好像也無不可，但是出身地，聽起來讓我聯想到相撲選手出場前的廣播「東京都出身、〇〇團體」呢（笑）。那……如果

是「生長的地方」怎麼樣？是不是可以用「現在已經不是人人都有生長的地方了」來處理？「出生的地方」人人都有，所以寫成「生長的地方」其他人覺得如何？

C 老師。那譯成「心靈故鄉」怎麼樣？

柴田 嗯，這樣嗎……不過都市裡的老街能不能用「故鄉」來解釋的問題，還是沒有解決啊。「心靈的～」是一個不錯的方向，但總覺得有點太過感傷。如果想強調這種感覺的話，我剛剛聽大家的各種意見突然想到，「稱得上故鄉的地方」怎麼樣？比方說「現在已經不是人人都有稱得上故鄉的地方了」。加上「稱得上……」這層緩衝，即使是都市裡的老街，感覺好像也不會太突兀。

　　整體來說，我還有一點要提醒各位。我看到很多人都沒有把「你」這個字翻出來，這應該是準備入學考的影響吧。我批改入學考的試卷時，發現英翻日的題目裡如果出現指稱一般人的 you，很多人都不譯出來，這樣寫出來的日文非常不自然。我想應該是補習班裡教大家「指一般人類的 you 不用譯」，大家就傻傻地照辦了。那確實是一種技巧，但如果日文聽起來不自然就本末倒置了。而且在這個情境中是跟一個女孩一起散步，並不是指一般人類的 you，而是指更個人化的對象。所以譯出「你」一點問題都沒有。不過待會我們可以再想想，該怎麼看待這篇文章中的最後一句，you never got a look at him 裡的 you，這確實令人猶豫。在那個句子裡的 you 似乎指的是比較一般化的對象。

　　還有，homeless camped out like picnickers 這個地方，如果譯成「暫居的流浪漢」，是不是表示流浪漢有定居跟暫居的差別呢（笑）？這裡的重點如同剛剛所說，必須拿掉逗點，讓句子看起來是一個整體，所以最好盡量用短一點的詞組。那我自己是怎麼譯的？我寫的是「紮著營的流浪漢」。一點也不短嘛（笑）。也有人譯成「露宿」，這也是一種譯法。總之，「暫居」這兩個字感覺太過沉重。還可以考慮用「住了下來」這個說法，但是這樣一來，跟前面「彷彿正在野餐」就不太搭

調。我之所以選擇用「紮營」，也是為了和「野餐」一詞的印象可以更順暢地連接。直到「像野餐遊客一樣紮著營」這裡為止，呈現出悠閒恬適的氣息，下面緊接著「流浪漢」，又急轉直下凸顯出嚴酷的現實。目的在於表現出落差。原文中先講流浪漢，接著是 camped out like picnickers。先嚴酷、再悠閒，順序相反。但是都一樣想強調落差的效果。

D 　老師，我有問題。you 譯成「你」或「您」，文字的味道會有很大不同。在這裡用「你」比較好嗎？

柴田 　這是問題嗎？還是你已經自己有答案了？

D 　是問題。

柴田 　好。首先文中的 you 跟 a city girl 一起散步，所以應該是年輕男子。有些時候還需考慮敘事者是什麼樣的人，但這篇文章太短，不容易判斷。這麼一來，用「你」來稱呼年輕男子應該比較自然吧，你覺得如何？當然，也有可能是五十多歲的大叔帶著時髦都會女孩一起走，但是後面提到跟她一起回到那「邋遢的公寓」，情境突然變得好寫實。很遺憾，這裡指的應該是年輕男孩（笑），用「你」比較恰當。

D 　在這篇文章裡我，的想法也跟老師一樣，但有時在其他文章裡，用「您」或者「你」感覺比較對。

柴田 　那當然啊。並不是說 you 一定等於你。安部公房在《他人的臉》裡用的是「您」。那是非常特殊的狀況，妻子對著不在眼前的丈夫，不斷絮絮叨叨地說著「您啊……您呢……」。這是基於妻子和丈夫的關係，才自然而然會用「您」。還有什麼例子呢？我覺得翻譯小說裡也經常看到「您」。比方說脇功譯的伊塔羅·卡爾維諾《如果在冬夜，一個旅人》。重要的是這個 you 是個什麼樣的人。還有什麼問題嗎？

E 　剛剛老師說不可以譯出 you。

柴田 　不，我剛剛說這裡不能不把 you 譯出來。

E 　啊，對對對。老師剛剛說不譯出來是受到考試英文的不良影響，但我總覺得日文裡不太用「你……」這種說法。所以這篇文章中我全部翻成呼喚的口吻。這種譯法寫成白紙黑字是不是很奇怪？

柴田 　不，這倒不會。這只是單純文字功力的問題。不過就這次看過的譯文來說，不用「你」、「您」來翻這篇文章的譯文，看起來都很不自然。總之，最大的關鍵是能不能讓讀者腦中自然浮現出一個年輕人跟女孩一起散步的情景，如果能，不用「你」、「您」也無所謂。要營造出這個狀況用「你」、「您」絕對比較輕鬆，如此而已。加上「你」、「您」的日文是不是就一定不自然呢？比方說村上春樹先生的翻譯，他把指稱一般人類的 you 也譯成「你」。村上先生或許是比較極端的例子，不過就這次的文章來，我覺得「你」並沒有那麼不自然。

　　學生譯文 1 　修正案
　　現在已經不是人人都有稱得上故鄉的地方了。因此在某個夏天傍晚，你企圖跟一個在都市長大的女孩說明這件事。你跟她一起隨意漫步，從英雄群像前，還有在快要變成褐色的公園草地上彷彿正在野餐的流浪漢面前走過。

那我們看看下一段吧。

> The shouts of Spanish kids from the baseball diamond beyond the park lagoon reminds you of playing outfield for the hometown team by the floodlights of tractors and combines, and an enormous, rising moon.

柴田 　先來看看學生的譯文。

　　學生譯文 2
　　從公園水池對面棒球場上聽到的西班牙裔孩子的叫聲，讓人想起在拖拉

：機和聯合收割機的照明光或是逐漸升起的巨大月光照射下擔任地方球隊的
：外野手打棒球時的事。

柴田 好，這一段大家有什麼意見？請説。

F 我覺得句子有點長。

柴田 確實有點長。你覺得該怎麼修改？

F 下一個句子的內容跟月亮有關，我想把月光拿到最後，這樣可以更順暢地連接到下一個句子。那麼得先把句子倒裝，變成「西班牙裔孩子的叫聲，讓人想起在地方球隊當外野手打棒球的事，那時⋯⋯」，先把「想起擔任外野手打棒球時的事」拿到前面，盡量把月光放在句子後面。

柴田 一點也沒錯。其中的一個重點就如同剛剛這個同學所説，在於這個句子跟下個句子的連接。這句的結尾 rising moon 跟下個句子 At twilight you could see the seams of the moon more clearly... 的連接在英文原文裡相當明顯，這一點最好能傳達出來。

這麼一來，譯文就會變成「子母句」。舉個簡單的例子，「他説我是笨蛋」，就是子母句。語序是主詞1、述語1、主詞2、述語2。[2] 如果這麼簡單就好了，可是一旦套進複雜的句子就會變得很難懂。在這裡，「叫聲」是主詞，述語是「讓⋯⋯想起」，後面接著其他的⋯⋯嗯，嚴格説起來這好像不太算「子母句」呢。那個⋯⋯總之，大原則就是主詞和述語最好不要相隔太遠啦（笑）。看能不能讓「叫聲」跟「讓人想起⋯⋯事」稍微近一點。

這時候倒裝是一種解決方法。變成「⋯⋯的叫聲，讓人想起⋯⋯。

---

2 「他説我是笨蛋」原文為「彼は私がバカだと言った」，作者稱之為「洋蔥式句子」。此句日文的語序應該是「主詞1、主詞2、述語2、述語1」。此處就中文譯文的文法進行探討，略做修改。

在……的照射下」。

　　但是從另一方面看來，倒裝總讓人覺得有點造作的感覺。在這裡需要下點工夫，盡量減輕這種刻意故作姿態的感覺。在這個句子裡，可以把「讓人想起在地方球隊當外野手打棒球時的事」拿到前面。在這裡我一樣覺得應該是「讓你」。譯成「讓你想起」。後面「在……的照射下」的部分要小心不要太造作。比方說：

　　從公園水池對面棒球場聽到的西班牙裔孩子的叫聲，讓你想起擔任地方球隊的外野手時打棒球的事。在拖拉機和聯合收割機的照明光，以及逐漸升起的巨大月光照射下，你們打著球。

可以這樣來連接下一個句子。這樣的倒裝方式就不會顯得太刻意。

我想還需要一點修正，大家有什麼看法？

H　　我把這個句子譯成「你」也想起了月亮。不能這樣解讀嗎？

柴田　也就是說把 an enormous, rising moon 和 playing outfield 視為同位語？

H　　對。

柴田　其他人覺得呢？嗯，這個嘛……啊，請說。

I　　我覺得他應該是想起在 rising moon 下打棒球的整個情景，並不是想到棒球之後又另外想到巨大的月亮。所以我覺得 rising moon 還是掛在 by 的後面。

柴田　嗯，沒錯。從文法的觀點看來，reminds you 後面像是 reminds you of playing，連接著動名詞，如果後面又來了一個動名詞，那很可能是同位語。也就說，當我們要講「令人想起 A 和 B」時，通常 reminds you of A and B 當中的 A 和 B 會是類似的形態。可是在這裡 reminds you of A and B 的 A 是動名詞，B 則是 an enormous, rising moon 的名詞句，這是很不正統的英文。習慣上通常不會這麼講。假

如是同位語，那一般會使用相同的詞性，或者營造出近似的韻律，在這裡我想 an enormous, rising moon 應該跟 floodlights 是同位語才對。請說。

J 「擔任地方球隊的外野手打棒球」這個地方，play 的後面接棒球的位置，這邊應該用「守」這個動詞比較自然，畢竟棒球文化在日本已經根深柢固了。另外，既然説了「外野手」，就知道是棒球，後面又説「打棒球」，感覺有點累贅。

柴田 就好像聽人家説「他從馬上掉下來落馬了」一樣呢。這一點我也有同感。這個句子整體來説有點過長，可以想想辦法縮短。首先，「當地的球隊的外野手」這裡，最好盡量避免用「的」來連接。J 你認為翻成「當外野手」或者「守外野」就夠了，對嗎？

J 對。

柴田 這樣的話就可以翻成「在當地球隊負責守外野」。大概是這樣吧。

> **學生譯文 2　中途版本**
> 　　從公園水池對面棒球場上聽到的西班牙裔孩子的叫聲，讓你想起在地方球隊守外野的事。你們在拖拉機和聯合收割機的照明光及逐漸升起的巨大月光照射下打球。

　　剛剛你説棒球已經是日本根深柢固的文化，可以這樣譯，這話一點也沒錯，但是當然也有人對棒球一點興趣都沒有。我還遇過有人把 outfield 譯成「外面的草原」呢（笑）。如果是自己比較沒興趣的領域，最好請別人看過比較保險。我自己對流行時尚、汽車還有高爾夫一點興趣也沒有，如果遇到這些內容，就會請別人檢查。

K 與其翻成「叫聲讓你想起……」，下一段文章的主詞是 you，是不是翻成「你聽到叫聲，想起了……」比較好？

柴田 喔，原來如此。也就是翻成「你聽到公園水池對面棒球場傳來

西班牙裔孩子的叫聲，想起了……」是嗎。嗯，確實有幾分道理……嗯……為什麼我現在有點遲疑，剛剛我提醒大家，倒裝句要小心不要太刻意，相反地，在這裡「你聽到……的叫聲，想起了……」，該怎麼說呢，雖然聽起來是比較自然的日文，但有點……太過輕快，好像一聽到聲音，記憶馬上重現。相較之下，「……叫聲，讓你想起……」感覺比較沉重，更有種記憶慢慢甦醒浮現的感覺。所以我倒不覺得原本的譯法不好。

剛剛 K 提到的另一個重點，一般來說確實是這樣沒錯，英文的主詞往往在句子之間可以移動。在同一個句子裡，主詞也可能頻繁轉換。但是日文裡最好不要一直變換主詞。下個句子的主詞如果是「你」，把前面句子的主詞也改成「你」，是常見的技巧。這是指一般情況。不過在這個句子中，就像我剛説的，我更想強調「記憶油然甦醒的感覺」。

L　不好意思，我的問題可能有點雞蛋裡挑骨頭，原文 The shouts of Spanish kids from the baseball diamond beyond the park lagoon 的感覺，比較像是走著走著突然聽見，然後瞬間回想起過去的事，不過在學生譯文裡譯為「聽到的」，我覺得這樣的感覺就有點不夠明顯。我看了老師的譯法，用的是「傳來」，我覺得這個形容比「聽到的」好。

柴田　原來如此。如果要說得更明顯，還可以有「叫聲飄了過來」或者「流洩過來」等等表現方法。所以這裡我覺得可以翻成「棒球場傳來的……」，翻成「飄過來……」也無不可。

A　我有兩個問題。先講細一點的好了，關於 shout 這個字，如果翻成「叫聲」，我忍不住會想到電影《驚聲尖叫》那種慘叫聲。打棒球時會聽到的「叫聲」有哪些呢？我想一定是「加油！」或者「轟出去啦！」吧，所以我覺得翻成「大聲」就行了。

柴田　嗯，你點出來的問題很好，但是「西班牙裔孩子的大聲」，這聽起來不太不自然呢。

J　那改成「歡聲」如何？

柴田　「歡聲」是嗎，這也不錯。但是這樣有解決 A 的問題嗎？

A　　啊，我覺得用「歡聲」很好。

柴田　好，那你的另一個問題呢？

A　　另外還有一個比較大的問題。在這段下面還沒討論到的地方，有個以「傍晚時……」開始的句子，考慮到這個部分，我想用比較懷舊的語調來譯。不過這篇學生譯文有點照規矩在翻的感覺。我覺得交代聽到聲音「你回想起……」之後可以先停一下，接著再提到有過些、那些事情發生，逐漸疊加上去。

柴田　也就是譯成「聽到歡聲，你回想起來。在當地球隊守外野的往事。在拖拉機和聯合收割機的照明光及逐漸升起的巨大月亮照射下……」。原來如此。其實這是最忠於英文原文語序的譯法。這種譯法也無不可，但是必須把其他句子也修飾到能搭配這種風格。

今天是第一次上課，我只告訴各位一些基礎的大原則。翻譯時關於語序的大原則，就是盡量依照原文語序來譯。我想這一點之後還會再三提到。

E　老師我有問題。關於「聽見」歡聲這個部分，英文的 listen 經常譯成「傾聽」。這裡應該挑選哪個譯法好？

柴田　比方說「看到東西」，也有該用「看見」或者「觀看」的問題。一般會分成「觀看」用 watch、「看見」用 see 來區分。也有人分為 look 是「看」、see 是「看見」。「看見」是英文裡沒有的方便表現 [3]。

同樣地，hear 和 listen 也大致可以對應到「聽到」和「傾聽」兩種用法，另外 hear 還有「聽見」這種方便的用法。在這裡英文原文既沒

3　原文中作者認為同為看／「みる」，watch 應以「観る」表記、see 應以「見る」表記，也有人區分 look 為「見る」(看)，see 為「見える」(看見)。見る／見える各為日文中的他動詞／自動詞。「見える」同時有 seem to be、come 等意思。

有用 hear 也沒有用 listen，不過感覺是自然而然傳入耳中，我想可能用「聽見」比較好。

L 　我自己也譯成「西班牙裔」，但是「西班牙裔」好像跟懷舊的氣氛不太一致。總覺得用字太嚴肅，可以譯成「西班牙的」或者「西班牙人」嗎？

柴田 其他人覺得怎麼樣？如果要講究這個部分，最正確的應該是某位同學譯的「拉丁裔」吧。不過這篇文章講的感覺是很久以前的事了，用義大利或西班牙裔這種說法應該也無妨。說「西班牙人」的話，住在美國的感覺不夠明顯 。「西班牙的」或許也可以。

M 　關於這個部分，老師剛剛說過，可以用歡聲飄來或者傳入耳中。

柴田 嗯，就像聲音乘風而來一樣 。

M 　這麼一來，就表示他可能不太清楚，但隱約聽到有人好像在說西班牙文，所以可能還是「拉丁裔」比較好。

柴田 「啊，那邊有拉丁裔的小孩在玩呢」，這種感覺。

　不過有一點要請各位注意，這篇小說的優點在於，雖然耳中聽到的是西班牙文這種外文，但是聽了之後還是能讓人聯想到，「啊，我小時候也曾經玩得那麼瘋」。這就是作者戴貝克的多元文化主義令人激賞之處。他把著力點放在寬鬆的連結，而非人種的隔絕。考慮到這一點，「西班牙人」太過異化，似乎不是很好的譯法。「西班牙裔」或者「拉丁裔」這種保留了一定連結的說法可能比較好。

學生譯文 2　修正案
　公園水池對面的棒球場傳來拉丁裔孩子的歡聲，讓你想起當年在地方球隊守外野。你們在拖拉機和聯合收割機的照明光及逐漸升起的巨大月亮照射下打球。

好，那接下來看 At twilight... 這一段。

> At twilight you could see the seams of the moon more clearly than the seams of the ball. You can remember a home run sailing over your head into a cornfield, sending up a cloudburst of crows...

柴田　seams of the moon 這裡大家好像都覺得很難處理。

學生譯文 3

　　傍晚時月亮的表面的縫線般的圖案，看得比球上的縫線更清楚。你想起全壘打飛越頭頂掉進玉米田，一大群烏鴉同時飛出的情景⋯⋯

柴田　怎麼樣？第二個句子很不錯。第一個句子如果直譯為「月亮的縫線」就太奇怪了，所以這裡又加上「月亮表面縫線般的圖案」。會下這番工夫很不錯。這裡的處理，就是這個句子最重要的關鍵。還有其他做法嗎？各位覺得如何？

E　　我覺得「的」用了三次不太好。

柴田　對，太累贅了。

E　　「表面」應該可以拿掉。

柴田　「月亮上縫線般的圖案」是嗎。

E　　那，如果把月亮的 seam 想成地表的「地縫」，跟球的「球縫」用同一個「縫」來串連起相關性如何？

柴田　喔喔，利用「地縫」和「球縫」來營造出反覆感是嗎？保留兩個 seams 的反覆感，但是又不能兩者都譯成「縫線」，所以分別譯成「球縫」和「地縫」對吧。「月亮的地縫」指的是地表的界線嗎？是指陸地和河川的界線嗎？

E　　我腦中想像的是月球地表上兔子的形狀。

柴田　喔喔，原來如此。

N　ball 的 seam 這個字經常會用到呢。

柴田　沒有錯。

N　月亮的 seam 指的是月坑、地窪的圖案。我查字典發現，這個字還有「臉上的皺紋」的意思，如果譯成「月表的皺紋」如何？「皺紋」是不是太過擬人化了？

柴田　那這時候 ball 的 seam 譯為「縫線」嗎？

N　對。

柴田　也就是放棄了利用同一個字 seam 來表現的反覆感，各自使用跟月亮、棒球最貼切的字，對吧。

N　不，反覆感的部分我打算用英文在後面括號補上 seam，雖然有點偷懶。

柴田　這樣啊。確實是個方法。但是不是真的有點投機？

O　我的想法跟剛剛的譯法很像，先把語言上的反覆感放在一邊。而且我覺得月亮根本沒有什麼縫線……（笑）。

柴田　沒有沒有。

O　我覺得應該更強調月亮的特色，而且是跟縫線有關的感覺。我想到「補丁」這個詞。

柴田　等一下。你剛剛不是說月亮沒有縫線，但是卻有「補丁」嗎？（笑）

N　我一直住在國外，我發現月亮的畫法會因國而異。在日本，大家習慣在月亮上畫兔子。英國會先畫一個圓，右上角再畫一個月坑狀的圈，然後從那裡延伸出幾條線，也就是說從右上方開始描繪放射狀的線條就會很像月亮。在這裡我想保留月亮跟 seam 放在一起的意外感，用「縫線」跟「縫線」來處理。因為在英文裡 seams of the moon 這種說法本來不就有點奇怪嗎？既然如此，日文也應該保留原本的感覺啊。

柴田　我也贊成。奇怪的原文就要有奇怪的譯文，這也是一項大原則。如果在英文中是普通的說法，那譯出時也應該寫成一般的日文，不過如果英文聽起來有點奇怪，那就得保留那種奇怪的感覺。

　　不過問題在於如何保留奇怪的語感，又不會讓人覺得只是譯得差或者不自然。我想可以試著先把「球」說出來。請大家看一下我的譯法：

黃昏時分，球上的縫線看起來還不及月亮的縫線清楚。

　　如果月亮先出現，「月亮的縫線」會顯得唐突、不容易想像，但是「球上的縫線不及月亮的縫線……」，這樣說起來可能稍微自然一些吧。

　　另外還有一點，這篇小說的開頭講到故鄉等等很寫實的內容，但是後半段寫到女孩出現前有大批蝗蟲出現，這已經有一半進入幻想了。再加上月亮逐漸接近、月表成為一面鏡子映照出自己所住城市的描述等等。後半段很明顯充滿幻想，如果能在第一段落稍微留下伏筆也不錯。所以不妨保留「月亮的縫線」這種有些幻想感的說法，讓讀者自己去想像月亮上真的有跟棒球一樣的縫線。

　　還有，先把棒球說出來，這跟我前面所說最好盡量依照原文語序的原則有所矛盾，不過翻譯就是這樣，每種情況都有最適合的處理方法，未必能兼顧不同原則。維持一貫性並沒有意義。美國的哲學家愛默生（Ralph Waldo Emerson, 1803-1882 年）說過，只有狹隘的人才會在乎一貫性，翻譯也一樣。

> **學生譯文 3　修正案**
> 　　傍晚時分，球上的縫線還不及月亮的縫線清楚。你想起全壘打飛越頭頂掉進玉米田，一大群烏鴉同時飛出的情景……

接著我們看下一段

Later, heading back with her to your dingy flat past open bars,

> the smell of sweat and spilled beer dissolves into a childhood odor
> of fermentation: the sour, abandoned granaries by the railroad tracks
> where the single spark from a match might still explode.

學生譯文 4

　　之後你跟她一起從幾間開店的酒吧前走過，回到你邋遢的公寓，汗水和灑出的啤酒的味道，融入小時候聞過的發酵臭氣。鐵路沿線冒著餿臭味的廢棄穀物倉庫裡，來自火柴的一個小閃光似乎直到現在還在不斷爆炸。

柴田　嗯，最後這句是誤譯。倉庫裡面已經空無一物，理應沒有人來，但是直到現在還是有人悄悄地來，火柴一畫就會出現爆炸般的火焰，大概是這種感覺吧。學生譯文的「在那裡……」這句我們就先不深究。

P　　開頭這個句子。如果要依照英文語序的話，這個譯法剛好相反呢。這裡先譯「經過酒吧」，然後再講「回到邋遢的公寓」，不過原文裡酒吧是後面才出現的。

柴田　對。酒吧這個詞跟後面的汗水還有灑出的啤酒有關，所以放在後面確實比較好。那改成「你跟她回公寓的途中……」怎麼樣？「之後你跟她一起回到你那邋遢公寓的途中，從幾間開店的酒吧前走過」。還有什麼看法？

Q　　有個比較小的地方，我不懂 open bar 是什麼意思。後面講到有味道傳出來，所以應該不是開店，而是開著門吧？

柴田　你說得很對。以前沒有冷氣，天氣熱的時候都會開著門。這裡是酒館悶熱的空氣跑出來的感覺，用「開著門」來處理就可以了。

R　　那不是類似露天咖啡廳嗎？桌椅擺在屋外那種……

柴田　這樣應該會說 outdoor café 吧。這裡講的沒有那麼時髦。還有問題嗎？

S　請問 childhood odor 是「小時候聞過的味道」嗎？

柴田　其實我覺得「小時候的味道」比較適合。

S　不，我有問題的不是這個部分。我們會用 childhood odor of fermentation 來形容小時候的心情，所以我想這裡指的會不會是逐漸發酵的回憶？

柴田　這裡沒有那麼強烈的比喻。那個味道確實可以象徵孩提時代，不過在這裡我覺得一定要先講出實際的味道，之後再提比喻的意義。

J　所以 childhood odor 跟 sour 是有關聯的嗎？

柴田　對。sour 一般來說會譯為「酸」，但是考慮到跟「發酵」的關聯，可以譯為「餿臭」。嚐的味道或許有酸有甜，可是聞的氣味無所謂酸。

J　在這裡，原文的 granary 寫成複數形 granaries，我腦中想像的是那種穀倉成排林立的風景。學生譯文讀起來好像是某個特定的倉庫。

柴田　沒錯。不過，可能真的有成排的穀物倉庫吧，但感覺並不是在一個寬敞的區域，比較像是倉庫零星分散在四處。這樣看來，我覺得這裡的單數複數沒有那麼重要。我們一般不會說「倉庫群」，我想這裡不用拘泥於複數也沒有太大關係吧。

J　那「倉庫街」怎麼樣？

柴田　不錯啊，感覺變得很大。

J　「公寓」這個地方學生譯文中用片假名フラット（flat）來處理，但是老師的譯文用了アパート（apartment）[4] 呢。

柴田　要用 flat 還是 apart？英式英文多半都說 flat，美式英文偶爾也用。但是有多少人知道 flat 也有公寓的意思呢？知道的人請舉手。（計算舉手人數）……嗯嗯，這個班上英文系的人不少，但還是有人不知

4　アパート：日文中 apartment 被簡略為 apart 後所形成的外來語。

道，我想一般人更不清楚了吧。所以我覺得這裡用 flat 有點勉強，還是用 apart 的片假名比較保險。當然，如果今天故事的舞台是巴黎之類的地方，或許可以用アパルドマン（appartement），換成倫敦時也可以用 flat 的片假名。但這裡指的是芝加哥的老街區，似乎沒有必要非用 flat 不可。

G 　文章裡用了 smell 和 odor 兩種形容味道的單字，我覺得意思應該不太一樣。學生譯文把 odor 譯為「臭氣」，但是字典裡……雖然也是有臭氣這種解釋，不過紅酒用語也有「從鼻中傳入的紅酒香氣」。我覺得這個字有些正面的感覺。如果不用「臭氣」，用其他字來處理呢？

柴田 　說得也對。比方說香水之類的香氣會用 scent，scent 這個字莫名地跟「香氣」很搭。另外 smell 通常會搭配「臭味」。當然我們也會說 smells nice，表示「散發好味道」，但如果說人家 You smell，意思就是「你很臭」。

　至於 odor 這個字就比較難講了。我不知道在講紅酒時 odor 有這種意思，但是一般來說這個字代表的並不是正面的意思。比方說 body odor，就是指「體臭」。所以你剛剛這個問題很難回答。姑且不管「臭氣」這個詞好不好，英文這種語言有時候會為了避免重複而換另一種說法。剛剛說到 seam 的時候，我們希望譯出句子的反覆性。而在這裡是否要譯出差異性，嗯，還真不容易呢。當然最好不要接連著兩次「味道」、「味道」，如果前面先翻成「汗水和灑出啤酒的味道」，那另一個可以翻成什麼呢？怎麼樣？其他人有什麼意見？

T 　用片假名「ニオイ」（臭い；味道、臭味）怎麼樣？看起來也挺臭的。

柴田 「發酵的ニオイ」？前面先說「汗水和啤酒的味道」，後面用片假名是嗎？這樣的心思我可以了解，但有點太過人工。感覺好像太強調譯者的個人特色了，不過這個點子是挺有趣的……

U 　第一個 smell 照常譯成「味道」，從整篇文章的感覺看起來，我

覺得 odor 稍微有點正面的印象，翻成「香氣」也無不可吧？

柴田　前面提到「發酵」，再加上「香氣」也不會太突兀，確實不錯。看來大家都不太想用「臭氣」呢。我住在工業區，附近有很多小工廠，只要蓋了新公寓，公寓居民就會抗議「工廠好臭」，跟工廠起衝突，所以最近工廠會事先立個牌子寫上「這裡是工業區，一定會有振動、噪音和臭氣」（笑）。「臭氣」還是有這種負面印象……如果能在「香氣」和「味道」之間再有一個形容味道的詞，但是沒有「香氣」那麼優雅就好了。好像沒有喔。這樣的話就用「味道」吧，或者也可以選擇用「香氣」，雖然有點太過漂亮。U 如果覺得 childhood 的懷舊感是種正面印象，確實也有道理。那就用「香氣」吧。

> **學生譯文 4　修正案**
>
> 你跟她一起回到你那邋遢公寓的途中，從幾間開著門的酒吧前走過，汗水和灑出的啤酒的味道，融入小時候聞過的發酵香味中。鐵路沿線冒著餿臭味的廢棄穀物倉庫裡，現在只要畫上一根火柴，就會閃起熊熊火光。

那我們再看下一段。

A gang of boys would go there to smoke and sometimes, they said, to meet a certain girl. They never knew when she'd be there. Just before she appeared the whine of locusts became deafening and grasshoppers whirred through the shimmering air.

> **學生譯文 5**
>
> 成群的少年經常去那裡抽菸，他們說，有時候是為了遇見某個女孩。她什麼時候會在那裡，沒有人知道。她即將現身之前，尖銳的蟬鳴聲差點讓耳朵掉下來，蚱蜢在暑氣中唧唧唧地到處跳。

柴田　好，這一段如何？

J　　locust 這種蟲，學生譯文譯成「蟬」，不過老師卻譯成「蝗蟲」。這是為什麼呢？

柴田　　這裡絕對是「蝗蟲」。雖然 locust 這個字兩種意思都有，但我為什麼這麼肯定就是「蝗蟲」，因為這裡刻意要喚起聖經的印象。舊約聖經的〈出埃及記〉中，虐待猶太人的埃及人遭到報應，有大批蝗蟲壓境。我們來讀一段聖經裡的內容，「到了早晨，東風把蝗蟲颳了來。蝗蟲上來，落在埃及的四境，甚是厲害……因為這蝗蟲遮滿地面，甚至地都黑暗了，又吃地上一切的菜蔬和冰雹所剩樹上的果子。埃及遍地，無論是樹木，是田間的菜蔬，連一點青的也沒有留下。」（舊約聖經 10:12-15）。所有穀物等等都被吃掉了。學者表示，其實蝗蟲並不會成群飛舞，實際上有這種生態的只有飛蝗或者砂漠蝗，但是在聖經裡說了成群的蝗蟲，而且流傳了幾百年。可以說，聖經勝於事實。這裡的 whine of locusts 很明顯在暗示聖經，所以應該是「蝗蟲」。

G　　我在百科事典裡查了「蝗蟲」，發現牠們並不會叫。這裡不要用「鳴聲」，用「振翅聲」比較恰當吧？

柴田　　一點也沒錯。原本的譯法譯成蟬，所以才會變成「蟬鳴聲」。既然是蝗蟲，譯成「蝗蟲的振翅聲」比較好。

A　　把「尖銳的蟬鳴聲差點讓耳朵掉下來」裡的「尖銳」和「差點讓耳朵掉下來」統合在一起，譯成「幾乎要震破耳膜」是不是比較好？這麼一來與聲音相關的表現更豐富。

柴田　　嗯。沒錯。再說，仔細想想我們雖然常說「眼珠子快掉了」，但很少人說耳朵快掉了。那「尖銳的蟬鳴聲差點讓耳朵掉下來」，就改成：

蝗蟲的振翅聲幾乎要震破耳膜。

　　不過關於這部分的學生譯文，姑且不管成不成功，有個地方我覺得很不錯，那就是「蚱蜢在暑氣中唧唧唧地到處跳」，運用了擬聲語。大

家經常說日文裡有很多「晃呀晃地」、「咿呀咿呀」等擬態語和擬聲語，英文就少了很多。從某個角度看確實如此，但換個角度看就不盡然。我說不盡然，是因為英文的動詞就含有擬態、擬聲的成分。以 grasshoppers whirred 來說，其中 whirr 這個動詞就是如此。這個動詞就給人「嗡嗡嗡」的感覺，所以與其把這句子單純譯成「一邊發出聲音一邊跳」，強調聲音的感覺，譯成「嗡嗡跳躍」會更好。在這之前的 the whine of locusts 和 grasshoppers whirred，也就是 whine 和 whirred 兩個字都是 wh 開頭，這兩個字就讓人覺得好像耳邊繚繞著「嗡」的聲響。配合著 wh 的反覆，用字本身就喚起了這種聲音的感覺。

話雖如此，如果分別給蝗蟲跟蚱蜢加上不同的擬態語，又好像太過頭了。這樣會變得漫畫感太強。所以不妨只針對其中一者用「嗡嗡」來形容。在這裡嘗試用「唧唧唧」很不錯，但是有點太可愛了。不過我很了解這種想法。

W　我不太懂 the shimmering air 是什麼樣的空氣？

柴田　啊，好好好。我覺得學生譯文的「暑氣」是有深思過的。其實這就是講一種空氣晃動閃爍的感覺。我看看該怎麼形容比較好？嗯……晴天的時候開車在路上，看到海市蜃樓的景象，覺得空氣好像在搖動，大概是這種感覺吧。「暑氣」這兩個字確實下了一番工夫，不過感覺是思考過頭後只把結論譯出來，我覺得還不如用「搖晃的空氣」，比較容易引發聯想。

X　剛剛那個部分，為什麼看到蝗蟲就一定得聯想到〈出埃及記〉呢？我的意思是，就算作者真的這麼想，這裡突然搬出〈出埃及記〉，讀者應該很難懂吧。

柴田　並不是只看蝗蟲這個字，假如讀到 the whine of locusts，卻沒想到跟聖經之間的關聯那才奇怪。當然，如果讀者對聖經不熟悉，這樣譯或許無法傳達出意思，讀者可能只會覺得奇怪。這也沒辦法。如果是更嚴肅的作品，可能可以用加注的方法來解決，看是刊載在哪種

媒體，可能有許多不同的做法。但是身為譯者可不能不知道。在這裡更應該思考的問題是，為什麼戴貝克要塑造如此格格不入的印象。

在少年小說中，敘事者經常會回到幼時的心境來說話。A gang of boys 這一段感覺像是一個小孩在描述比自己年長的少年，那些大哥哥到村郊偏僻的奇怪地方去抽菸，聽說見了某個女孩。而這個敘事者還在前思春期，仍然覺得性是件神秘的事，所以當他要描述女孩現身的瞬間時，看到的是相當濃厚的謎團和神秘。他在懵懂的狀態下想像那種神秘情境，腦中出現了一大群蝗蟲突然出現、與現實完全無關的聖經內容，這是一種荒誕、幽默的手法。但是作者並沒有要嘲諷這孩子感受到的神秘心境，那種交雜著恐懼和憧憬的心情，這是一篇出色的文章，確實傳達了孩子的真實感受。我想即使不懂聖經，應該一樣能體會到。

Y　我有兩個英文的問題。第一個是 gang 這個字有沒有不好的印象？學生譯文只寫了「少年」，實際上應該是「壞孩子」吧？

柴田　可能還不到「壞孩子」的地步，不過舉個例來說，如果叫我用 a gang of boys and girls 來稱呼這裡的東大生，我確實覺得有點難以啟齒啊（笑）。這個字給人感覺「有點壞」，但也不用聯想到「流氓」（「流氓」是 gangster），大概是「可能有點危險」的感覺。我覺得這裡可以直接說「不良少年」也沒關係。我本來覺得「成群」就有點不良少年的感覺，不過光靠這樣好像沒有壞壞的感覺呢。可能還是直說「不良少年」比較好。

Y　另外還有一個問題是關於 grasshoppers 的 whirr，這種動作有直線性或者旋轉的傾向嗎？其實我覺得這裡譯成「到處跳」有點奇怪。

柴田　whir through 是「衝過空氣中」的感覺，應該偏向直線性的動作吧。你對「到處跳」這個說法感到奇怪是正確的判斷，不過這裡的重點在於聲音。實際上成群的蝗蟲，不對，應該是成群的蚱蜢，除了在舊約聖經裡，在現實中的非洲也經常出現，牠們會以驚人的氣勢通

過。所以用「衝過」之類的説法可能比較好。

學生譯文 5　修正案

　　不良少年經常去那裡抽菸，他們説，有時候是為了遇見某個女孩。她什麼時候會在那裡，沒有人知道。她即將現身之前，蝗蟲的振翅聲幾乎要震破耳膜，蚱蜢快速地衝過暑氣。

那我們來看最後一段吧。

> The daylight moon suddenly grew near enough for them to see that it was filled with the reflection of their little hometown fragment of the world, and then the gliding shadow of a hawk ignited an explosion of pigeons from the granary silos. They said a crazy bum lived back there too, but you never got a look at him.

學生譯文 6

　　少年們發現，白晝的月亮忽然變近，映照著世界角落的一條故鄉小街。看著老鷹流暢飛過的身影，鴿群同時從穀倉飛起。少年們説，有個瘋狂的流浪漢住在穀倉背後，但從來沒人看過他。

柴田　好，這一段如何？對了，我們剛剛已經説到最後的 you never got a look at him 裡的 you 最好不要限定為特定的「你」，我想這裡指的應該是一般人。但老實我也很猶豫，又覺得也可以翻成「你」。

　　這裡先出現了 A gang of boys，對敘事者來説相當於兄長的世界，他們正在做些自己不太懂的事，然後又出現了「女孩」這個更令人費解的存在，接著是更充滿謎團的 a crazy bum。也就是説，隨著故事發展，未知事物愈來愈多。那女孩也很神秘，不知道什麼時候去能遇到。就跟這女孩一樣，雖然沒有人看過，但是每個人都説那裡有個奇怪的人喔，這裡的 a crazy bum，就是這樣一種神秘的存在吧。

這樣看來，最後一句譯出「你」好像也可以。但是以故事性來說，只有你沒看過，還不如大家都沒看過來得有趣。這一點我很猶豫。

F 「月亮變近」這種寫法我覺得有點怪。

柴田 如果寫成「急速進逼到眼前」，感覺好像會直接撞上來一樣，所以才翻成「變近」吧……不過原文裡 the moon suddenly grew near enough 這種說法本來就不太一般，所以我覺得這裡保留一點不自然的感覺也好。

G the reflection of their little hometown fragment of the world 這一句，我不太懂 hometown 跟 fragment 之間英文上的關係。

柴田 fragment of the world 是「世界的碎片」的意思。little hometown 是修飾 fragment 的形容句，直譯就是「在這世界裡，他們小小故鄉街道的部分片段鏡像」，所以才會譯為「映照著世界角落的一條故鄉小街」。我覺得這裡譯得非常好。

G ignited an explosion of pigeons 這個地方譯成「同時飛起」，感覺還弱了點。這裡的感覺應該接近爆炸吧。我覺得跟前面的火柴應該有關連。

柴田 沒錯沒錯，很明顯是相關的。

G 如果是「身後老鷹的影子，成為驚動鴿群起飛的導火線」怎麼樣？

柴田 對。這裡一定要有跟「爆炸」或者「燃燒」相關的感覺。可以用爆炸的比喻，來表達老鷹經過的影子讓鴿群驚懼逃走的感覺。ignition 和 ignite，還有 explosion，這些字都有點燃火藥引爆的感覺，我是怎麼譯的……對了，「像在穀倉上點了火一樣」，更清楚地加上了「火」。

Z 開頭的句子中，學生譯文沒有把 enough 翻出來。不過我想表達因為已經非常 grew near 了所以才看得見的感覺，希望可以清楚譯出

這個字。這裡是因為白晝的月亮突然「變得很近」才發現的吧？

柴田　是啊。我也想要重現 enough 的感覺，譯成「突然近得可以」。你希望更強調因為變近所以看得見的因果關係對吧？不過我覺得學生譯文的「忽然」，已經可以感覺到一些關聯了。

H　還有一個類似問題，filled 在學生譯文裡並沒有譯出來。我覺得只說到映照，意思還不夠到位。

柴田　嗯，話是沒錯，但這不容易呢。你覺得可以怎麼譯呢？

H　不過我自己覺得這樣翻有點硬啦，我翻成「充滿著鏡像」。

柴田　不錯啊。確實是這樣。不過「鏡像」這個字有沒有更好的處理方法？我想把小東西充滿了大月亮的矛盾趣味表現出來。比方說「映照著整面月亮」這樣如何？翻譯 fill 這個字的時候，大家動不動就會用「充滿」、「填滿」這些字眼。所以我想盡量避免「充滿著……」這種譯法。這裡可以用「全都是」或者「整面月亮」等說法來替換。

學生譯文 6　修正案

少年們發現，白晝的月亮突然變近，整個表面都映照著世界一角的小小故鄉街道。看著老鷹流暢飛過的身影，鴿群像著了火似地從穀倉同時飛起。少年們說，有個瘋狂的流浪漢住在穀倉背後，但從來沒人看過。

好，那今天先上到這裡。

教師譯文例

故鄉

史都華・戴貝克

這個年代並不是人人都有稱得上故鄉的地方。因此你在某個夏天傍晚，跟一個都市長大的女孩在街上散著步，試著告訴她什麼是故鄉。你們走過偉人群像前，又走過了快要轉成紅褐色的

公園草地上像野餐遊客一樣紮著營的流浪漢面前。公園水池對面的棒球場傳來拉丁裔孩子的歡聲，你想起了當年在地方球隊守外野，那時拖拉機和聯合收割機的燈光及逐漸升起的巨大月亮代替了照明。黃昏時分，球上的縫線看起來還不及月亮縫線清楚。你想起飛越你頭頂上、落進玉米田的那記全壘打。受驚的烏鴉群突然像暴風般衝進天空……然後，兩人在一起回你那破舊公寓的路上，經過幾間敞著門的酒吧前，那些汗水、灑出來的啤酒味，融入了兒時的發酵氣味中。鐵路沿線旁，冒著餿臭味、已經無人使用的穀物倉庫，現在好像偶爾也會浮現劃火柴的火光。不良少年常會去那裡抽菸，有時候，他們說是為了去見某個女孩。誰也不知道她什麼時候會在。她出現之前，蝗蟲振翅聲幾乎震破耳膜，蚱蜢群也在晃動的空氣中嗡嗡飛過。白晝的月亮突然近得可以，那整面月亮上都映著自己那位於世界一角的渺小老家。接著，一隻老鷹那滑過天際的影子像在穀倉上點了火一樣，鴿群候一下從穀倉飛走。他們說，那裡還住著一個頭腦不正常的流浪漢，但誰也沒看過那個人。

2

貝瑞·約克魯
Barry Yourgrau

鯉魚
Carp

To hide from life, you sneak out to a pond in the park, and lower yourself into its depths. You will live among the carp,you've decided. You will be a carp person!

Underwater, things are comforting and dim. Carp come flitting around.They don't look happy. "They regard me as an intruder", you think. "Well, tough. They should blame the world above for being so miserable!"

You look for somewhere to settle for the night. You feel lightheaded from holding your breath, but it's not as hard as you thought. Peering around, you get such a shock you almost gasp and swallow water. A girl is staring at you! She has trendy orange hair and wears big thick white socks. You gape at her.She makes hand signs that demand, obviously: "What are you doing here? " Taken aback, you sign the same question in reply. The girl tosses her head, annoyed. She points behind her with a thumb. There in the dimness, a whole crowd of persons are now visible, spread out on the pond bottom for the night.You blink at them. "Carp people!" you think. But they aren't welcoming. No:they scowl. They all start gesturing for you to "shush"—to go away! The girl glares, hands on hips.

You stare dumbly at all this hostility. "No!" you finally blurt out, frantic, bubbles cascading. "No, I won't go back up to all that misery! I want to be down here, with the fishes!"

"Beat it!" gesture the crowd. "We got here first! Go!"

Human eyes glare at each other, yours and theirs, desperate and resentful down on the pond bottom.

And the carp flit about, swishing their tails, blinking grimly at the scene.

柴田　好，今天發給大家的講義有兩頁。其中一頁是學習現代英文時很方便的字典一覽表。我們先看看這頁。

· **學習現代英文的方便字典** ·

【英和辭典】

Reader's 英和辭典　第 2 版（研究社）

Reader's Plus（研究社）

Reader's ＋ Plus（CD-ROM、電子字典版等）

小學館 Random House 英和辭典　第 2 版（小學館）（有 CD-ROM 版）

【英英辭典】

Longman Dictionary of Contemporary English, 4th Edititon

Longman Dictionary of English Language and Culture, 3rd Edition

Collins COBUILD English Dictionary

【其他】

Longman Pronunciation Dictionary

專有名詞英文發音辭典（三省堂）

英和商品名辭典（研究社）

Concise 外國人名事典（三省堂）

Merriam-Webster's Biographical Dictionary
Concise 外國地名事典（三省堂）
The Columbia Gazetteer of the World, 3 vols.
Merriam-Webster's Geographical Dictionary, Third Edition
英文圖詳大辭典（小學館）
平凡社世界大百科事典（有 CD-ROM 版）
小學館日本大百科全書（有 CD-ROM 版）
Encyclopaedia Britannica（有 CD-ROM 版）
大辭林（有 CD-ROM 版）（三省堂）
新明解國語辭典第六版（有 CD-ROM 版）（三省堂）
類語國語辭典（角川書店）

柴田　其中《Reader's 英和辭典》和《Reader's Plus》請務必勤查。現在電子字典版和 CD-ROM 版都很便宜，買下來絕對有好處。我想大部分人都很常查字典，但偶爾還是有人寫「我不知道 on the verge of 的意思」，看到這些文字，批改譯文的 TA 或是我會容易動怒，再麻煩大家了。如果對 Reader's 系列的譯文不太滿意，可以試試《Random House 英和大辭典》或者《Genius 英和大辭典》。這些詞典圖書館都有，需要的時候去圖書館借用就行了。《Random House》很重，已經多年都沒有修訂版，這確實有點遺憾，不過內容很扎實。

　　另外，如果想知道形容詞和副詞的涵義，也就是所謂「文字表情」，覺得不太容易浮現一個單字的印象時，還是推薦大家多用英英辭典。最普遍的就是《Longman Dictionary of Contemporary English》，學校合作社書店裡應該都擺在醒目的地方。清單上的下一行是《Longman Dictionary of English Language and Culture》，這是一本稍厚的辭典，加入了電視節目名稱和百科知識，我也很喜歡。和它不相上下的是《COBUILD English Dictionary》，這本是用句子形式來定義每個

字。像今天文章中出現的 gasp，裡面就會寫 "When you gasp, you take a short quick breath through your mouth, especially when you are surprised, shocked, or in pain"，用滿獨特的方式讓讀者了解。

除了這些，我還列了許多本。進入網際網路時代後大家多半都在網上查資料，不過網路上當然會有很多假資料，還是字典比較值得信賴。請多多利用圖書館裡的字典。

《Longman Pronunciation Dictionary》可以查到專有名詞等各單字的發音，非常出色。此外還用不同顏色標注出美國和英國的標準發音，補習班或家教也不能少了這本工具書。

接著《The Columbia Gazetteer of the World》這本大地名事典已經將近半個世紀沒有修訂，不過最近終於出了三本一套的新版本。這本對了解地名發音也有很大幫助。

啊，有些比較奇怪的發音，可以在網上用 Google 來查，比方說，想知道伊利諾州的 Cairo 這個地方該怎麼發音時，可以輸入 "Cairo Illinois pronounced"，大概就會有某個網站解釋「這不唸做 Cai-ro，應該發 Cay-roe 的音」。對於特殊發音的地名、人名很有效。

還有《英文圖詳大辭典》，這是用英文和日文標注物品名稱，比方飛機各個部位怎麼說。想知道物件名字，這是一本不錯的辭典。不過在最新科技方面比較跟不上。《全彩六國語大圖典》（小學館），這本在物件名稱上也不錯，但是重得不得了啊。

百科事典有平凡社、小學館、Encyclopaedia Britannica 出的三本。日文百科事典我覺得平凡社的最好。《大辭林》和《新明解》當然是國語辭典，比起《廣辭苑》，我個人更喜歡三省堂的這兩本字典。近年有很多大型的日文類語辭典，例如《日文大類語辭典》（大修館），大量類語並陳，確實很能刺激大腦，但是以 CP 值來說，最好的還是《類語國語辭典》吧。

大概就這些了吧。好，那我們就開始第二堂課。其實我並沒有刻意安排，不過這篇文章一樣是以 you 為主要主詞。我們先來看第一段。

> To hide from life, you sneak out to a pond in the park, and lower yourself into its depths. You will live among the carp, you've decided. You will be a carp person!

:
: 學生譯文 1
:
: 為了躲避人生，你逃進了公園池裡，讓身體沉到了深深水底。你決定要
: 在鯉魚群中生活。我要當個鯉魚人！

柴田 好。先看到這裡。關於這個部分，大家有什麼意見？啊，聽你們的意見之前，我們先來聊聊翻譯界的七大不可思議吧……騙你們的啦，其實沒有七種，只有一個（笑）。我教翻譯這麼久，一直覺得很奇怪，有些地方明明只要譯成「進……裡」「到……中」就行了，不知為什麼，很多人都會寫成「到了……裡」。在這裡有兩處。「逃進了池裡」、「沉到了深深水底」。我想這裡的重複應該不是刻意的。「沉到了深深水底」我覺得還好，聽起來很順。我們試著維持這一句，來改動一下「逃進了池裡」。而且仔細想想，這裡講的應該不是「逃進了池裡」呢。大家看一下原文，這裡說的是 Sneak out to a pond。不是 into 而是 to，所以不能一下就說逃到池裡，得先來到池邊，然後才「沉到了深深水底」。所以改成「逃到池邊」如何？啊，對了，這樣一來，加上下一句的「沉到了深深水底」，就會重複兩次「到」呢。那把後者改為「沉入深深水底」吧。

為了躲避人生，你逃到公園池邊，讓身體沉入深深水底。

A 學生譯文中在「你決定……」之後，接著「我要當個鯉魚人！」，在原文裡，這兩句的人稱都是 you，這裡是不是應該說「你」而不是

「我」呢？

柴田 嗯，這裡確實很難說。在日文裡即使以「你」的觀點來書寫，在描述「你」心中所想時，經常會變成第一人稱。比方說，「你心想，我將來要成為……」這類句子。在英文裡有時候也會一樣說成 I will be a carp person，不過一般來說，多半都像這個句子，儘管心情上已經轉換成文中人，在人稱上依然抱持敘事者的觀點。

像是「他走在公園裡，突然想起來。」這個句子，He was walking in the park, and suddenly it occurred to him，然後接著繼續說 He was such a fool to say that to her，「我怎麼會對她說出那種話，真是太蠢了！」這裡雖然是 He，但是譯成「我」多半比較自然。所以這裡也一樣，可以用「你」，不過從慣例來看，「我」也沒有錯。但確實必須考慮如果全篇都是「你」，只出現一次「我」會不會顯得突兀？所以 A 你覺得這篇小說統一用 you 來寫，這裡譯成「我」很奇怪是嗎？

A 全篇都用第二人稱，只有這裡突然變成「我」，感覺怪怪的……

柴田 考慮到底該用哪一個挺麻煩的，不如不用「我」也不用「你」，直接翻成「當個鯉魚人！」也是個方法。

B 老師，這段文章最前面的 To hide from life 的譯法……好像很少聽到「為了躲避人生」這種說法吧。另外，我把 life 譯成「日常生活」，覺得 To hide 有「隱遁」的意義，所以翻成「企圖逃遁」。而且這裡譯成「人生」好嗎？

柴田 我覺得不錯。很多人把 life 譯成「人世」。不過不管是「逃避人世」或者「逃避」，我都覺得有點太過理所當然。反而用「人生」，更強烈地表達出否定以往生活的感覺，我認為很好。如果譯成「日常生活」，那好像只指涉人生中無可奈何的現實部分，而且為了逃避日常現實稍微出國旅行之類的情況，我們並不會說 hide from life。這裡的原文本來就是很不尋常的說法。正因為不尋常，我覺得直譯為「逃避人生」並沒有什麼問題。與其「躲避」，用「逃避」可能更好一點。

學生譯文 1　修正案

　　為了躲避人生，你逃到公園池邊，讓身體沉入深深水底。你決定要在鯉魚群中生活。當個鯉魚人！

再來看下一句，這裡誤譯不少呢。

> Underwater, things are comforting and dim. Carp come flitting around. They don't look happy. "They regard me as an intruder," you think. "Well, tough. They should blame the world above for being so miserable!"

學生譯文 2

　　在水面下，一切都如此悠哉模糊。鯉魚像在飛一樣地四處游著。看起來並不快樂。「那些傢伙竟然把我當作入侵者。」你心想。「哼，只好算你們倒楣。要怪就怪那淒慘透頂的地上生活吧！」

C　　老師，Underwater 不能説「水中」嗎？

柴田　你覺得「水面下」怪怪的嗎？嗯，是不是太囉唆了？「在」其實也不需要。我想可以只説「水中」，然後加上逗號。C 覺得學生譯文太受 under 這個字的影響是嗎？

C　　我覺得問題在「面」這個字上。

柴田　有了「面」這個字，確實感覺像指稱略低於水面的位置呢。也有道理。

D　　我覺得「那些傢伙竟然把我當作入侵者」裡的「那些傢伙」，是不是可以拿掉？

柴田　這裡我也想要拿掉。浮現在腦中的想法，通常不會是這麼完整的句子，最好可以再短一點。

也就是說，可以把不譯出「我、你、他們」這些人稱代名詞視為一大原則……話雖如此，上次和這次我都要你們把 you 譯出來，其實大家不妨把譯出來的情況當作例外。人稱代名詞的數量至少要盡量減少到英文原文的一半。

E　　如果說腦中浮現的句子不會太過複雜，那應該不會冒出「入侵者」這幾個字吧？

柴田　我自己也是譯成「入侵者」呢。那你覺得還有什麼其他譯法？

E　　我是譯成「礙事者」。

柴田　把 intruder 譯成「礙事者」是嗎。嗯，這個嘛……啊！我想到了，翻成「他們覺得礙事的傢伙來了」怎麼樣？腦袋在思考的時候好像不會用到太正式的詞彙。「礙事的傢伙」聽起來自然一點。整理一下到這裡為止的句子。

　　水中，一切都如此悠哉模糊。鯉魚像在飛一樣四處游著。看起來並不快樂。「他們覺得礙事的傢伙來了。」你心想。

F　　這篇譯文的前提是男性人類變成了鯉魚人，有沒有可能是女性呢？

柴田　當然有。沒有任何元素排除了主角是女性的可能性。不過，也沒有足夠的證據能證明主角是女性。那到底該選哪一邊呢？目前為止，遇到這種狀況多半設定為男性較為安全。不過最近也有人認為這種想法太過男性中心，不太好，可是如果刻意設定為女性，至少我自己在翻譯的時候會覺得有些做作，也譯不好。後文中提到跟穿泡泡襪女孩對立的場面，我腦子裡先跑出來的也是男性，所以這裡先以男性為前提來譯。關於這一點，大家有什麼意見嗎？

F　　我的譯法是完全不加主詞，用中性的立場來譯。不過我覺得這樣反而不太自然。

柴田 英文裡特定男女的說法稱為 gender-specific。類似 policeman 或 policewoman 這種說法就是所謂的 gender-specific。另一方面，chairperson 的意思是「主席」，跟 chairman 意思相同，但並不是 gender-specific。再回頭看這篇作品，文章裡的 you 完全不是 gender-specific。一直到最後都沒有明講出 gender。但是他的想法，啊，我還是脫口稱「他」了呢[5]，會連帶影響到說話的「語氣」。如果在這裡不重視 gender-specific，很可能變成一篇既不像男也不像女，沒有明顯語氣的文章。所以在這裡如果借用麻將的術語，最好先「做牌」，事先決定要用哪種性別，再來調整譯文。

G Carp come flitting around 這一句，如果譯成「鯉魚在附近跳躍，四處游著」，就表現不出鯉魚往這裡接近的 come 的語感，我覺得譯成「慢慢游了過來」會比較好。

柴田 沒錯。「鯉魚在附近跳躍，四處游著」這種譯法，會覺得打從一開始鯉魚就已經來到附近了。「跳躍」聽起來太過活潑，最好拿掉。「四處游著」就可以表現出 flit 的感覺了。修正之後會變成「鯉魚群靠了過來，在附近四處游著」吧。這裡我也想強調一下複數。

D 關於老師的譯文我有一個問題。您把 They don't look happy 譯成「他們看起來並不高興」⋯⋯

柴田 直譯的話應該是「鯉魚群看起來並不高興」，但是我直接翻成「不高興」。這裡當然也可以譯成「看起來並不高興」，但是大家不覺得「看起來並不高興」聽起來很迂迴嗎？可是 They don't look happy 在英文裡一點都不拗口、迂迴。如果直接譯成「他們看起來並不高興」，語感聽起來會更接近 They don't look happy。

其實在這裡也顯露出東大生英文能力的薄弱。學生譯文裡翻成「看起來並不快樂」，但是在這裡不是快不快樂的問題，而是歡不歡迎的問

5　日文中「他」（彼）和「她」（彼女）的用字與發音皆不同。

題。同樣 They were happy 這個句子，根據上下文可能翻成「他們非常開心」，也可能應該譯成「他們過得很幸福」。在這裡的意思很明顯是指「他們看起來一點都沒有因為你來了而覺得開心」的意思，所以不是在描述這些鯉魚「看起來很快樂」。這篇學生譯文最快的修改方式就是把「看起來並不快樂」改成「看起來並不高興」。

H　　一樣是這一句，可以翻成「看起來不大舒服」嗎？

柴田　喔，不是「身體並不舒服」，而是例如「聽你這樣講，我覺得不太舒服」的「舒服」吧。如果前後文調整得當，意思也夠清楚，當然可以。

　　Well, tough 之後的句子呢？「哼，只好算你們倒楣。要怪就怪那凄慘透頂的地上生活吧！」這裡「要怪就怪～」這一句譯得很不錯。整體看來句子有點長，「哼」跟「只好」都不需要，因為原文裡只講了 Well, tough 不過這當中也牽涉到個人喜好，這段學生譯文整體的韻律感沒什麼好挑剔的。特別是「要怪就怪……！」這裡譯得非常出色。

學生譯文 2　修正案
　　水中，一切都如此悠哉模糊。鯉魚群靠了過來，在附近四處游著。看起來並不高興。「他們一定覺得礙事的傢伙來了。」你心想。「算你們倒楣，要怪就怪那凄慘透頂的地上生活吧！」

那我們來看下一段。

> You look for somewhere to settle for the night. You feel light-headed from holding your breath, but it's not as hard as you thought. Peering around, you get such a shock you almost gasp and swallow water. A girl is staring at you!

學生譯文 3

你在尋找可安度一夜的地方。由於屏住氣你意識模糊，沒想到並沒有想像中難受。仔細張望四處後，你差點倒吸一口氣，吞了一大口水，大為震驚。一個女孩正盯著你看。

柴田 這個譯文還好，但是其他人譯 Peering around 就有點危險了。有些譯成「認真凝視著周圍」，甚至還有人譯成「環視凝望著四周」。「凝視」，是指看著某一個點。所以不可能有所謂的「凝視著周圍」或者「環視凝望」。peer 這個字是指瞇起眼來窺看東西。剛剛我介紹的英英辭典《COBUILD English Dictionary》裡是這樣解釋的："If you peer at something, you look at it very hard, usually because it is difficult to see clearly" 這樣比英和辭典的定義更容易有具體印象吧。好，其他地方呢？

I 老師。我的譯文把 for the night 譯成「為了晚上」，但是被改成「一晚」。

柴田 「為了晚上」這個譯法不太好。如果是「為了過夜」那還可以。比方說，rest for a day 是「休息一天」的意思，不是「為了一天而休息」吧？stay for the night 也是「住宿一晚」的意思對吧？

I 學生譯文裡譯成「由於屏住氣你意識模糊，沒想到……」，我覺得這裡「由於」和「沒想到」的因果關係很奇怪。如果前面是「由於」，後面應該要接「然而」。後面是「沒想到」的話，前面不該對應「由於」，應該是「因為」吧？

柴田 你的區分方式我不是很了解。我確實覺得「由於」這兩個字有點太嚴肅。嗯，如果用「因為」代替「由於」呢？「因為」是不是也很生硬？

I 我覺得「因為」感覺比較柔和。

柴田 但是我覺得還好呢。如果換成「讓」怎麼樣？「屏住氣讓你意

識模糊」，這樣好像也可以。不過「沒想到……」的説法確實值得注意，聽起來有點太過輕率隨便，用「不過」比較保險。只是，有時候確實會很想用「沒想到」這種語氣。

屏住氣讓你意識模糊，不過……

J　下一句「你差點倒吸一口氣，吞了一大口水，大為震驚」，總覺得有點奇怪。

柴田　對。會覺得奇怪，首先是因為「差點」到底涵蓋到哪裡不夠清楚。看起來好像是「差點……喝了一大口水」，但是中間又夾著「倒吸一口氣」，所以到底是「差點就倒吸一口氣」？還是這個「差點」一直包含到下一句，有點不清楚。

　　翻譯的文章經常有這種曖昧不清的地方。比方説「結果，他去公園，自殺了」。到底是去了公園然後自殺？還是在公園才決定自殺？看不出到底是何者。我們最好盡量避免這類曖昧的句子。在這裡 almost gasp and swallow water，原文的 almost 確實包含了 gasp 和 swallow 兩者，「倒吸一口氣，差點吞了水……」應該比較自然。

你倒吸一口氣，差點吞了口水，大為震驚。

C　請問「大為震驚」這裡，單純譯成「嚇了一跳」是不是比較好？

柴田　或許呢。原文是 you get such a shock，shock 這個英文字的意思往往比日文外來語的「ショック」（shock；驚訝）更強烈。例如戰爭的 shell shock（砲彈休克），在重大意外後如果説 He was in such a shock，是指幾乎茫然失神，所以通常是指很強烈的狀態。在這裡可能只需要説「嚇到差點吞了口水」或者「驚嚇」就行了。一般聽到 shock 就直覺想用片假名來處理，但很多時候這麼翻並不見得比較好。

K　這裡在同一個句子裡同時有「吸」和「吞」兩種寫法。

柴田 你是説「倒吸一口氣」和「差點吞了口水」這裡嗎。所以你認為應該統一寫法比較好嗎？

K 嗯……對。

柴田 ……這個嘛……我覺得與其統一寫法，不如改掉其中一個寫法。我的譯文裡沒有用「倒吸一口氣」，只寫了「一愣」。gasp 這個字大家都直接採用英和辭典裡的解釋，翻成「喘息」或者「停住呼吸」，不過放在這裡並不是太理想。因為他已經停止呼吸了啊（笑）。其實最接近的形容應該是「嚇到倒嚥一口氣」，但是接下來又有 swallow water，為了避免重複「嚥」這個字，我把前面改成「一愣」。

L 「哽住」又不一樣嗎？

柴田 嗯，「哽住」不是指吞下東西之前，感覺是吞下東西的結果。比方説「哽到咳個不停」之類的。在這裡他還沒有吞下，我想還是避掉「哽住」這個譯法。

M 再下一句，A girl is staring at you 可以像第一段最後一句 You will be a carp person 那樣，轉換觀點用第一人稱來譯嗎？

柴田 變成「那女孩在看著我」？我覺得可以。「看」顯得力道不夠。大概可以用「盯著我」。「那女孩在看著我」聽起來總覺得對方傳來的是充滿善意的視線。

stare 這個字根據上下文的脈絡可以有完全不同的意思，並不好譯。總之，就是出於某種原因睜大了眼睛看著的意思。可能是對方太帥，讓人看得入神，忘了眨眼，也可能是受不了而瞪著對方……不過只要看了後面的句子，就可以判斷在這裡應該是生氣瞪著的意思。

N 再回到前面那一句，學生譯文把「大受震驚」放在句尾，跟英文的語序不一樣。這樣好嗎？

柴田 翻譯的語序最好跟英文盡量相同。我上次也説過，大原則是「語序盡量跟原文一樣」。不過在這裡問題並不大，因為這個學生譯文前

翻譯教室

面先講了「你差點倒吸一口氣……」，讀者已經知道他受到了驚嚇，大概能推測讀下去會有什麼發展。這種時候也不用太拘泥於語序。總之，最糟糕的就是文字不斷延續，但卻沒有塑造出任何意象。

統一大家的意見，大概可以修改成這樣：

> **學生譯文 3　修正案**
>
> 　　你在尋找可安度一夜的地方。屏住氣讓你意識模糊，不過沒有想像中難受。仔細張望四處後，你倒吸一口氣，差點吞了口水，大為震驚。有個女孩正盯著我！

沒問題嗎？那我們繼續看下去。

> She has trendy orange hair and wears big thick white socks. You gape at her. She makes hand signs that demand, obviously: "What are you doing here?" Taken aback, you sign the same question in reply.

> **學生譯文 4**
>
> 　　那女孩一頭流行的橘色頭髮，穿著厚厚的寬鬆白襪。你張嘴看著她。她比了個動作給你，意思很明顯是「你在這裡做什麼？」你感到意外，也回給她一樣的問題作為回答。

A　　呃，我覺得最後一句「回給她一樣的問題作為回答」這個「回」字跟後面重複了。

柴田　沒錯，這裡只講「回她一樣的問題」就可以了。「你在這裡做什麼？」這句還可以再強調一下逼問的語氣。不如改成「你來幹嘛？」。「幹嘛」比「做什麼」好，在口語中比較自然。不過現在他們都在水裡，並沒有開口講話啦（笑）。

C 最後那句的「回她一樣的問題」，他們現在不是用聲音在對話，而是用動作在溝通吧？所以這裡的「回答問題」也應該改成「用同樣手勢回應」才對吧。

柴田 因為原文是 you sign the same question 呢。那可以說「回以相同手勢」，不需要說出「問題」這兩個字也無所謂。這樣應該就能了解了吧。

K 關於「ジェスチャー」（gesture；動作）這裡，如果原文是 gesture，我覺得沒什麼問題，但是作為 hand signs 的譯文，這樣好嗎？原文是 She makes hand signs that demand，但譯文卻用了「ジェスチャー」，這樣讀者會誤以為原文也是 gesture。

柴田 所以你覺得就一般原則來說，不應該換成令人聯想到其他英文的片假名是嗎？就原則上來說確實是這樣沒錯，不過有時候那是比較有效率的。我覺得這裡的 hand signs 跟「ジェスチャー」沒有太大差別。不過或許也可以譯為「肢體語言」。

O 我的問題跟剛剛的 gender-specific 有關，我覺得這裡提到她一頭時髦的橘色頭髮、穿著泡泡襪，應該是男性的觀點。所以應該可以判斷文章的主角，這裡的 you 其實是男性……

柴田 等等。你是指我的譯文？

O 不是，是學生譯文的第一句。

柴田 喔，這樣啊……如果是女孩的話，不會看其他女孩的頭髮或襪子嗎？

O 好像會看其他地方吧。

柴田 比方說？

O 我也不清楚，但是應該不會先注意到頭髮是橘色、腳上穿著泡泡襪吧。

柴田 是嗎，如果女孩子這麼講我當然無話可說（笑）。我自己也不會去注意男人的髮色和襪子啦（笑）……那，其他女性有什麼看法？……不管怎麼樣，這裡的四目相對，與其說是女孩對女孩，構圖上確實更像女孩對男孩。不過這一點畢竟沒有絕對的證據，只是莫名覺得比較容易想像主角是男孩而已。

O 我有個奇怪的想法，第一段有 You will be a carp person，中間的段落也出現了 Carp people。但是作者並沒有用 carp-man 或者 carp-men，這是不是因為作者自己是男性，所以書寫時也設想為男性，但是他也希望女性讀者勇於用自己的立場來閱讀呢？

柴田 也有可能。也就是說，如果作者已經認定是男的，前面大可寫carp-man。但是他卻用了 carp person。不過這確實很難講，你這種說法或許也可以成立，但是換個角度來看……該怎麼說呢……小說裡的字句並不見得都是作者的原創，有時也可能是模仿了坊間的流行語言。在現代遇到這種情況，好像有種不說 man 而說 person 的風潮。作者也有可能模仿這種潮流。如果真要把這一點分清楚實在相當費事，必須讀過約克魯其他作品，了解這個人用字的習慣偏好。所以這裡暫時就這樣吧，可以嗎？

對了，學生譯文中翻成「厚厚的寬鬆白襪」，我直接翻成「泡泡襪」，因為這個短篇是作者貝瑞·約克魯為了日本讀者所寫的。不只這篇文章，在這本（拿起書）《行動故事集》（新潮社，2005 年）裡的每篇作品，現在只出版了日文譯本，還沒有英文版。再回到襪子的話題，約克魯來日本觀察了東京的風俗民情後，回國馬上寫了這篇文章，我想他心裡設定的應該是日本高中女生，所以就這樣譯了。很多人把 Big thick white socks 譯成「又大又厚的白襪子」，但是這樣看起來好像是在描述巨大的襪子，就像裝聖誕老公公禮物的那種襪子（笑）。這裡大可直接用泡泡襪。[6]

---

6 「泡泡襪」日文為ルーズソックス，是日本人用 loose+sock 自創的外來語。

再把「比了個動作給你」這些有點不順的地方修整一下。

學生譯文 4　修正案

那女孩一頭流行的橘色頭髮，穿著泡泡襪。你張著嘴看著她。她比了個動作，那意思很明顯是「你在幹嘛？」你感到意外，也回以相同的手勢。

再看下一段。

> The girl tosses her head, annoyed. She points behind her with a thumb. There in the dimness, a whole crowd of persons are now visible, spread out on the pond bottom for the night. You blink at them. "Carp people!" you think. But they aren't welcoming. No: they scowl.

學生譯文 5

她很困擾地搖著頭。她用拇指指向自己背後。在那片黑暗中，夜裡可以看見蓋住池底的一大群人。你驚訝地看著他們，心想，「是鯉魚人！」但是他們並不歡迎你。不只這樣，他們正瞪著你。

柴田　好，這段譯文怎麼樣？

A　這裡譯成「夜裡可以看見蓋住池底的一大群人」，不過「夜裡……蓋住……」，聽起來不太像在講人類，好像是在說其他生物，比方說夜行性動物之類的。

柴田　嗯，還有 for the night，應該是「為了這一夜」、「為了度過這一夜」的意思。應該說「為了過夜」就可以了。這句大概可以改成「想在此過夜的人多到蓋住池底」。

D　原文一開始的 toss 這個字，我掌握不太到語意。

柴田　打棒球時的投球大概最接近吧，把球拋出去的那種感覺，所以

這裡用「劇烈搖著頭」有點太強烈了。我是怎麼譯的？我寫「頭髮一甩」，大概這種感覺就可以了。原文雖然寫的是 head，不過因為那頭時尚的橘色頭髮令人印象深刻，所以我刻意強調「頭」。

還有，如果把 annoyed 譯成「困擾」，我覺得意思不太對。雖然不至於到「生氣」那麼強烈，不過方向上應該是差不多的。我希望用一個能表現出「不高興」的字來譯 annoyed 這個字。當然，有時候根據文章的上下文，確實也可以翻成「困擾」。比方說 They are such an annoying bunch! 就是在講「那些傢伙真的很令人困擾」。

P　　這個橘色頭髮的女孩，年紀大概幾歲呢？我沒用「她」，為了表現出年紀較輕的感覺，翻成「少女」或「女孩」。

柴田　沒錯，原則上比起「她」，用「女孩」感覺更貼切。雖然話是這樣沒錯，不過這篇譯文有一點令我滿佩服的，文章中不尋常地用了許多「她」、「你」還有「他們」，雖然多，但節奏感卻不錯，也不會不自然，讀起來很有味道，刪改反而會亂了原本的節奏。假如我們抱著可能會擾亂節奏的前提來改，比方說第一句以「她……」開始，下一個句子一樣以「她……」開頭，這類句子當然最好能避免。這裡可以將第二句的主詞換成「然後」。歸納成公式，「如果連用同樣主詞覺得太過單調，可以試著把第二個換成『然後』」。不過我不太希望套這種公式啦。還有，最後一個「他們」確實沒什麼必要。

> **學生譯文 5　中途版本**
> 　她不悅地甩了甩頭髮，然後用拇指指向自己背後。在那片黑暗中，你看到想在此過夜的人多到蓋住池底。你驚訝地看著他們，心想，「是鯉魚人！」但是他們並不歡迎你。不只這樣，還瞪著你。

Q　　我有個問題，"Carp people!" you think 這裡，文章裡的 you 到底是覺得高興、討厭，還是驚訝，感覺不太出來。

柴田　在這之前有 You blink at them，應該是驚訝吧。blink 在這裡很

接近我們說的「驚愕」，但是又沒那麼強烈，大概類似這種感覺。

Q 剛剛的 annoyed，我可能太吹毛求疵了，不過一開始女孩先對主角比了動作，然後主角也莫名回了同樣動作，如果這裡把 annoyed 譯成「女孩不耐地」，是不是過頭了？

柴田 我覺得很好啊。其實我覺得「一惱」更恰當，但是我自己後面翻成「頭髮一甩」，不想要並列「一惱」、「一甩」，所以這裡我譯成「不悅」。我想「不耐」放在這裡也一樣可行。

R 這篇文章驚嘆號有點多，如果原文有，日文也應該加上「！」嗎？

柴田 我覺得這是個人偏好的問題。如果英文裡有驚嘆號，我自己幾乎會全部照用。問號一樣照用，段落我也絕對不改。這三點我都直接依照原文，什麼也不多想，不然太麻煩了嘛。但是有很多人不喜歡這樣。也有人覺得日文不會這麼常用驚嘆號，這一點並沒有正確答案。我自己不會去變動。除非有特殊原因，不然不會拿掉。

S 我覺得英文中的驚嘆號沒那麼驚訝。

柴田 也就是說，很多譯者覺得英文中的驚嘆號有時候並沒有特別意思，所以不太想重現。不過最近看年輕人寫的簡訊，我發現日文其實也一樣啊。這方面我覺得只要每個人有自己一貫的原則就行了。

C 我想請問 spread out 這個字的意思。學生譯文中譯成「蓋住」，這樣不就變成滿滿都是鯉魚？

柴田 應該說都是人啦。

T 我會想像人數多到看不見池底。不過老師的譯文用「四散」，感覺就零零星星的。

柴田 這樣確實又太少了呢。應該介於兩者中間吧。

T spread out 這個字所指的分散狀況、密度，應該是什麼感覺？

翻譯教室

柴田 你剛剛說得很正確。用「四散」太少、「蓋住」又太多，大概介於兩者中間。如果補上「池底到處」會不會覺得多一點呢？「到處」應該比「四散」好一點吧。「遍布整面池底」怎麼樣？

T 聽起來好像生物喔。

柴田 會嗎？如果靠得太近，應該很難睡吧？我的想像是大家可能各自帶著睡袋，在池底每個地方到處都看得到人，所以我用了「四散」，本來覺得這個詞比較適合用來形容人。不過似乎弱了些。

T 希望可以有不管望向哪個方向都看得到人的感覺。

柴田 既然如此，就直接用「到處」怎麼樣？「池底到處都是打算來過夜」……這樣如何？「占據」聽起來也有點怪。「躺著」。……最好不要先斷定是不是已經躺著比較好。

U 我覺得雖然是人，應該也可以用「散布」。

柴田 也對。類似「大家散布在池底各處」這種感覺。

P 還有，前一句 crowd of persons are now visible 的 now，應該還可以多考慮一下。最好可以表現出之前沒看到，現在終於看到的涵義。

柴田 一點也沒錯。把學生譯文裡「看到」改成「漸漸發現」，可以暫時解決這個問題。

學生譯文 5　修正案

　　她不悅地甩了甩頭髮，然後用拇指指向自己背後。在那片黑暗中，你漸漸發現池底到處都是想在此過夜的人。你驚訝地看著他們，心想，「是鯉魚人！」但是他們並不歡迎你。不只這樣，還瞪著你。

They all start gesturing for you to "shush" – to go away!
The girl glares, hands on hips.

學生譯文 6
他們開始做出「噓」的動作，要你走開。女孩手扠腰，瞪著你。

柴田 這裡幾乎大部分人都把 shush 譯成「『噓』的動作」，「噓」的意思是叫人「安靜」吧，但是他本來就沒有發出聲音，因為在水裡不可能出聲。從上下文可以判斷，這裡的意思不是「安靜」。

D 最後的 The girl glares 的 The，我覺得最好可以強調這就是前面出現的那個女孩。像老師的譯文就加上了「剛剛那個」。

柴田 我覺得最好能強調出來。在這當中人群出現，接在「他們不歡迎……」、「他們開始……」之後只說「女孩」，會有點搞不清楚是哪個女孩。英文裡用 The girl，不會搞不清楚。既然這樣，日文也應該下點工夫讓讀者了解。可能有人覺得這種長度的文章讀者應該還記得，不過我覺得中間拉得有點長，可以加上「那個」之類的指稱。

V hip 不管在老師還是學生譯文中都翻成「腰」，這是完全相等的嗎？

柴田 對。hip 這個字不是指「臀部」而是指「腰」。這是基本認知。當然也根據狀況而定，腰部肚臍這條線附近是 waist 對吧？肚臍的下方就叫做 hip，有時候也可以譯為臀部，但通常譯成「腰」。畫成圖大概是這個樣子。

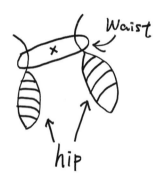

學生譯文 6　修正案
大家開始揮手驅趕，要你走開。女孩手扠在腰上，瞪著你。

好，我們看下一段。

> You stare dumbly at all this hostility. "No!" you finally blurt out, frantic, bubbles cascading. "No, I won't go back up to all that misery! I want to be down here, with the fishes!"

學生譯文 7

你沒有出聲，只是看著面前遍布的各種敵意。「不要！」你終於開口了，火冒三丈，口中冒出泡泡。「不要！我才不要回去那個不愉快的世界！我要跟這些魚一起待在這裡！」

柴田 這裡如何？我自己覺得「眼前遍布」聽起來比「面前遍布」自然。其他部分呢，大家覺得如何？

W 這裡的「各種」，這裡的 all 不是「各種」，應該是強調……

柴田 沒錯。就像是 I can't stand all this stupidity，其實是「我再也受不了這些蠢事了」。這也可以感覺到所有人的敵意。「各種敵意」雖然說不上錯，但聽起來有點不自然。我覺得改成「龐大的敵意……」可能比較好。

你沒有出聲，只是看著面前遍布的龐大敵意。

K bubbles cascading，在老師的譯文裡加上了「如瀑布般」的字眼。這樣聽起來不太像泡沫耶？

柴田 也對，瀑布應該是往下沖的。學生譯成「冒出泡泡」，怎麼樣？說完「不要！」之後，會冒出泡泡嗎？

K 這篇文章充滿幻想，所以用「瀑布」應該也可以。

柴田 我覺得往下的感覺也可以。但是想像一下實際狀況，確實比較

可能往上。那 cascade 還是不要譯為「瀑布」，不妨改成「頓時迸發出大量泡沫」、「湧出泡沫」吧。

W　關於這一點，這裡的 cascading 說不定是作者想形容從下方反過來看到泡沫升上去的情景，這樣推想，是不是應該保留「瀑布」這個詞呢？

柴田　顛倒過來的瀑布是嗎？

W　反向的瀑布。

柴田　這也有可能。「好比反過來的瀑布般流瀉出來」。挺有趣的。不過太長。但是講到 cascade 這個字，大家都會聯想到瀑布，至於要保留多少這樣的印象，就很難講了。可以保留，但也不至於一定得全盤保留。

J　另外，我覺得最好再強調一下 I won't go back up to all that misery! I want to be down here 裡的 up、down 的感覺。

柴田　你說得沒錯。這確實是一個觀點，但是英文裡經常會用到 up here，down there 這種說法。在英文裡這些字的份量很輕，在日文裡如果全部重現，感覺就會太重。

J　這些字確實很常用，可是在這篇文章裡，水面上或水面下，應該是很重要的問題吧？

柴田　對，但是在英文裡 I won't go back up to all that misery! 這個句子裡的 up 出現得非常自然。另外比起 I want to be here，I want to be down here 聽起來也很自然。如果沒有 up、down，聽起來甚至會很奇怪。但是我認為應該沒有日文可以同等自然地對應這個句子，所以放棄重現這個部分。

另外還有一個微妙的地方，就是「你終於開口了」這個地方。You finally blurt out 這句裡 finally 這個字，我譯的時候花了不少工夫。在字典上雖然寫著「最後」，但很多時候這樣譯都很奇怪。之所以會使用

finally 這個字，大部分指的是沉默了一陣子之後「終於有人開了口」。也就是說，很多時候指的都是「隔了一小段時間」的意思。這裡也是一樣，我依照自己的原則，譯成「你過了一會兒之後」，學生譯文中寫的是「你終於開口了」。仔細想想這也無不可。換句話說，這邊要表達的是在這之前開口說話水會跑進嘴裡，所以沒說話，但是這時候終於忍不住說話了。如果要朝這個方向來翻，應該可以翻成「你忍不住脫口而出」吧。

問題在下一句，這裡把 frantic 跟 blurt out 分開來，譯成「你終於開口了，火冒三丈」，這個譯法不太好。這裡只是在加強 blurt out 的印象，意思是「你忍不住氣到脫口而出」。再來調整一下句子節奏，後面的句子「口中冒出泡泡」，這麼一來，同一個句子裡就會有兩個「口」字，不太漂亮，我覺得可以從中間斷成兩句。先在「你終於開口……」這裡斷成一句，然後「口中冒出泡泡……」開始另起一句。翻成「溢出」可能更好一點。

「不要！」你忍不住脫口而出。泡沫從口中不斷溢出 。

好，那我們來看下一段。

"Beat it!" gesture the crowd. "We got here first! GO!"
Human eyes glare at each other, yours and theirs, desperate and resentful down on the pond bottom.

學生譯文 8
「快滾！我們是第一個來的，走開！」所有人都開始趕你走。你的眼睛和他們的眼睛，人類的眼睛互相瞪視。就連這池底都充滿絕望、憤慨。

柴田 這裡的 "Beat it !" 有人譯成「打他！」，當然啦，在這個奇怪的

故事裡，什麼都可能發生，不過像這種程度的片語還是希望大家查查字典。這是非常常見的用法。當然自己最好不要常講。

G　老師，We got here first 這個地方，直譯確實是「第一」，可是就算說了第一，也依然搞不清楚這些鯉魚人是怎麼聚集在這裡的。如果說「我們是第一個來的」，就好像這群鯉魚人是同時來到這裡的，感覺很怪，我覺得像先生的譯文寫成「我們先來的」比較好。

柴田　對啊，這樣的日文看起來也比較自然。如果說「第一個」，會讓人覺得只有一個人。

W　關於 desperate 的譯法。與其說「絕望」，更像有點豁出去的感覺。

柴田　沒錯，就是「拚了死命」的感覺。我希望英文系的同學務必要懂，desperate 這個字不是「絕望」。despair 是「絕望」，但跟 desperate 最接近的應該是「豁出去」。或者是「自暴自棄」，還有「孤注一擲」也可以，總之還沒有死心，心沒死透。

比方說強盜挾持事件，They are desperate. They can do anything「那些傢伙已經豁出去了，什麼事都做得出來」。用法大概是這樣。

這個人鐵了心不想回到上面去，所以他的狀態是 desperate。另外，那些先來的人露骨地展現敵意，「回去回去，你誰啊？明明比我們晚來。」這就是指憤慨，也就是 resentful。「就連這池底」的「就連」應該不需要。在這裡要用跟「憤慨」成對的詞語來譯出 desperate 確實不容易。「近乎絕望的狀態」意思很接近，但是句子又太長了。該怎麼辦好呢？

W　「頹廢」呢。？

柴田　「頹廢」好像還不太夠。最好還可以表現出頹廢之後不知道對方會做出什麼那種有點暴力傾向的感覺。

X　「頹喪」？

柴田「頹喪」？嗯，我總覺得「頹廢」不會連結到行動。大概可以用「不顧一切」吧。「不顧一切的念頭和憤慨情緒」總之大家應該了解 desperate 這個字的語感了吧？

學生譯文 8　修正案

「快滾！是我們先來的，走開！」所有人都開始趕你走。你的眼睛和他們的眼睛，人類的眼睛互相瞪視。在這池底，充滿了不顧一切的念頭和憤慨情緒。

這個譯文翻成「你的眼睛和他們的眼睛，人類的眼睛互相瞪視」，我很喜歡這種刻意斷開的感覺。

另外，在其他的譯文中，有人讀懂了 desperate 基本上是針對這個「你」，resentful 是指他們，所以很清楚地把 yours and theirs, desperate and resentful……分成「你的眼睛……，他們的眼睛……」，但是或許不要整理到這麼清楚比較好。同樣是人，彼此的立場也有可能交換，說不定他們心裡也有他們的不顧一切，而他也有他的憤慨。

那我們來看最後一段 ——

And the carp flit about, swishing their tails, blinking grimly at the scene.

學生譯文 9

但是鯉魚悠游，輕輕擺動尾鰭，眨著眼冷冷地看著人類上演的這一幕。

柴田　這裡的 at the scene 翻成「人類上演的這一幕」有點刻意，但是這個想法非常有趣，也很巧妙。還有……把 grimly 翻成「冷冷地」有點太弱了。我說弱並不是指這個字翻得不好，不過語氣上應該更強一點。grim 大概是「表情嚴厲」這種感覺吧。死神也叫 the Grim

Reaper。reaper 的意思是「收割者」，英語圈的死神，手上拿著彎彎的鐮刀，這個英文叫做 scythe，拿來割草用的。手裡拿著這個東西，所以叫做 the Grim Reaper，這裡的 grim 感覺也差不多沉重。這時候鯉魚的臉應該是垮了下來的凝重感，最好可以表現出這種味道。同樣的，flit about 翻成「悠游」，有點太過輕快了。

W　整體的風格我覺得有點類似童話，不需要強調這種風格嗎？

柴田　確實是類似童話，但是要模倣這種刻意的童話風格並不簡單呢。文章也沒有明顯到讓人篤定覺得「這就是十足的童話風格」。

另外，And the carp flit about 的 And 翻成「但是」讓我覺得很驚艷。這確實是一個方法。實際上我們經常會把 and 譯成「但是」，當然，在這裡也可以譯成「接著」，總之，前面講的都是人的眼睛，在這裡突然把焦點轉移到魚的動作上。這裡我們希望有點攝影機轉換視角的感覺。

W　這裡的 And，我翻成「另一方面」。

柴田　「另一方面」這個想法也很有趣，不過跟「但是」還有「而」這些簡潔的字比較起來，聽起來有點太嚴肅。

學生譯文 9　修正案
　　但是鯉魚四處游著，輕輕擺動尾鰭，眨著眼，嚴厲地看著人類上演的這一幕。

其他部分呢？有沒有問題？那我們今天就到這裡結束吧。以後習題會愈來愈難，請大家好好加油。

教師譯文例

鯉魚
貝瑞・約克魯

為了逃避人生，你悄悄來到公園池邊，縱身沉入水底。你決定

了，要在鯉魚群中生活。要當個鯉魚人！

水裡是如此舒適而昏暗。鯉魚群慢慢游近你，臉色看來不太高興。「一定覺得我是入侵者吧。」你心想。「哼，不好意思啊，想抱怨就對地上的世界說吧，誰想待在那糟糕透頂的世界！」

你尋找過夜的地方。屏住氣讓你頭昏腦脹，但沒有想像中難受。你瞇起眼，環顧四周，嚇了一大跳。一驚之下差點把水吞下肚──有個女孩正在瞪著你！一頭時尚橘髮加上泡泡襪裝扮。你瞪大了眼睛看著女孩。她打了個手勢，明顯看出是在問你「你來這幹嘛？」你愣了一下，也比了同樣手勢反問她。女孩頭髮一甩，滿臉不悅地用拇指比比自己身後。昏暗光線中，你漸漸看清楚剛剛沒發現的人群。大家四散在池底，想找個過夜的地方。你瞠目結舌看著他們，心想「是鯉魚人！」他們並不歡迎你。眉頭緊皺著，而且齜牙咧嘴。大家都揮手趕你走──滾！剛剛那女孩手扠腰瞪著你。

你茫然面對這龐大的敵意。「不！」過了一會兒，你失控地破口大叫。泡沫像瀑布一樣湧出。「不！誰要回去那個討厭的世界！我要留下來，跟這些魚一起生活！」

「走開！」人群開始作勢驅趕你。「是我們先來的，你回去！」

人類的眼睛瞪著彼此，你的眼睛和他們的眼睛，在池底顯露出孤注一擲的焦躁，和憤慨之情。

而鯉魚群在四處緩緩泳著。尾鰭輕擺，神色凜然地眨眼，看著你們。

翻譯教室

3

瑞蒙·卡佛
Raymond Carver

家庭力學
Popular Mechanics

Early that day the weather turned and the snow was melting into dirty water. Streaks of it ran down from the little shoulder-high window that faced the backyard. Cars slushed by on the street outside, where it was getting dark. But it was getting dark on the inside too.

He was in the bedroom pushing clothes into a suitcase when she came to the door.

I'm glad you're leaving! I'm glad you're leaving! she said. Do you hear?

He kept on putting his things into the suitcase.

Son of a bitch! I'm so glad you're leaving! She began to cry. You can't even look me in the face, can you?

Then she noticed the baby's picture on the bed and picked it up.

He looked at her and she wiped her eyes and stared at him before turning and going back to the living room.

Bring that back, he said.

Just get your things and get out, she said.

He did not answer, He fastened the suitcase, put on his coat, looked around the bedroom before turning off the light. Then he went out to the living room.

She stood in the doorway of the little kitchen, holding the baby.

I want the baby, he said.

Are you crazy?

No, but I want the baby. I'll get someone to come by for his things.

You're not touching this baby, she said.

The baby had begun to cry and she uncovered the blanket from around his head.

Oh, oh, she said, looking at the baby.

He moved toward her.

For God's sake! she said. She took a step back into the kitchen.

I want the baby.

Get out of here!

She turned and tried to hold the baby over in a corner behind the stove.

But he came up. He reached across the stove and tightened his hands on the baby.

Let go of him, he said.

Get away, get away! she cried.

The baby was red-faced and screaming. In the scuffle they knocked down a flowerpot that hung behind the stove.

He crowded her into the wall then, trying to break her grip. He held on to the baby and pushed with all his weight.

Let go of him, he said.

Don't, she said. You're hurting the baby, she said.

I'm not hurting the baby, he said.

The kitchen window gave no light. In the near-dark he worked on her fisted fingers with one hand and with the other hand he gripped the screaming baby up under an arm near the shoulder.

She felt her fingers being forced open. She felt the baby going from her.

No! she screamed just as her hands came loose.

She would have it, this baby.She grabbed for the baby's other arm.She caught the baby around the wrist and leaned back.

But he would not let go. He felt the baby slipping out of his hands and he pulled back very hard.

In this manner, the issue was decided.

翻譯教室

柴田　我們先來看看標題，《Popular Mechanics》是美國一本知名雜誌的刊名，內容是假日木工。就算知道這一點，這標題也不好譯，當然這種命名是故意諷刺文章末段爭搶嬰兒的力學描述。大家的譯法有「司空見慣的故事」、「常套步驟」、「日常力學」、「世間規律」、「生活力學」、「隨處可見的小事」、「慣見模式」、「常見力學」，大概是這些。每一種譯法都很有巧思。接下來我們先看看原文的開頭。

> Early that day the weather turned and the snow was melting into dirty water. Streaks of it ran down from the little shoulder-high window that faced the backyard. Cars slushed by on the street outside, where it was getting dark. But it was getting dark on the inside too.

柴田　今天我也把村上春樹的譯文一起發下去，你們手上會有學生譯文、教師譯例、村上譯本。大家可以針對任何一種譯法自由發言，不過我會把講評焦點放在學生的譯法上。

學生譯文 1

那天的清晨，天氣很早就變了，雪化為污水融出。水形成幾束水流，從面對後院大約與肩同高的小窗流下。車子濺起水花，駛過外面的馬路。外頭開始變暗，但家裡也一樣正要變暗。

柴田　好。這一段怎麼樣？首先「從小窗流下」的寫法，比較不容易了解水流動的方式。最好可以描寫水順著窗戶往下流的感覺。這個問題只要把「從」改為「沿著」，大概就能解決。

這個學生譯文的優點，在於把 Streaks of it 譯為「形成幾束水流」，確實重現了原本的複數形，讓人很容易想像。還有，他也將 little shoulder-high window 譯為「大約與肩同高的小窗」，稍微調換了形容詞的語序，讓讀者更容易具體想像。這篇文章後面提到，The kitchen window gave no light，可見這裡雖有窗，但是光線無法射入，整篇小

說都瀰漫著這種封閉感，這裡也下了點小工夫強調這種感覺。用來形容 window 的 little、shoulder-high 這兩個形容詞的順序並不是太大問題，不過如果覺得調換順序比較容易喚起視覺上的想像連結，大可這麼做。

　　另外一點可能牽涉到各人的用字偏好，我覺得 dirty water 不要譯為「污水」，譯為「泥水」比較好。「清晨」也可拿掉。原文只有 early，交代「很早」就可以了。

學生譯文 1　修正版

　　那一天，天氣很早就變了，雪化為泥水融出。水形成幾束水流，沿著面對後院大約與肩同高的小窗流下。車子濺起水花，駛過外面的馬路。外頭開始變暗，但家裡也一樣即將變暗。

再來講到常見的翻譯技巧，最後的 it was getting dark 這種現在進行式，經常會翻成「正在 XXX」。比方說 It's getting dark，意思是「天色漸暗」，很少有人會說「天色正在變暗」吧。當時間愈來愈晚，說出 Let's go home it's getting dark 的時候，我們會說「回家吧，天都黑了」。所以「外頭開始變暗」其實譯成「外面天色已暗」就行了。

A　「但家裡也一樣正要變暗」這一句，我覺得直接譯出 but 有點奇怪，所以我用「而」來處理，這樣可以嗎？

柴田　確實，有時候 but 譯為「而」，讀起來比較通順，跟上一回我提到有時 and 可以譯為「然而」是一樣的道理。不過，在這裡把 but 譯為「而」，會不會不容易了解究竟是要讓屋內屋外互為對照，還是一貫相連的意象？這一點其他人覺得如何？

B　這裡的 getting dark 可能也有「氣氛慢慢變糟」的感覺，我覺得用「而」不太適合。

柴田　原來如此。你認為除了字面上的天色變暗，還帶有象徵的意涵是嗎？另外，屋外雖然泥水四濺，算不上賞心悅目，但是不斷有車輛

往來。雖然不能說開闊，但至少可以感覺到空間的開放，跟屋裡封閉的感覺剛好形成對比，用順接的「而」來連接，好像把外面的開放感也帶進了屋裡。可能還是用「但」比較安全一點。

這麼一來，要不要用現在進行式來處理「正要變暗」這一句，又很讓人猶豫。先描述了外面窗上的水流、車輛經過等背景確實不錯，以電影手法來說，就像鏡頭穿過窗戶進入屋裡，可以很明顯知道故事正要開始。這時如果用「正要 XX」的現在進行式，就能夠感受到逐漸接近、進入，乃至於置身房間裡的感覺。如此雖然非常貼切地展現這種感覺，但是，故事中運用的是冷酷的攝影機，即使面對這對男女，都絲毫不帶同情或共鳴，甚至也不透露憤懣、憎恨或怒氣。這是一架與人保持距離的攝影機，因此在這裡使用「正要……」或許太過貼近人物，這當中的拿捏確實不容易。

這種問題不能光看一個句子來決定，是整體風格的問題。這整篇作品都用過去式，但這個譯本卻刻意使用許多現在式，我覺得運用得挺不錯。我們先繼續往下看。

He was in the bedroom pushing clothes into a suitcase when she came to the door.

I'm glad you're leaving! I'm glad you're leaving! she said. Do you hear?

He kept on putting his things into the suitcase.

學生譯文 2

當她來到門邊，他在寢室把衣服塞到行李箱裡。沒想到你願意走！沒有比這更令人高興的事了！她說。你聽到了嗎？他繼續把自己的東西丟進行李箱裡。

A　一開始先譯了「當她來到門邊」，依照英文的語序，後面直接接

續她講的話，感覺不是比較好嗎？

柴田 沒有錯，最大的原則是直接依照英文語序來譯。另外，用 When 來連接時，事情通常是同時發生，但儘管是同時發生，既然英文先寫了前面這一句，先把這一句譯出來當然不會有錯。譯文的內容本身沒有問題，只要調換一下順序就好：

他在寢室把衣服塞到行李箱裡時，她來到門邊。

下面 He kept on putting his things into the suitcase 這句如何？

C 「他繼續把自己的東西丟進行李箱裡」這句譯文，這裡原文是 put，用「丟」適合嗎？

柴田 我想先問問譯成「丟進」的人。我記得這句應該是 D 譯的吧？

D 對。

柴田 你譯成「丟進」有什麼計畫？

D 也說不上計畫，這不是一個仔細打包行李的狀況吧。所以我覺得大概可以用「丟」來表達。

柴田 我了解你的想法。在這裡我們不希望呈現出這個男人相當愛惜、小心對待自己東西的感覺，如果用「丟進」，就可以去除掉那種感覺，對吧？不過 B 覺得，put 還是跟「丟進」感覺不太一樣。大家還有其他看法嗎？

E 在這之後一直到他說把嬰兒照片還給我之前，男人都一言不發。男人一直壓抑，女人則不斷大聲嚷嚷。我覺得用「丟進」，不太符合這種感覺。

柴田 你覺得表現出女人歇斯底里地大叫，男人卻相對平靜的對比更有效果是嗎？把東西放到某個地方時用 put 是最普遍也最超然，是不帶色彩的說法。這樣看來，這裡如果不去特地強調粗暴的動作，應該

可以傳達出那種冰冷的感覺，至少不會讓人覺得溫暖。

還有，I'm glad you're leaving 這句翻成「沒想到你願意走！」，雖然原文的說法也有點諷刺，但是譯文的諷刺太知性了。I'm glad you're leaving! 是一種直接的挖苦，「沒想到你願意走！」好像保留了很多空間。我覺得可以更直接一點，比方說「你要走我太高興了！」

F　文章出現很多 he 和 she，我覺得突然譯成「他」和「她」有點怪，所以一開始我先譯成「男人」跟「女人」，後面的「男人」和「女人」才譯成「他」跟「她」。

柴田　其他人對這一點有什麼看法？

G　我覺得有一些地方是刻意連續使用 he 或者 she。

柴田　沒有錯。

G　我覺得可以譯成「他」跟「她」，直接表現出原文的異樣感。

柴田　像 "She would have it, this baby. She grabbed for the baby's other arm. She caught the baby."，這裡就用了三個 She 呢。

G　我覺得最後一句中的 She 應該不需要譯出來。

柴田　這個 She 該不該刪掉又是另一個問題，我們先放在一邊，不過你剛剛說的沒錯，卡佛把這些乍看之下平凡無奇的詞語排列在一起，講究詞藻的文章絕對不會這麼做。這是從海明威開始的寫法，剛剛提到的 She would have it 這一段也是，還有往上數三行，She felt her fingers being forced open. She felt the baby going from her，這裡也是連續排列著 She felt、She felt，就是像小學生寫作文，而這種單調反而效果特別好。

但是在日文中，這到底應不應該照樣重現，重複一樣次數的「她」、「她」、「她」呢？這也不見得。she 跟「她」的分量不同。she 感覺比較輕。重複五次 she，分量上大概等於三次的「她」吧。剛剛 G 說到

倒數第三段的 she 有三個，最後一個「她」可以拿掉，以分量上來看，這樣確實比較恰當。不過這只是一般情況。

關於「他」、「她」的處理還有什麼看法嗎？

B　這篇文章的標題是 Mechanics，在文章裡又有「力學」，所以我覺得句子可以呈現出機械性的感覺。要翻成「男人」就全翻成「男人」，要翻成「他」就全翻成「他」，比較能呈現前面提到的攝影機冷酷視角。

柴田　就原則來說，我的意見跟你完全一樣。這裡的「他」或者「她」最好不要替換成太漂亮的字彙。不過最好還是避免類似「他看著她」或者「他往她的方向移動」這種句子。這樣的文章不漂亮。機械性地重複「他」或「她」，在這篇小說是正確的，但是如果寫起來不太自然，還是需要背離一下原則，進行細部調整，不過這個原則是沒有錯的。

整理一下 F 提到的人稱問題，文章裡的「他」和「她」可以適度刪除，也不需要改寫成「男人」、「女人」，表現出機械式的反覆感是最好的正面攻擊法。用「男人」、「女人」，總覺得像在看言情小說一樣，我個人不太喜歡。

學生譯文 2　修正案

　　他在寢室把衣服塞到行李箱時，她來到門邊。你要走我太高興了！再也沒有比這更令人高興的事了！她說。你聽到了嗎？他繼續把自己的東西放進行李箱裡。

接著看下一段。

Son of a bitch! I'm so glad you're leaving! She began to cry. You can't even look me in the face, can you?

Then she noticed the baby's picture on the bed and picked it up.

　你這個畜生！你要走我高興極了。她開始哭。你連我的臉都不敢看，對吧？

　接著她發現床上的嬰兒照片，拿了起來。

G　Son of a bitch! 這裡，要譯得多粗魯才好呢？我覺得「你這個畜生」好像有點太粗魯了。

柴田　與其說太粗魯，其實更大的問題在粗魯得不自然吧。當然這也跟故事中女性的個性有關，在英文裡女人用 Son of a bitch! 這句話來表現怒氣，算是自然的粗話，我們大概可以想像出女性說這句話的感覺，但是在日文裡會說「你這個畜生」的女性好像沒那麼普遍。其他人覺得呢？

H　老師譯的「沒用的東西」我也覺得好像意思不太對。

柴田　反而力道不夠，對吧？英文的這類粗話分很多等級，這句話高中女生大概會經常說，但是這句話應該不會說等等。可是在日文裡大概只有「畜生」、「笨蛋」，很難再細分等級。因為日文裡咒罵人的話種類很少，所以與其思考 Son of a bitch! 這句話的意思，不如設身處地去想，假如自己是文中的女性，在這樣的上下文脈絡中，會怎麼罵這個男人。雖然平凡，我想大概差不多是「可惡、混蛋」之類的吧。

　另外「開始哭」譯成「哭了起來」感覺比較自然。每當看到 begin 或者 start 這些字，我們就會忍不住譯成「開始」，不過很多時候翻成「……起來」更好。不過「……起來」的意思當然較曖昧，比方說「年輕了起來」當然不是「開始年輕」的意思，而是「變得年輕」的意思。要根據每個動詞來區分使用。

　混蛋！你這個畜生！你要走我太高興了！她哭了起來。你連我的臉都不敢看，對吧？

　接著她發現床上的嬰兒照片，拿了起來。

再來看下一句，這好像是大家最頭痛的地方。

> He looked at her and she wiped her eyes and stared at him before turning and going back to the living room.

學生譯文 4

他看著她，她擦掉眼淚，回到客廳之前專注地凝望著他。

柴田 原則上我拿來當範例的學生譯文都譯得還不錯，但是這裡我故意找了一個譯得不太理想的例子。這個句子我們可以討論一下「他」和「她」的問題，還有 before 的譯法。跟剛剛 A 君提到 when 時所說的一樣，before 的前後，原則上最好依照英文的語序來譯。也就是擦掉眼淚、看著他，然後走到客廳。為了避免連續使用「他」、「她」，這裡用「女人」來處理。

他看著女人，女人擦掉眼淚，專注地凝望著他，回到客廳。

還有其他看法嗎？

Ｉ 我把這裡的 stare 譯成「凝望」，但是被改成「瞪著」，我覺得文章裡透露出她稍微悲哀的感覺，所以刻意譯成「凝望」。

柴田 我們先說一般的狀況，stare 翻成這兩者都對。stare 這個字就像上次所說的，一樣是「看」，卻有因為某些理由而讓視線不動的感覺。可能是生氣，也可能看得出神或是發呆。環顧時不會用 stare。

所以在這裡要先了解她是什麼樣的心境。我自己譯成「瞪」是嗎？這是因為我想明顯地表現出「憤怒」，但確實有點過於明顯了。反過來說，譯成「凝望」，就表示想藉由她的眼神傳達出哀戚的感覺對吧。「凝望」和「瞪著」這兩種譯法的方向都太過明顯了。有時候我們會把

stare 譯成「面無表情地看著」，但是在這裡我不想說得那麼清楚，這樣好像呈現出她的某種從容，我不希望這樣做。最好是不要像「瞪著」這麼明顯表現出怒氣，也不要像「凝望」這麼惆悵，讓人感覺到「只是看著」的字。以這個學生譯文來說，前面有了「專注地」，後面不需要再說「凝望著」，用「看著」就夠了。

學生譯文 4　修正案
他看著女人，女人擦掉眼淚，直直盯著他，回到客廳。

before turning and going back to the living room 裡的 turn，學生譯文沒有譯出來，這裡不譯也無所謂，不過我還是依照原文譯成「轉過身去」，村上先生也譯成「轉身向後」，不過 turn 只有一個音節，turning 則是兩個音節，硬要譯出來的話，儘管原本只是很簡單的字，卻會太過引人注意。所以像這篇學生譯文直接省略，也是一個方法。

那我們看下一段。

Bring that back, he said.
Just get your things and get out, she said.
He did not answer. He fastened the suitcase, put on his coat, looked around the bedroom before turning off the light. Then he went out to the living room.
She stood in the doorway of the little kitchen, holding the baby.

學生譯文 5
請把那個還給我，他說。
她說，快點收收行李走吧。男人沒回答。他確實闔上行李箱，穿上外套，關燈之前環顧了臥房一圈。接著他走出房間來到客廳。女人一邊抱著嬰兒，站在小廚房的門口。

B 　男人說「還給我」，而女人回答的是 Just get your things，所以這裡我沒有譯成「行李」，而是「自己的東西」。我想要強調「這照片上的嬰兒可不是你的東西」那層意思。

柴田　我了解你的意思，在這裡如果譯成「自己的東西」，日文裡在前面加上「自己的」不是太常見的說法。反過來說，英文裡能不能用 Just get the things 來代替 Just get your things？其實是不行的。加上 your 會變成一種很中立、沒有色彩的說法。如果這邊的 your 打了斜體，那確實就如 B 所說。不過原句中幾乎沒有「你的」的意思，your things 指的就是「行李」。

前一段中「把自己的東西放進行李箱裡」，He kept on putting his things into the suitcase 裡的 his 也不能替換為 the，當然也不可以沒有冠詞，所以雖然有 your，意思只是單純指「行李」。

D　我現在了解 your things 指的是「行李」，在這裡我覺得原文有種包含孩子在內、把你地盤裡的東西都帶走的感覺，所以我也譯成「自己的東西」，可能是想太多了吧。

柴田　不，你們思考的方向是對的，不過在這樣的脈絡下還是要用一般人會用的講法來重現。翻譯對話難就難在這裡。

還有，我前面也說過，翻譯的時候，原則上不譯代名詞，最好告訴自己，如非逼不得已，不要用他或她，在對話中特別講求這一點，這裡的 Bring that back 在英文裡也不能說成 Bring back，一定得加上 that，可是日文中不需要把「那個」說出來。

另外「請還給我」聽起來姿態莫名地低，翻成「還給我」比較好。

「快點收行李……」這邊的譯法很不錯。卡佛的文章跟海明威很像，運用簡單的字句，幾乎沒有多餘的裝飾，從這一點看來譯得很好。硬要挑毛病的話，「關燈之前」這個 before 的譯法，我覺得最好還是依照英文的語序，譯成「環顧了臥房一圈後關上燈」。另外 fastened the suitcase 這裡的「確實」也不需要。

還給我，他説。
她説，快點收行李走吧。
男人沒回答。他闔上行李箱，穿上外套，環顧臥房後關上燈。接著他走出
房間來到客廳。
女人一邊抱著嬰兒，站在小廚房門口。

其他地方呢？

J　最後的 She stood...holding the baby 譯成「一邊抱著嬰兒，站
在……」，但一般不會這麼説，改成「站在門口抱著嬰兒」可以嗎？

柴田　原來如此。如果是「一邊哭……」倒還好，「一邊抱……」平常
好像不會這麼説呢。

女人抱著嬰兒站在小廚房門口。

K　這裡的スーツケース（suitcase；行李箱）和コート（coat；外套）
都使用片假名，我覺得廚房應該也用片假名的キッチン（kitchen）比
較好。

柴田　但是也可以反過來説，正因為前面接連使用幾個片假名，為了
避免太過新潮的感覺，這裡才用漢字的「台所」（廚房）。該如何抉擇
確實很困難。K 認為統一感很重要是嗎？

K　還有，廚房如果用漢字來書寫，我就會連想到穿著日式長袖圍
裙的形象。

柴田　這樣嗎。スーツケース（行李箱）沒有可替換的日文。コート
（外套）的漢字是外套，但已經不這麼用，另外外套好像也很少講「オ

ーバー」（over）[7]了呢。說到這個，「客廳」也有人譯成片假名「リビングルーム」（living room）或「リビング」（living）[8]呢。該選用哪一種應該要多加考慮，比方說前面用了太多漢字，這裡可以用個片假名，或以漢字來避免太過新潮的感覺等等。不過漢字的「台所」應該會愈來愈少見吧，就像日式長袖圍裙那樣，變成懷舊的詞。

L　這篇文章除了對話以外，始終都用過去式，我覺得每一句都用過去式來結尾不太好，所以第一句我用現在式「男人不回答」，最後「接著他走向客廳」也用現在式來連接。把連接到下一句的地方插入現在式，這種譯法如何？

柴田　你這麼做是因為不喜歡連續出現過去式？

L　我覺得這樣的文章不漂亮，所以想在中間插入現在式。老師說的距離感這個問題我也了解，但是有沒有什麼方法能整合得更好？

柴田　如果去看翻譯入門書，上面都會告訴你們，接連著寫過去式這樣的日文不漂亮，應該要適當參雜現在式。但是一味機械式地這麼做，就等於忽視了閱讀小說這件事。有些文章適合夾雜現在式，有些不適合。基本上，問題出在敘事者跟人物之間的距離。「都十月了還這麼冷」和「當時都十月了還很冷」，前一句比較融入書中人物。所以如果不想拉開敘事者和書中人物的距離，希望貼近一些，就適合用現在式。想要保持距離、冷眼旁觀，就不適合。卡佛的這篇文章不適合反常，最好通篇都用過去式。

　　話雖如此，但這裡的句子都特別短，所以更覺得一直出現過去式很礙眼。該怎麼辦呢？混入最低限度的現在式來體現自己的美學也是一個方法。但是我沒有這麼做，因為我看到這些連續的過去式並不會太在意，而且我也認為，即使是這樣的句子也能譯得漂亮才是根本之道。

7　オーバー：日文中將 overcoat 簡略為 over 後形成的外來語。

8　リビング：日文中將 living room 簡略為 living 後形成的外來語。

我的方法是，這篇文章裡所有敘述的部分都維持過去式，但是對話部分沒有另加引號，直接融入敘述部分中，將「把孩子給我」還有「出去」、「你瘋了」等句子以現在式穿插在中間，這樣就不會覺得過去式的句子那麼明顯。我了解 L 的用意。這方面很難兩全其美，其實不只是翻譯，人生就是這樣（笑）。雖然有個大原則，但還是得根據個別情況逐一判斷。

另外還有一點，有些人把所有對話都加上引號，這不太好。加上引號雖然好懂，但是這麼一來會感覺這些人的聲音都鮮活了起來。可是這篇文章中出現的人，並沒有鮮活的感覺。就像隔一層流著泥水的窗戶看過去，情景陰暗混濁，沒什麼生命力，也完全沒有溫度。要營造出這種感覺，最好不要加上引號。

學生譯文 5　修正案

> 還給我，他說。
> 她說，快點收行李走吧。
> 男人沒回答。他闔上行李箱，穿上外套，環望臥房後關上燈。接著他走出房間來到客廳。
> 女人抱著嬰兒站在小廚房門口。

好，下一段。

> I want the baby, he said
> Are you crazy?
> No, but I want the baby. I'll get someone to come by for his things.
> You're not touching this baby, she said.
> The baby had begun to cry and she uncovered the blanket from around his head.

> 把嬰兒給我，男人説。
> 你瘋了嗎？
> 不，我只是想要嬰兒而已。我會讓人來拿嬰兒的東西。
> 不要碰這孩子，她説。
> 寶寶開始哭，她拿掉孩子頭上的毛毯。

M 應該沒有人會叫自己的小孩「嬰兒」吧，我覺得這裡改成「這孩子」比較好。嬰兒這個單字比 baby 的分量還要重，敘述部分如果用「兒子」，聽起來又太過溫暖，不適合用在這裡。

柴田 你的猶豫很有道理。不過你剛剛説沒有父母親會稱自己的孩子「嬰兒」，這又要回頭看英文裡會不會有父母親説 I want the baby。也就是説，這個 I want the baby 的説法到底有多普遍？不只這一段，還有 Don't, she said. You're hurting the baby, she said，一般不會這樣説吧。通常會説孩子的名字。卡佛的小説乍看之下很寫實，有些地方其實很古怪，這就是一個很明顯的例子。看了令人覺得，説不定這些人根本還沒替寶寶取名字。不斷重複 the baby、the baby 的不可思議、詭異程度漸漸升高。既然如此，我想 the baby 還是應該盡量維持譯為「嬰兒」。你剛剛説譯成「兒子」感覺太過溫暖，不適合用在這裡，我覺得説得很正確。

翻譯這種不自然的英文時，我們不太想改成自然的文章，可是費盡心思譯出了不自然的文章，讀者卻很可能認為只是拙劣的譯文。但是在這裡，儘管要冒這種風險，也要譯為「嬰兒」。

還有 I want the baby 這種説法，並不是「我想要……」，而是「給我嬰兒！」幾乎是命令句了。所以這段學生譯文翻成「把嬰兒給我」是正確的。

G 這嬰兒直到最後都被當成東西來對待，文章標題也是 Mechanics「力學」，所以我認為譯文大可頻繁地出現「嬰兒」，展現出不像人類的

感覺。

柴田 沒有錯。小說裡出現的小道具，都是嬰兒的代表，或者說象徵。一開始那男人指著照片說「還我」，也像是爭奪嬰兒的前奏。在這之後盆栽掉落，彷彿也是嬰兒接下來遭遇的預兆。作者不僅運用許多東西來表現嬰兒，甚至嬰兒本身也被當做物品。所以我覺得要盡量維持「嬰兒」這樣的譯法，但是我也理解有些地方實在忍不住，很想在敘述部分加入「寶寶哭出來了」的感覺。這就看「寶寶」放在這裡會有多醒目而定。如果太過醒目，最好別這麼做。在這個譯文看起來還好，我覺得也無妨。

N 老師的譯文是「嬰兒，交給我」，「嬰兒」和「交給我」中間用了逗點，這是為什麼呢？

柴田 這裡用不用都可以，不過我覺得比起「把嬰兒給我」「嬰兒，給我」聽起來更霸道。與其一口氣說出「把嬰兒給我」，「嬰兒，給我」這樣中間頓一拍，感覺更氣勢凌人……但是看到大家不以為然的表情，我又開始懷疑自己的感覺了（笑）。

N 感覺好像說話中間有停頓，有點複雜。

柴田 原來如此，這樣嗎？確實不用逗點比較安全。但是「嬰兒，交給我」這句話隔了兩行之後還會重複一次。「我沒瘋。嬰兒，交給我」。嗯，在我自己的譯文裡，感覺這裡還是要有逗點比較自然。

O 「寶寶開始哭」是 The baby had begun to cry，所以在「不要碰這孩子」這句話就要譯出已經在哭的感覺比較好吧？

柴田 沒錯。現在的譯法好像是女人說了「不要碰這孩子」，男人出現暴力傾向後，嬰兒才哭，但事實上並不是這樣，應該改成「從剛剛就在哭」比較好。這裡的過去完成式要好好譯出來。

寶寶從剛剛就一直在哭，她拿掉孩子頭上的毛毯。

P　Are you crazy? 這裡，我也譯成「你瘋了嗎？」是不是像村上先生的譯文那樣譯成「你腦袋有問題吧？」就行了？

柴田　剛剛我說過，I want the baby 跟「我想要嬰兒」是完全不同的說法，同樣地，Are you crazy? 的感覺也沒有「你瘋了嗎？」那麼強烈。通常比較會譯成「你在說什麼？」假如是 Are you insane? 意思又稍微強烈一點，但是 Are you crazy? 經常用來形容「你胡說什麼啊？」就像我剛剛說如果英文裡有五次 she，日文中大約三次就有同等效果，跟 Are you crazy 效果相當的說法並不是「你瘋了嗎？」

Q　我翻成「你還清醒嗎？」。

柴田　「清醒」應該可以吧。總之這裡不希望用太機智的表現。這個女人處在很緊繃的狀態，不可能有餘力去思考用字遣詞。

R　我覺得 You're not touching this baby 比「不要碰這孩子」這種單純的命令句更強烈。

柴田　你說得對。這句話有點挑釁的味道。這樣看來村上先生的譯法「休想碰這孩子一根寒毛」才是正確答案。「不要碰這孩子」有點居於防禦的位置，感覺好像變弱了。至少要有「別給我碰他」這種挑釁的感覺。

> **學生譯文 7　修正案**
> 嬰兒給我，男人說。
> 開什麼玩笑？
> 我只是想要嬰兒。我會讓人來拿嬰兒的東西。
> 你別碰這孩子，她說。
> 寶寶從剛剛就一直在哭。她拿掉孩子頭上的毛毯。

好，哇，只剩下二十分鐘了。我們就來個換季出清大放送，一口氣看下去吧。

Oh, oh, she said, looking at the baby.

He moved toward her.

For God's sake! She said. She took a step back into the kitchen.

I want the baby.

Get out of here!

She turned and tried to hold the baby over in a corner behind the stove.

But he came up. He reached across the stove and tightened his hands on the baby.

Let go of him, he said.

Get away, get away! she cried.

The baby was red-faced and screaming. In the scuffle they knocked down a flowerpot that hung behind the stove.

He crowded her into the wall then, trying to break her grip. He held on to the baby and pushed with all his weight.

Let go of him, he said.

Don't, she said. You're hurting the baby, she said.

I'm not hurting the baby, he said.

學生譯文 8

哇啦啦,她説道,看著嬰兒。

他往她那邊移動。

別過來!説著,她往廚房的方向退了一步。

我要嬰兒。

你離開這裡!

她轉過去,想讓嬰兒躲在暖爐後的角落避難。

但是他漸漸接近,伸出手越過暖爐,牢牢抓住了嬰兒。

放開孩子,他説。

出去、你出去!她大叫。

嬰兒滿臉通紅地哭叫著。兩人開始拉扯,不小心弄壞了放在暖爐後方的花瓶。

他把她壓在牆上,企圖從她手中奪過嬰兒。他緊緊抱住嬰兒,壓上身體

的重量。

　　放手，他說。

　　不要，她說道。嬰兒會受傷的，她說。

　　我不會讓他受傷，他說。

柴田　英文裡比較讓人猶豫的就是中間的 She turned and tried to hold the baby over in a corner behind the stove，這裡的 hold 不是「抱」的意思，應該要把 hold the baby over 連在一起看，是抱著嬰兒轉換方向的意思。in a corner behind the stove，所以她應該是轉身面朝房間角落、背向男人。還有一點，很多人都弄錯了 You're hurting the baby 的意思。很多人都翻成嬰兒「受傷」或者「傷害」嬰兒，但這裡的 hurt 應該是「痛」或者「弄痛」的意思。當然這個字也有弄傷的意思，不過舉例來說，打針的時候問「痛嗎？」就會說 Does it hurt? 這是「痛」最普遍的講法。所以這裡應該說「嬰兒會痛」、「他才不痛」。這算是單純的誤譯問題。

　　不要，她說道。嬰兒會痛的，她說。

　　他才不會痛，他說。

柴田　其他地方呢？

S　　「不小心弄壞了花瓶」，這裡的「不小心」拿掉比較好。

柴田　為什麼這麼覺得？

S　　如果加了「不小心」，會覺得他們對花瓶掉落摻雜了情緒，也就是有種「唉呀，怎麼會掉下去呢？」的感覺。

柴田　應該不去理會才對。你說得沒錯。在這種徹底抹除表情的文章中，與其說「不小心弄壞了花瓶」，還不如強調沒有情緒的風格。在這裡又牽涉到文章的韻律感。比方說「兩人開始拉扯，弄壞了放在暖爐後方的花瓶」。嗯，這樣節奏有點亂，不如改成「兩人開始拉扯，放在

暖爐後的花瓶掉下來，摔壞了」怎麼樣？應該說「摔碎了」比較好。原文中沒有提到碎了，雖然只寫到「掉下來」，但總覺得句子收尾少了點什麼，補上「碎了」比較好。

嬰兒滿臉通紅地哭叫著。兩人開始拉扯，放在暖爐後的花瓶掉下來，摔碎了。

另外，現代英文中，stove 不見得是「暖爐」，而是指一般的「瓦斯爐」或者「微波爐」。其實原本是「竈」。既是暖氣設備，也是烹飪設備。日文中跟 stove 最接近的應該就是「竈」。「暖爐」只是其中一種意思。現在將烹飪用的微波爐稱為 stove 也很普遍。

T 　　前面安撫嬰兒的 Oh, oh，在這裡翻成「哇啦啦」，從情況上看來，我覺得不太可能這樣說吧。

柴田 　嗯，你的意思是不太可能有那種閒工夫，而且就當時的狀況來看也太過祥和了。或許是吧。我完全不懂該怎麼安撫嬰兒，所以無法發揮想像力，不過這裡用更一般性的說法比較安全。不過與其直譯「喔喔」，我可以了解這裡譯成「哇啦啦」的方向和心思。那改成「乖、乖」怎麼樣？

T 　　另外，這個男人的台詞中，I want the baby 還有 Let go of him 等等，重複了許多次一樣的話，這些地方最好每次都譯成一樣的句子嗎？

柴田 　如果不會太不自然的話，我覺得應該這麼做。這裡可以清楚地感受到作者的意圖，藉由重複同樣字句，而且在實體上、空間上不斷逼近，讓同樣的詞語發揮出更大的威脅感。

G 　　第二行的 He moved toward her 這裡，譯成「移動」雖然忠實翻出了 move 的意思，卻沒有那種漸漸逼近的感覺。

柴田 　在這裡你覺得敘事者的視角應該在哪裡？

G 　應該是站在太太的角度，看到對方漸漸接近吧。

柴田 　沒錯。基本上視角雖然在外部，但是差一點就進入太太的內在了。很明顯，並不是在先生的內在。這是從被威脅者的眼光來描述的。這麼一來，「他往她那邊移動」這種說法，視角好像是在他身上。不如改成「他漸漸走近她」。我是寫成「他走了過來」，明顯回到了她的觀點。這樣也可以避免連續說「他」跟「她」。可能有點太過渲染，不過也可以嘗試加上「漸漸」、省略「她」。總之，英文遠比日文更強調觀點，必須思考每一句話是從誰的眼光寫的。

> **乖、乖，她說道，看著嬰兒。**
> **他漸漸走了過來。**

再整理一下其他細部調整的地方。

　　學生譯文 8　修正案
　　乖、乖，她說道，看著嬰兒。
　　他漸漸走了過來。
　　別過來！她說，之後往廚房的方向退了一步。
　　嬰兒給我。
　　你出去！
　　她轉過身去，想讓嬰兒躲在微波爐後的角落避難。
　　但是他漸漸接近。伸出手越過微波爐，牢牢抓住了嬰兒。
　　放開孩子，他說。
　　出去、你出去！她大叫。
　　嬰兒滿臉通紅地哭叫著。兩人開始拉扯，放在微波爐後的花瓶掉下來，摔碎了。
　　他把她壓在牆上，企圖從她手中奪過嬰兒。他緊緊抱住嬰兒，壓上身體的重量。
　　放手，他說。
　　不要，她說道。嬰兒會痛的，她說。
　　他才不會痛，他說。

再來看故事的結局。

> The kitchen window gave no light. In the near-dark he worked on her fisted fingers with one hand and with the other hand he gripped the screaming baby up under an arm near the shoulder.
>
> She felt her fingers being forced open. She felt the baby going from her.
>
> No! She screamed just as her hands came loose.
>
> She would have it, this baby. She grabbed for the baby's other arm. She caught the baby around the wrist and leaned back.
>
> But he would not let go. He felt the baby slipping out of his hands and he pulled back very hard.
>
> In this manner, the issue was decided.

學生譯文 9

　　廚房的窗戶沒有亮光。在幾乎黑暗當中，他一隻手掰開她緊握的手指，另外一隻接近哭叫的嬰兒肩膀，抓住他手臂下方。

　　她感覺自己手指被撬開。她感覺嬰兒從她手中被奪走。

　　不！一邊被掰開手，她一邊大叫。

　　女人心想，絕不放開嬰兒。她抓住嬰兒另一隻手。握住嬰兒手腕，身體後彎。

　　但是男人不鬆手。他覺得，嬰兒從自己手中滑走，於是用力往回拉。

　　就這樣，問題解決了。

T　　一開始的 The kitchen window gave no light，這是指房子外面的光線沒有照進來的意思嗎？

柴田　對。雖然有窗戶，但不管是月光或者街燈的光線都沒有照射進來，儘管有窗，這種封閉感卻跟漆黑牆壁沒有兩樣。

T　　下一句 near 的譯法，near-dark 他譯成「幾乎」，但是後面的

near 又譯成「接近」。在這個狀況下是可以的嗎？

柴田 這兩個 near 的脈絡完全不同，並不像剛剛的 I want the baby 那樣有重複的感覺，可以譯成不一樣的字。另外 near the shoulder 是指實際上的動作，大可直譯，而 near-dark 就是非常象徵的說法，比較需要考慮怎麼譯。如果說「接近全黑」好像太強烈了點。這時候譯者就像導演，譯得愈昏暗，呈現出的氣氛也就愈陰暗。也有人譯成「微亮」，我自己譯成「近乎黑暗中」，有點戲劇性，可能譯得再亮一點會更好。如果是「幽暗」，又有另一番悚然，也不錯。

廚房的窗戶沒有亮光。一片幽暗中，他一隻手掰開她緊握的手指……

U 第四段最後的 leaned back，這裡翻成「身體後彎」，不過應該是有點拉扯的感覺吧？

柴田 沒有錯。就像滑水一樣，與在跟往前拉的力量相對抗。我翻成「身體往後仰」，希望有用體重往後拉的感覺。總之，這裡的情景是平常不應該對嬰兒做的動作，「身體後彎」就顯得太過平淡。

在這之前的「她感覺到自己的手指被撬開」，being forced open 差不多就該譯得這麼強烈。他的威脅漸漸增強，她對抗威脅的動作力道也要差不多強烈，對嬰兒來說也是，就像剛剛講的滑水動作一樣，抓住嬰兒往後仰是很殘酷的動作，這種感覺要傳達出來才好。

再來還有一些基本問題，下一句「她感覺到嬰兒從她手中被奪走」這個短句裡出現了兩個「她」，這樣的日文不太自然，這裡可以改成「她感覺到嬰兒從自己手中被奪走」，用「自己」來替換。還有，上一個句子也是從「她」開始，我想句首的「她」應該可以省略。

她感覺手指被撬開，感覺嬰兒從自己手中被奪走。

還有一個是大家最不知道怎麼處理的問題，那就是後面的 She would

have it, this baby 這一句。原句中先説了 it，再改稱 this baby，這種感覺到底該強調到什麼程度，確實很令人猶豫。當然，從 it 改稱 this baby，在這篇感覺不到人性的文章裡，這裡是最能表現母愛的地方，「這孩子是我的、我不想放手」的心情非常清楚。

但是這種説法並不至於太奇怪，是很平常的説法。我跟駒場校區的保羅‧羅西特（Paul Rossiter）老師聊過，他説不妨把這當成口語的文法。比方説 He's a good man, John 照傳統文法看來，最後的 John 只是補充資訊。但是在日常對話中經常會這麼説。若有人能釐清口語文法，把這種附加人名的説法也認可為符合文法規則的話也不錯。想想也對，在這裡的 She would have it, this baby 也是很自然的換稱，不是太突兀，所以不需要太過強調從 it 變成 this baby，這裡只要表現出她不願意放棄嬰兒的心情就可以了。

考慮到這些，我把這裡翻成「不，這孩子我不會交給你」。在文字上表現重複，但又不至於不自然。學生譯文「女人心想，絕不放開嬰兒」的譯法，也可以充分傳達出這種心情。

另外，「他覺得，嬰兒從自己手中滑走，於是用力地拉回來」的「他覺得，」在這裡有點多餘。一般來講，在有一定長度的句子開頭冠上「他覺得，」「她感到，」多半會因為停頓而破壞句子的韻律。這裡的逗號並不需要。

學生譯文 9　修正案

廚房的窗戶沒有亮光。一片幽暗中，他一隻手掰開她緊握的手指，另外一隻接近哭叫的嬰兒肩膀，抓住他手臂下方。

她感覺自己手指被撬開，感覺嬰兒從自己手中被奪走。
不！她一邊被掰開手，一邊大叫。
女人心想，絕不放開嬰兒。她抓住嬰兒另一隻手。握住嬰兒手腕，身體用力往後仰。
但是男人不鬆手。他感覺嬰兒從自己手中滑走，用力往回拉。

柴田　好，我們很快地看過了一遍，還有哪裡不太清楚的嗎？

U　一開始老師說的「力學」，我覺得除了講拉扯這種物理上的力學之外，還隱含著女性一碰到嬰兒就會變得很強的意味。因為有這層意思，作者才刻意寫成冷淡的文章。

柴田　什麼？我不太懂你的意思，你覺得故事最後是女性贏了嗎？

U　還不知道。但是小說結束在女性搶到嬰兒上。

柴田　不是喔。他也用很大的力氣往回拉，最後一句寫道「就這樣，問題解決了」單純地判斷，也可以理解為嬰兒被扯成兩半了。

V　這個故事就像「孩子如釘」[9]的……

柴田　對！可以視為這類故事的戲仿作品。一點也沒錯。

V　「力學」應該是指這所有的過程吧，孩子如釘子的結構。

柴田　沒錯沒錯。

V　最後的那一拉扯，也是「力學」的展現。

柴田　如果沒有最後的拉扯，就沒有必要使用力學這個詞了。重點就在這篇文章把嬰兒當成東西寫，往這邊拉的力量是 F1，往那邊拉的力量是 F2。

G　我不太清楚這種跟嬰兒有關的紛爭，在美國是不是經常發生？

柴田　父母親都使出吃奶力氣來爭搶嬰兒的例子確實不多啦（笑），不過搶孩子的案例不少。爭奪撫養權的例子遠比日本多，所以標題的 popular 譯成「常見」也是一個方法，強調文章中的「家庭」，譯成「家庭力學」也可以。不過最好還是留下「力學」這兩個字。

9　出自日本諺語「子は　」（孩子如釘），比喻孩子是連繫父母的關鍵。

V 這也是一本雜誌的刊名吧？

柴田 對，也是雜誌名稱。

V 那「家庭力學」感覺跟「家庭醫學」很雷同，似乎比較像雜誌刊名。

柴田 也對，「家庭力學」也許是最好的譯法。這本雜誌在美國的知名度跟《國家地理雜誌》差不多，不過在日本卻沒什麼人知道。如果知名度夠高，也可以直接譯成片假名ポピュラーメカニックス（Popular Mechanics）。

W 為了表現出標題隱含的意思，整篇文章我都用敬體來譯[10]，表現挖苦的意味。

柴田 倒也不用這麼酸啦（笑）。文章裡的鏡頭、敘事者應該是沒有表情的。用敬體的話確實很有挖苦的效果，但是這麼一來敘事者就會帶有某種表情。

W 我自己也覺得好像有點過頭了。

柴田 是啊。這次出的習題是第五次上課會講解的卡爾維諾，請大家盡早完成，下周的課可別遲到或曠課喔。今天就上到這裡。

教師譯文例

日常力學

瑞蒙・卡佛

那天天氣很早就變了，雪化為泥水融出，形成幾束水流，沿著面對後院高度只到肩膀的小窗滴下。車子濺起水花，駛過外面天色漸暗的馬路。而房內也是漸漸變暗。

---

10 此處指以です、ます結尾。

他在臥房把衣服塞進行李箱，這時她來到門口。

你走得好！真是太好了！她說。你聽到沒？

他繼續將東西放入行李箱。

沒用的東西！沒有你在真是太好了！

她哭了起來。你連我的臉都不敢看吧？

接著她看到放在床上的嬰兒照片，拿了起來。

他轉過頭，女人擦乾眼淚瞪著他，轉身走回客廳。

那個還給我，他說。

快收好行李出去吧，她說。

他沒回答。蓋上行李箱，穿好外套，環視臥房後關掉電燈。接著走出房間來到客廳。

她抱著嬰兒站在小廚房門口。

嬰兒，交給我，他說。

你瘋了嗎？

我沒瘋，嬰兒，交給我。其他東西我之後再叫人來拿。

我不會讓你碰這孩子，她說。

嬰兒從剛剛就哭個不停，她拿掉嬰兒頭上的毛毯。

好了，乖、乖，她看著嬰兒說。

他漸漸走了過來。

不要過來！她說，然後往廚房退了一步。

嬰兒給我。

你走！

她往後退，抱著嬰兒站到微波爐後面的角落。

但是他繼續走過來。從微波爐前伸出手，雙手緊抓住嬰兒。

放開，他說。

走開，你走開！她大叫。

嬰兒漲紅著臉哭叫。兩人拉扯間撞到掛在微波爐後的盆栽，盆栽掉到地上。

接著他把她逼到牆邊，想逼她放開嬰兒。他抓緊嬰兒，用自己全身的重量壓著她。

放開，他說。

住手，她說道。嬰兒會痛的，她說。

他才不會痛，他說。

沒有一絲光線照進廚房的窗戶。近乎黑暗中，他一根一根掰開她緊握的手指，另一隻手緊抓住哭叫嬰兒的腋下靠近肩膀的地方。

她感覺到自己的手指被強行扳開，感覺到嬰兒漸漸離開自己。

住手！手被扳開的同時，她淒厲地慘叫。

不，這孩子我不交給你。她抓住嬰兒的另一隻手，緊握嬰兒手腕，身體往後仰。

但是他沒有鬆手。在發現嬰兒從雙手間滑走時，又用盡力氣拉回來。

問題就這樣解決了。

某個日常的力學

瑞蒙・卡佛

那天天氣變得很快，雪融了之後化為泥水。面對後院大約與肩同高的小窗上，滑下好幾條這融雪細流。車子駛過外面的馬路，接二連三地濺起泥水。窗外暮色漸沉，而屋內也更顯陰暗。

他在臥房把衣服塞進行李箱時，女人來到門口。

你走了就再也沒人煩我了，真是謝天謝地！她說。聽到沒？

他繼續把東西裝進行李箱。

混蛋！沒有你在，屋子裡清靜多了！

她哭了起來。喂！你連我的臉都不敢看嗎？

接著她看到放在床上的嬰兒照片，撿了起來。

他看著這女人。女人擦乾眼淚，直盯著他，然後轉身向後，回到客廳。

喂！還給我，他說。

你行李收一收快走吧，她說。

他沒有回答。他闔上行李箱，穿好外套，看了臥房一圈後關掉電燈。接著走出房間來到客廳。

她抱著嬰兒，站在狹小的廚房的門口。

嬰兒給我，他說。

你腦袋有問題吧？

我很正常，我只是想要嬰兒。嬰兒的東西我會再叫人來拿。

翻譯教室

休想碰這孩子一根寒毛，她說。

嬰兒哭個不停，她替嬰兒解開纏在頭上的毛毯。

乖啊、乖，她看著嬰兒的臉說。

他走近女人。

別過來！她說。她往廚房退了一步。

嬰兒給我。

你出去！

她轉過身，抱著嬰兒想在爐具後的角落躲起來。

但他繼續追過來。他隔著爐具伸出雙手，緊抓住嬰兒。

放開，他說。

出去、你出去！她大叫。

嬰兒滿臉通紅地哭叫。拉扯之間，兩人撞到吊在爐具後方的盆栽，盆栽掉到地上。

接著，他把她逼到牆邊，想逼她放開手。他手裡還抓著嬰兒，使盡全身力氣壓向她。

快點，放開嬰兒，他說。

住手，她說道。嬰兒會痛的，她說。

才不會痛，他說。

廚房的窗戶已經沒有任何光線照進來。在這片昏暗中，他單手掰開她緊緊握住的手指，另一隻手抓住哭叫嬰兒的腋下附近。

她感覺到自己的手指被強行扳開，心想，嬰兒要被帶走了。

住手！雙手被扳開時，她大叫著。

她心想，我才不放開這孩子。她抓住嬰兒另一隻手，緊握嬰兒手腕，身體後仰用力拉。

但他可沒有因此鬆手。他發現嬰兒正從手中滑出去，立刻使盡全力拉回來。

於是，事情終於塵埃落定。

——摘自《當我們討論愛情》（中央公論新社，1990 年出版）

4

村上春樹
Haruki Murakami

青蛙老弟救東京
Super-Frog
Saves Tokyo

傑‧魯賓英譯
Translated into English by Jay Rubin

Katagiri found a giant frog waiting for him in his apartment. It was powerfully built,standing over six feet tall on its hind legs. A skinny little man no more than five-foot-three, Katagiri was overwhelmed by the frog's imposing bulk.

"Call me'frog'," said the frog in a clear, strong voice.

Katagiri stood rooted in the doorway, unable to speak.

"Don't be afraid, I'm not here to hurt you. Just come in and close the door.Please."

Briefcase in his right hand, grocery bag with fresh vegetables and tinned salmon cradles in his left arm, Katagiri didn't dare move.

"Please, Mr Katagiri, hurry and close the door, and take off your shoes."

The sound of his own name helped Katagiri snap out of it. He closed the door as ordered, set the grocery bag on the raised wooden floor, pinned the briefcase under one arm, and unlaced his shoes. Frog gestured for him to take a seat at the kitchen table, which he did.

"I must apologize, Mr Katagiri, for having barged in while you were out," Frog said. "I knew it would be a shock for you to find me here. But I had no choice. How about a cup of tea? I thought you would be coming home soon, so I boiled some water." Katagiri still had his briefcase jammed under his arm. Somebody's playing a joke on me, he thought. Somebody's

日文原文

かえるくん、東京を救う

村上春樹

　片桐がアパートの部屋に　ると、巨大な蛙が待っていた。二本の後ろ脚で立ちあがった背丈は2メートル以上ある。体格もいい。身長1メートル60センチしかないやせっぽちの片桐は、その堂々とした外　に　倒されてしまった。「ぼくのことはかえるくんと呼んで下さい」と蛙はよく通る声で言った。

　片桐は言葉を失って、ぽかんと口を開けたまま玄関口に突っ立っていた。

　「そんなに驚かないでください。べつに危害をくわえたりはしません。中に入ってドアを閉めて下さい」とかえるくんは言った。

　片桐は右手に仕事の鞄を　げ、左手に野菜と鮭の缶詰の入ったスーパーの紙袋を抱えたまま、一　も動けなかった。

　「さあ、片桐さん。早くドアを閉めて、靴を　いで」

　片桐は名前を呼ばれてようやく我に返った。言われたとおりドアを閉め、紙袋を床に置き、鞄を脇に抱えたまま靴を　いだ。そしてかえるくんに導かれるままに台所のテーブルの椅子に座った。

「ねえ片桐さん」とかえるくんは言った。「お留守中に勝手に上がり込んでしまって、申し ありません。さぞや驚かれたことでしょうね。でもこうするよりほかにしかたなかったんです。いかがです、お茶でも飲みませんか？そろそろおかえりだと思って、お湯をわかしておきました」

　片桐はまだ鞄をじっと脇に握りしめていた。これは何かのいたずらなのだろうか？誰かが着ぐるみの中に入って私をからかっているのだろうか？でも鼻歌を歌いながら急須に湯を注いでいるかえるくんの身体つきや動作は、どう見ても本物の蛙だった。かえるくんは湯飲みをひとつ片桐の前に置き、ひとつを自分の前に置いた。

——『神の子どもたちはみな踊る』(新潮社、2000 年刊行) より

青蛙老弟，救東京

村上春樹

　片桐回到公寓房間，一隻巨大的青蛙正等著他。那青蛙用兩隻後腳站起，身長有兩公尺多，體格也很不錯。身高只有一百六十公分、體型瘦弱的片桐，完全被對方的威風凜凜的外貌震懾住。

「請叫我青蛙老弟吧。」聲音清亮的青蛙說道。

　片桐啞然無語，目瞪口呆站在玄關入口。

「別這麼驚訝嘛。我不會害你的。快進來，把門關上。」青蛙老弟說。

　片桐右手提著公事包，左手抱著裝了蔬菜和鮭魚罐頭的超市紙袋，一步也動不了。

「來，片桐兄。快點關上門，鞋子脫了吧。」

　片桐聽到對方叫自己名字才回過神來。他依言關上門，把紙袋放在地上，將公事包夾在腋下，脫了鞋。然後在青蛙老弟引導之下端

翻譯教室

坐到廚房桌前的椅子上。

「片桐兄啊。」青蛙老弟開口。「趁您不在我擅自登堂入室實在抱歉。一定嚇到您了吧。但除此之外我別無他法。怎麼樣，要不要喝點茶？我猜您也差不多要回來了，已經先把水燒開。」

片桐還緊緊握著腋下的公事包。這是什麼惡作劇嗎？是不是有人穿著青蛙裝故意捉弄我？但是青蛙老弟那一邊哼歌一邊往茶壺裡倒熱水的體型和動作，再怎麼看都是如假包換的青蛙。青蛙老弟把一個茶杯放在片桐面前，另一個放在自己面前。

——摘自《神的孩子都在跳舞》（新潮社，20000 年出版）

柴田 今天的教材是村上春樹的短篇〈青蛙老弟，救東京〉的英譯開頭。這篇文章的英文譯者傑·魯賓[11] 老師剛好人在日本，等一下就會來到課堂上。他說等前一個約結束後就會過來，敬請期待。那我們一樣照平常的方式來進行吧。

> Katagiri found a giant frog waiting for him in his apartment. It was powerfully built, standing over six feet tall on its hind legs. A skinny little man no more than five-foot-three, Katagiri was overwhelmed by the frog's imposing bulk.

學生譯文 1

片桐回到公寓房間，一隻巨大的青蛙正等在屋裡。那是隻用兩隻腳站著、身高超過一百八十公分、體格非常魁梧的東西。不到一百六十公分的瘦弱片桐，完全被青蛙的巨大給震懾住。

柴田 這次的題材感覺比平常話題更多了呢。這是將翻成英文的日文

---

11 1941 年出生。美國哈佛大學的日本文學教授、翻譯家。從九零年代開始研究村上春樹，譯過《挪威的森林》、《神的孩子都在跳舞》等多部村上作品。

文章再翻回日文，不管是針對學生譯文，或者傑‧魯賓對村上春樹原文譯出的英文提出問題都可以，或者是舉我的譯例為例也無妨。大家可以用不同形式來討論。

好，開頭部分的這段學生譯文，對英文的理解沒有任何問題。再來就是語氣的問題。我特別在意的是「體格非常魁梧的東西」的說法。在整體文章的走向上有些字適合、有些字不適合，「魁梧」在這裡就顯得有些突兀。「體格非常魁梧」總覺得在形容人類，我會馬上聯想到參加柔道比賽的自衛官或警官。翻譯最重要的就是擁有豐富的字彙，其實更是一種別除掉不適合字句的工作。

就結論來說，我覺得說「健壯」、「結實」就可以了。再來「是隻……的東西」這聽起來有點奇怪。既然前面用了「是隻」開頭，那後面乾脆用「青蛙」來代替「東西」。

A　hind legs 這個字，可以譯成「兩隻腳」嗎？

柴田　你覺得呢？

A　青蛙是四隻腳貼在地上的生物，用後腳站著，應該是很奇怪的樣子吧？

柴田　當然。

A　所以我覺得是不是需要強調一下「後腳」？

柴田　改譯成「後腳」確實不錯，不過其實都可以吧。聽到青蛙用兩隻腳站著，應該每個人都會自動想像用後腳站立的樣子吧。很難想像用前腳站的樣子啊，這不就變成倒立青蛙了嗎（笑）。

B　powerfully built 老師譯成「精實強壯」。我自己譯成「很是結實」，是不是不要加「很是」比較好？

柴田　我覺得「很是」有點半吊子的感覺。雖然沒有否定的意思，但也沒有直接肯定的感覺，好像在隱瞞著什麼一樣。如果用「相當」感覺還直接一點。或者是「十分結實」等等。

翻譯教室

　　片桐回到公寓房間，一隻巨大的青蛙正等在屋裡。那是隻用兩隻腳站著、身高超過一百八十公分、體格十分結實的青蛙。不到一百六十公分的瘦弱片桐，完全被青蛙的巨大給震懾住。

好，下一段。

"Call me'Frog'," said the frog in a clear, strong voice.
Katagiri stood rooted in the doorway, unable to speak.

學生譯文 2

　　「請叫我青蛙老弟。」青蛙清楚堅定地說。
　　片桐站在入口不動，一句話也說不出來。

C　　「請叫我青蛙老弟」這句譯文，光看英文是不會這樣譯的吧。

柴田　你的意思是，如果不知道日文原文，不可能出現這種譯法？

C　　對，一個體格健壯、聲音洪亮的青蛙，好像不會想稱呼牠「青蛙老弟」。直接照英文來譯的話，就只會是「青蛙」吧。

柴田　腦子裡很難擺脫掉原作的影子呢。我也考慮到這一點，所以自己的譯文裡用的是「青蛙」。不過如果熟讀過原作，在這裡自然地翻成「青蛙老弟」也無可厚非。英文裡沒有類似「青蛙老弟」這種比較可愛的說法。一個身材高大的青蛙竟然對主角做出可愛的要求，「請叫我青蛙老弟」，這中間的落差正是詼諧之處。這裡等魯賓老師來了之後大家可以問問他。

　　不過這裡的英文 "Call me'Frog'," said the frog 確實也有「青蛙要人『叫我青蛙』」的重複趣味，這種趣味最好也能以某種形式來重現。不同語言的幽默和雙關趣味，不見得能以相同形式來重現，尤其是文章中刻意營造的笨拙更是困難。這種部分就需要下一番工夫，換成其他

方式來表達。

D doorway 這個字我不太懂，到底是指哪個地方？

柴田 打開門後，門前後那片空間吧。

D 那這個人是打開門、跨過門檻後，就僵在那邊不動？

柴田 是的。

D 沒有更適當的日文嗎？

柴田 先從一般原則來說，不只 doorway 這個字，當我們看到 door 的時候，更應該譯出的字應該是「玄關」。在這裡也可以譯為「僵在玄關」。村上先生的原文是「玄関口」（玄關口）。門鈴響了，一邊喊著「來了來了」去應門，英文叫做 answer the door，但是換成日文就會說「玄関に出る」（來到玄關）。不過公寓跟獨棟房屋又不一樣，有時候很難界定哪裡是「玄關」。

學生譯文 2　修正案

「請叫我青蛙老弟。」青蛙清楚堅定地說。
片桐僵在玄關，一句話也說不出來。

好，我們繼續往下看。

"Don't be afraid, I'm not here to hurt you. Just come in and close the door. Please."

學生譯文 3

「不要害怕。我不會傷害你。關上門進來吧。來，快請。」

柴田 這裡幾乎所有人都誤譯了。我上次也說過，不過幾乎大家都把 hurt 譯為「讓你受傷」。準備考試的時候，學校大概是這樣教的，但

這並不正確。比方說看到一個受傷的孩子你想問他:「痛嗎?」我們會說:"Does it hurt?" 如果以為 hurt 的基本意思是「傷害」,那就錯了,hurt 當自動詞用的時候,基本的意思是「痛」。當他動詞用的時候是「弄痛」,像是 "Let me go, you're hurting me." 「放開我,你弄痛我了。」這種句子。

在這當中,這份學生譯文翻成「我不會傷害你」就不錯。「關上門進來吧。來,快請」的反覆感也很好。這裡沒什麼需要改的。那我們加快速度往下看吧。

Briefcase in his right hand, grocery bag with fresh vegetables and tinned salmon cradled in his left arm, Katagiri didn't dare move.

"Please, Mr. Katagiri, hurry and close the door, and take off your shoes."

學生譯文 **4**

片桐右手拿著文件包,左手把裝了新鮮蔬菜和鮭魚罐的購物袋像嬰兒般抱著,不想移動。

「我說片桐兄啊,快點關上門,脫下鞋子吧。」

E 我有問題。Katagiri didn't dare move. 翻成「不想移動」我覺得有點怪,這樣看起來好像是出於自己的意志不想移動。

柴田 好像是自己的選擇呢。那改成「不能動」呢?但是這樣跟前一句比起來就太短了,不太平衡,「一步也不能動」好了。還有什麼意見?

E 在英文裡,Please 的用法令人印象深刻,但是看村上先生的日文原文,好像沒有這麼強烈的感覺。

柴田 是啊。

E　這種情況下的 Please 大概是什麼樣的感覺呢？

柴田　其他人覺得呢？

F　我譯成情況緊急的感覺，像是「拜託，快把門關上」。

柴田　這樣啊。那其他人呢？

G　我覺得應該更沉穩一點。就像一個員工被叫進總經理辦公室，總經理說「進來」的那種威嚴。文章整體看來青蛙的性格很陽剛，我覺得 Please 是一種由上而下的口吻。

柴田　就是不容分說的感覺是嗎？好，那 H 呢？

H　我覺得整篇文章都感覺很從容沉穩，所以譯得比較客氣。

柴田　好，還有人想回答。I 請說。

I　我是偏向「總經理辦公室」那一派。

柴田　好。還有其他看法嗎？

J　青蛙重複了好幾次「關門」，我猜大概是「不好意思一直講」的感覺。

柴田　向對方道歉的感覺嗎？

J　對啊。

柴田　這樣嗎……看來大家意見很分歧呢。

　　先講一般情況，加上 please，不一定表示客氣，這一點大家先記住。態度相當高壓的時候也可以用 please。另外也可能是「不要太過分了！」的意思。類似 "Please! Don't ask me the same thing over and over again!"「不要老是問我同樣的事了！」這樣的句子也是。

　　當然在這裡沒有那麼不耐煩的感覺，但是也沒有姿態非常低、向對方請求的感覺。Please, Mr. Katagiri, hurry and close the door 這句話，

比較像是催促的感覺吧。或許把「由上而下看待片桐」，也就是「總經理在自己辦公室等部下進來」的感覺再減弱一點，就剛剛好了。大概接近「來吧，快點進來吧」，語氣是很客氣，但是姿勢或態度散發出不容拒絕的味道。我想這樣解釋比較恰當。

翻成「我說片桐兄啊……」的學生譯文就很有上對下說話的味道，但是怎麼有點像道上大哥（笑），好像突然有流氓跑進來，讓人有點畏懼。雖然很有趣，不過跟原文的味道不太一樣。如果要維持這種語氣也行，前後統一就可以了。

這段譯文中我覺得有趣的是「像嬰兒般抱著」這裡。這份用心我很欣賞，但是就結論來說，太過強烈了點。cradle 這個字確實是「搖籃」的意思，不過當我們聽到 cradled in his arm，並不一定會馬上聯想到嬰兒。這裡雖然譯得有點過頭，但是我對他選擇的方向很有共鳴。

學生譯文 4　修正案
　片桐右手拿著文件包，左手抱著裝了新鮮蔬菜和鮭魚罐的購物袋，一步也不能動。
　「片桐兄啊，快點關上門，脫下鞋子吧。」

接著看下一段。

> The sound of his own name helped Katagiri snap out of it. He closed the door as ordered, set the grocery bag on the raised wooden floor, pinned the briefcase under one arm, and unlaced his shoes. Frog gestured for him to take a seat at the kitchen table, which he did.

學生譯文 5
　片桐聽到自己的名字，才回過神來。他依照指示關上門，把購物袋放在高了一階的木頭地板，將文件包夾在腋下，鬆開鞋帶。青蛙做出要他坐在

⠇ 廚房桌前的動作。他聽話照辦。

柴田 這裡青蛙不靠語言而只靠動作來指揮對方，看起來很強勢，讓人有點害怕。

K 「高了一階的木頭地板」這裡，從英文直譯固然沒有錯，不過既然已經知道故事背景是日本，我覺得可以譯成「地板上」或者「走廊上」就行了。

柴田 我看看。日文原文這裡好像只寫了「地上」，嗯，把地上翻成 the raised wooden floor 可以看得出英譯的用心呢。

　　在這之前青蛙要他脫鞋，對英文圈的讀者來說，這可能是個很莫名其妙的命令，不然至少也會覺得有點奇怪。不過這裡如果解釋了「高了一階的木頭地板」，脫鞋這個動作就顯得很自然，這也是譯者的用心。不過又要譯回日文時該怎麼做，的確很棘手。也有人認為，以日本為背景的英文文章譯成日文時，不需要譯出這些內容。

　　再來，就跟剛剛我說「魁梧」這個詞放在文章裡感覺很突兀一樣，這裡的「依照指示」，我比較喜歡換成「照對方所說」。

　　另外一點是我個人近乎病態的偏執，那就是語尾的處理。當我翻譯完成，看了第一校，又看了第二校，也就是即將付印之前，會進行最後修潤。這時候我幾乎都在修語尾。同樣是連用形，要用「行き」好、還是「行って」呢？

　　像是「關上門，把購物袋放在高了一階的木頭地板上，將文件包夾在腋下……」這一句。「關」要用「閉め」還是「閉めて」？「放」要用「置き」還是「置いて」？對翻譯沒興趣的人或許根本覺得完全無所謂，在意思上也一點都沒有不同，不過文章的韻律會有微妙的變化。最一般的做法就是用「〜し」「〜し」來連接，表現出緊湊感。不過如果連講三次，這位片桐兄就顯得行動相當敏捷，這裡我大概會把

「抱え」改成「抱えて」吧[12]。這或許是我個人的偏好，不過還是希望大家可以注意到，這些文法上的變化也會影響到文章整體的語調。

K 　老師對 gesture 的譯法感覺有點強烈……

柴田 　我翻成「用肢體動作示意」。

K 　這裡我譯成「招呼」，但這樣是不是會覺得在開口招呼？

柴田 　用「招呼」的話，比較難分辨到底是用言語還是用動作招呼對方。我這句譯文裡同時用了「肢體動作」和「示意」這兩個詞，但是仔細想想，這裡好像不需要「肢體動作」。在這裡說「示意」應該就可以了。

　　學生譯文裡提到フロッグ（frog；青蛙）、キッチン（kitchen；廚房），和ジェスチャー（gesture；動作）都用了片假名，似乎有點過多。如果是我，大概會把 gesture 譯成漢字「合圖」（示意）吧。

K 　kitchen 譯成「餐桌」不好嗎？

柴田 　不會啊。順便提一下，在英文裡我們可以說 sit at the table 或者 sit at the desk，不過譯文如果說「坐在桌子」，會分不清楚是真的是坐在桌子上面，還是坐在桌前的椅子上。雖然是小問題，卻也是一向困擾大家的問題。如果覺得「坐在桌子」就能懂，那當然無所謂，有時候為了怕讀者不懂，我會譯成「坐在桌前的椅子上」。

K 　「在餐桌前」呢……

柴田 　這當然可以。不過出乎意料的是，在現代小說中，有很多文章的形式並不適合這種正式的說法。

L 　我覺得獨居的公寓裡，應該不會有所謂的「餐桌」。

---

12 此段討論的是日語動詞的兩種連用形，前者為動詞第二變化，後者為動詞第二變化＋て形的活用。後者凸顯了前後關係，讓動作感覺更緊湊。

柴田　好像不到四人用的大小，就不會稱為「餐桌」呢。

L　還有，gesture 如果翻成「示意」……

（突然，傑·魯賓教授現身教室！）

柴田　呃，Professor Rubin ……

魯賓　什麼？要用英文上課嗎？

柴田　啊，不，說日文吧。大家沒必要聽我瘸腳的英文（笑）。

魯賓　您太謙虛了。（眾人笑）

柴田　突然不知道怎麼上課了（笑）。那就請魯賓老師先聽我們目前講解的部分，好嗎？

魯賓　當然，請繼續吧。

柴田　好，這個部分的學生譯文「フロッグはキッチンのテーブルに座るようにとジェスチャーした」（青蛙做出要他坐在廚房桌前的動作），就像剛剛所說的，片假名太多了，比方說 gesture 可以譯為漢字「合（」（示意），kitchen table 可以改為「食卓」（餐桌）。不過片桐一個人住在公寓裡，單身小公寓的廚房餐桌好像不適合用「餐桌」這個詞。「餐桌」應該比較適合用在四口家庭的家具上。再來呢？

L　gesture 這個字可以感覺到青蛙的客氣。如果說「示意」，好像有點……

柴田　在耍威風的感覺？

L　對。我希望這裡可以有些日文裡「邀請」的意思。

柴田　「邀請」是嗎？這個 gestur，讓你有客氣的感覺？

魯賓　村上先生的原文是怎麼寫的？

柴田　原文是「在青蛙老弟引導之下在廚房桌前椅子上坐好」。

魯賓 好像並沒有講得太具體。

柴田 是啊。

L 「催促」如何？

柴田 「催促」嗎？

M 不，意思不太對吧。如果用「催促」的話，好像除了肢體動作之外，又講了些什麼話。

柴田 就是動作跟話語一起出現的感覺嗎？

N 不不不，我覺得最接近「催促」的英文應該是 urge。問題是如果用 urge，就無法表現出純粹靠肢體動作這一點。

魯賓 沒錯。

柴田 我開始搞不清楚到底在談英譯還是日譯了（笑）。我們先解決日譯的問題吧，如果要清楚地表現「沒有說話、單純靠肢體語言來傳達」，那我覺得「示意」這個詞應該是最安全的。

N 不過聽起來有點籠統。

柴田 嗯，沒有錯，並不是那麼清楚，而且我們剛剛也討論過，跟 gesture 這個字比起來，「示意」聽起來更加冰冷、沉重。

N 可以具體地說「指向」嗎？

柴田 「指向」，還不錯呢。「青蛙指向餐桌，片桐坐到桌前」這樣好像可行呢。嗯，我覺得這樣聽起來最自然。就這麼辦吧。

學生譯文 5　修正案

　　片桐聽到自己的名字，才回過神來。他照對方所說關上門，把購物袋放在木頭地板上，將文件包夾在腋下，鬆開鞋帶。青蛙指向餐桌，他坐到桌前。

再來看下一段。

> "I must apologize, Mr. Katagiri, for having barged in while you were out", Frog said. "I knew it would be a shock for you to find me here."

學生譯文 6

「我得向你賠不是，片桐兄。你不在的時候我硬是闖進房間。」青蛙繼續説。「我在這裡你一定感到震驚吧。」

C 「青蛙繼續説」這裡，我覺得這個地方只是想表示是誰在説話，才加上 Frog said，所以不需要特別講「青蛙繼續説」，直接説「青蛙説」就行了吧。

柴田 對。再説以日文來看，這裡很明顯可以知道是青蛙在説話，其實全部拿掉也可以。不過拿掉之後文章的韻律感會改變，這裡可能稍頓片刻比較好。這樣看來，不管是「青蛙繼續説」或「青蛙説」，其實都可以吧。英文為了明確表示是誰説的話，會加上 he said 或者 she said，不過日文只要看用字遣詞就大概可以分辨話是誰説的，所以到底要譯還是要省略，主要看文章的韻律來判斷。

N I must apologize 翻成「我得跟你賠不是」是不是語氣太隨便、太輕佻了一點？

柴田 感覺再客氣一點比較好？

N 差不多是「非常抱歉」這種感覺吧。

柴田 原來如此，剛剛我們討論到 Please, Mr. Katagiri, hurry and close the door 時也説過，雖然青蛙感覺身段柔軟，但是並不顯得態度卑微或者姿勢低，所以在客氣當中還希望能保持一點威風的感覺，這麼看來，「我得跟你賠不是」也無妨。不過好像也有一點江湖氣。反過來説，

後面那句「你不在的時候我硬是闖進房間」就沒什麼江湖氣，感覺前後兩句不太統一。看起來「非常抱歉」確實比較安全。

O 這次的習題原文是日文，我翻譯的時候也特別考慮到這一點。例如 while you were out，如果是英文作品，我應該會翻成「到外面去」，不過想到這是從日文翻過來的，我覺得譯成「外出」比較自然。如果原文就是英文，是不是也用「外出」來譯比較好？

柴田 我確實這麼覺得。就這個例子來說，while you were out 當然可以譯成「您不在的時候」，不過最接近的應該是「在您外出期間」。

N 這裡的「硬是」應該不需要吧？

柴田 也就是只要說「你不在的時候我闖進房間」就行了是嗎？也對，「硬是」有種對方不喜歡但還是這麼做的感覺。

N 「感到震驚」這裡，我覺得「嚇了一跳」意思比較恰當。日文裡用「ショック」（shock），好像是遇到討厭的事而遭受打擊，或者身體遭到電擊這兩種狀況。這時候主角突然看到青蛙嚇了一跳，我覺得不適合用「感到震驚」。

柴田 原來如此。那大概可以譯成「您一定嚇了一跳吧」。Shock 這個字確實要小心。在之前翻譯約克魯的文章時我們也討論過，譬如說，在某人差點遇害後，這時把 He seemed to be in shock 翻成「他看來受到打擊」好像又太弱了，必須翻成「看來受到了很大的精神打擊」。所以 shock 也可以代表很強烈的意義。不過在這裡的 shock 當然沒有那麼強烈的意思。反過來說，這裡用「震驚」你覺得意思太強烈是嗎？

N 對。

柴田 單純譯成「嚇了一跳」就可以了吧。英文的 shock 不僅涵義廣泛，再加上日文中有片假名可用，我們很容易直接拿來用，大家要特別小心，要不斷從上下文的脈絡來拿捏才行。

　「非常抱歉，片桐兄。你不在的時候我闖進房間，我在這裡你一定嚇了一跳吧。」

那我們來看下一段吧。

"But I had no choice. How about a cup of tea? I thought you would be coming home soon, so I boiled some water."

學生譯文 7

　「但我也沒有辦法。要來杯茶嗎？我想你快回來了，就先燒了水。」

柴田　不只這段譯文，好像很多人把青蛙說話的語氣譯得比較輕鬆？不過魯賓老師的感覺應該更正式一點是吧？

魯賓　還要再……該怎麼說好呢？再嚴肅一點吧，有點虛張聲勢那種口氣。

柴田　確實有這種感覺，所以就算加上 please，也不會覺得姿態低。

魯賓　青蛙只是動物。一隻動物說起話來這樣裝模作樣不是很滑稽嗎？

柴田　是啊。這一點大家覺得如何？

H　　我覺得青蛙說話好像非常客氣。剛剛說的 please，我覺得聽起來像是青蛙在安撫片桐的情緒。

柴田　嗯，青蛙並沒有表現出威脅的感覺，也無意讓對方害怕，應該說努力想讓片桐冷靜下來。以一種上對下的態度，算不上溫柔，但是盡量想平息片桐的激動

　這樣看來，「要來杯茶嗎？」的口氣就有點隨便了。當然如果前後都統一成「喝茶嗎？」這種語氣，也是一種手法。就一般原則來說，最優秀的翻譯，是譯文能夠跟原文的語氣一致。次好的是雖然跟原文語調

稍有不同，但譯文本身的風格一致。最糟糕的是譯文整體風格不統一，一下子客氣，一下子粗魯，讓讀者看了覺得「這傢伙是精神分裂嗎？」。

另外，很多譯文犯了基本的錯誤，把 soon 這裡翻成「我以為你會很早回來」。應該要像這篇譯文一樣，翻成「我想你快回來了」才對。看到 soon 這個字，最好能馬上聯想到「快要」、「沒多久」這些字。村上先生的原文也是「差不多要回來了」。

P But I had no choice 這種說法，感覺比「しかたがない」（沒辦法）更具急迫感。

柴田 I had no choice 這裡嗎？但是這跟日文「しかたがない」的意思沒有太大的差異啊。

魯賓 英文沒有跟「しかたがない」一模一樣的說法。

柴田 因為「沒辦法」，所以只好譯成 I had no choice？（笑）這確實是日文獨特的說法。如果這裡譯成 There was nothing I could do 就沒有「沒辦法」中獨特的覺悟，也有點太沉重，所以儘管不是完全相同，I had no choice 還是比較接近的譯法吧。

P 考慮到文章的連貫性，把「沒有其他辦法」譯成「不過我也只能這麼做」會不會比較好？

柴田 「只能這麼做」是嗎？這樣聽起來確實很簡單明瞭，也不錯。那我們把文章修改得更正式一點。

學生譯文 7 修正案

「但我也只能這麼做。要不要喝杯茶呢？我想您快回來了，就先燒好了水。」

Katagiri still had his briefcase jammed under his arm. Somebody's playing a joke on me, he thought. Somebody's rigged himself up in this huge frog costume just to have fun with me.

學生譯文 8

　　片桐用腋下夾緊文件包。他心想，一定是有人開玩笑。一定是有人，穿上這麼大的青蛙裝想惡作劇嚇我。

柴田　這一段如何？對我的譯文有意見也可以提出來。

N　　好，那我有問題。Katagiri still had his briefcase jammed under his arm 這裡老師譯成「腋下抱著」，之前的 pinned the briefcase under one arm 也一樣譯成「抱在腋下」。jam 有用力擠壓的感覺，而且又用了 still 這個字，所以用「在腋下用力夾緊」，是不是比較能表現出片桐的緊張感？

柴田　原來如此。jammed 比 pinned 感覺更用力，但是我的譯文裡把 pinned 譯成「抱在腋下」，jammed 譯成「腋下抱著」，並沒有太大的變化。說得沒錯。不妨跟這段學生譯文一樣譯成「用腋下夾緊」。最好可以強調愈來愈緊張的感覺。

N　　如果譯成「在腋下牢牢緊抱著文件包」怎麼樣？

柴田　有「緊抱著」就不需要「牢牢」了，只要說「在腋下緊抱著文件包」就行了吧，畢竟 jam 這個字的力道也沒那麼強。

魯賓　不過「牢牢」這個字的效果確實還不錯呢。

柴田　那不如這樣吧。「牢牢緊抱著」、「牢牢抱著」如何？

魯賓　如果原文中有類似「一動也不動、屏息」這種表達凝重氣氛的字眼，譯入英文的時候我也會選用符合那種感覺的動詞。jam 也是一樣。

柴田　大家常說英文中沒有擬態語，不過那些細微的意思其實都包含

進動詞了呢。

魯賓 英文的動詞非常強大。日文多半需要用副詞搭配動詞來使用，才能展現動詞的強度，但直譯為英文的話，那些特殊的力道就會消失，所以我會盡量選用效果較強的動詞，不用副詞。

柴田 沒錯。反過來說，貝瑞・約克魯這位作家就很少用 walk 或者 run 這種單字。他經常用具有擬態效果的動詞。翻譯的時候，就會變成「搖搖晃晃地走」、「慌慌張張地跑」，出現相當多擬態語，甚至必須稍微收斂一點，不要用過度。

　　所以這段學生譯文的最後一句「一定是有人，」後面的逗點不太好。在這裡本來可以藉由「一定是有人……。一定是有人……」的反覆來塑造出韻律，逗點一加，節奏感就消失了。

P 還有，「穿上這麼大的青蛙裝想惡作劇嚇唬我」這裡有點太長。

柴田 這裡感覺有點沉重。「惡作劇」應該不需要。要加逗點可以換個地方，「一定是有人穿上這麼大的青蛙裝，想嚇唬我」。

　　這裡的英文是 "Somebody's rigged himself upin this huge frog costume just to have fun with me." 所以只要說「想嚇唬我」，意思就到了。不過如果想把 have fun 這個說法更忠實地傳達出來，「想捉弄我」比較接近。

N 還有，「開玩笑」這裡，日本人是不是會先聯想到「講玩笑話」的意思？

柴田 也就是誤會成在玩文字遊戲是嗎？嗯，這個人可能因為後面用了「惡作劇」，這裡只好用其他的字，才用了「開玩笑」吧？但是我們剛剛把後面的「惡作劇」拿掉了，所以可以改用在 joke 這裡。「一定是有人在惡作劇……」

Q 老師，這裡我還有疑問。Somebody's playing a joke on me 這種說法，與其說「有人」在做什麼，我覺得更像是在說「這是在開玩笑

吧？」，屬於他內心的意識。

柴田 這種看法挺敏銳的。

Q 如果英文是原文，應該不需要特別把 somebody 譯出來吧？

柴田 因為「這是在開玩笑」，除了 This is a joke 之外還可以翻成 Somebody's playing a joke on me 呢。你說得一點也沒錯。所以這裡也可以譯成「這一定是在開玩笑」。對了，村上先生的原文「這是什麼惡作劇嗎？」裡面也沒有說「有人」呢。

R 村上先生的原文「這是什麼惡作劇嗎？」是疑問句，不過魯賓老師並沒有譯成疑問句，理由是什麼呢？

柴田 沒錯，這裡的英文譯成 Somebody's playing a joke on me, he tought。傑，這裡如果譯成疑問句，會怎麼處理？

魯賓 Could this be a joke? 吧。呃，我當初為什麼會這樣譯呢？（笑）

R 村上先生的原文有種喃喃自語的感覺。「是什麼惡作劇嗎？」在嘴裡嘟噥的感覺。不用疑問句，用 somebody 這種寫法，可能比較有嘟噥的味道吧？

柴田 對 Could this be a joke 聽起來就好像「這該不會是一個玩笑吧」，有種理性懷疑的感覺。要表達從腦中湧現的想法，這個 Somebody's playing a joke on... 比較貼切，更接近原文的感覺。

R 看了英譯和學生日譯的文章，都有種說給自己聽的感覺。

柴田 告訴自己「有人在惡作劇」。

R 英譯，以及根據英譯重譯的日文，都極力維持原文的意義。但是就結果看來，卻成為相當不一樣的日文呢。

柴田 因為譯者當初翻譯的時候並沒有設想到自己的翻譯再翻回原文時會怎麼樣。

魯賓　對，平常不會有這種過程，今天算是很好的學習機會。

柴田　原則上，把英譯翻回日文，就算結果出現不同意思的日文，也不見得表示譯文意思有所偏差。在這裡村上先生的原文帶有腦中冒出疑問的感覺，英譯也一樣傳達出疑問不斷跑出來的感覺，所以我覺得這樣沒什麼問題。表面上看來一個是疑問句一個是敘述句，但並不影響句子的本質。

學生譯文 8　修正案

片桐用腋下夾緊文件包。他心想，「一定是有人在惡作劇。一定是有人穿上這麼大的青蛙裝，想嚇唬我。」

> But he knew, as he watched Frog pour boiling water into the teapot, humming all the while, that these had to be the limbs and movements of a real frog. Frog set a cup of green tea in front of Katagiri, and poured another one for himself.

學生譯文 9

可是仔細看青蛙那一邊哼歌一邊往茶壺裡倒熱水的樣子，很明顯，他可以確定這是真正青蛙的身體和動作。青蛙把一個茶杯放在片桐面前，往自己面前的另一個杯裡倒了水。

S　英文裡寫的是 a cup of green tea，可是學生譯文裡沒有譯成「綠茶」。雖然提到「急須」（teapot：茶壺）大概可以想像，但也有可能是紅茶或茉莉花茶啊。

T　是嗎？我覺得以日本為背景的故事，說到茶一般就是講綠茶吧，我是覺得這裡沒有明講也無所謂。

柴田　嗯，先講出「急須」，然後又說了「湯飲み」（teacup：茶杯），姑且不管到底是綠茶還是焙茶還是玄米茶（笑），至少知道應該是日本

茶，這裡應該無所謂吧。

因為英文裡說了 Green tea，所以這裡並沒有把 teapot 譯為片假名的「ティーポット」而用了漢字對吧，前面提到 kitchen 可以用漢字「台所」來譯，也可以用片假名「キッチン」來譯，看譯者自己的喜好，選擇哪種譯法都可以，不過這裡的 teapot 譯成漢字比較恰當。所以這篇學生譯文沒有什麼問題。

humming all the while 這個地方，有人因為是青蛙，所以譯成「一邊呱呱叫」，這好像不太對。這麼一來就成了普通的青蛙。這隻青蛙一邊哼著歌一邊倒茶，所以才好笑。而且 humming 也沒有「呱呱叫的意思」。

U 　不能翻成「青蛙端了一杯茶給片桐」嗎？我的意思是，在這裡還需要再強調「茶杯」嗎？

柴田 　嗯，這樣翻也可以。不過如果硬要挑剔，Frog set a cup of green tea，很明顯帶有具體把東西「確實放下」的感覺。如果要強調這一點，還是加上「茶杯」這兩個字會比較清楚吧。

Q 　還有「那很明顯地，他可以確定這一定是真正青蛙的身體和動作」這一句，是不是有點長也不好懂？「他可以確定這顯然是真正青蛙的身體和動作」怎麼樣？

柴田 　有道理，這樣比較好。

U 　還有，「仔細看青蛙……的樣子，他可以確定這一定是真正青蛙的身體和動作」，這一句也可以精簡成「身體動作看起來都像是真正的青蛙」。我覺得不需要分成兩句。

柴田 　嗯，這也可行。但我還滿喜歡原本的譯法。嗯，再說 limbs 和 movements 還是有點不同，我想還是不要連起來比較好。比方說 arms and legs，這是同樣類別的東西，說「手腳」不會帶來太大誤解，不過 limbs 和 movements 的類別不同，多一個「和」夾在中間有緩衝效果，

　　　　　　　　　　　　　　　　　　　　　　　翻譯教室

也比較不容易誤會。

Q　那就在我的「身體動作」中間加個「和」。

柴田　那也可以。

V　開頭的 he knew 很難譯。這幾個字不譯出來可以嗎？

柴田　我覺得最好還是能以某種形式表現出來。在這篇學生譯文裡，他也用「他可以確定這一定是……」這種說法來重現。如果只說「那是真正青蛙的身體和動作」是不夠的。

V　「……不會有錯」怎麼樣？

柴田　那也可以。比方說這裡也可以在「可是仔細看看」後面加上「不會有錯」。「可是仔細看看，不會有錯，那是真正青蛙的身體和動作」。

　　he knew 和 I thought 這些字經常會放在英文的句子中間，不過轉換成日文時總是會變成句尾，這時候可以像這樣加上「不會有錯」，提前指出句子的方向。

V　學生譯文中出現了三次「青蛙」，不過第二個「青蛙」在英文裡是小寫 frog，我想是不是可以把大寫的 Frog 跟小寫的 frog 分別用平假名、漢字，還有片假名來區分？

柴田　你覺得第一個和第三個 Frog 是大寫，只有第二個是小寫，所以不妨把第二個寫成漢字是嗎？這不太容易呢。雖然這也是一種方法，不過在讀者眼中，可能分辨不出「為什麼只有這裡要用漢字」。當然原則上如果英文的原文有大小寫之分，最好也能重現其中的差異。

V　英文 Frog 的 F 是大寫，我覺得這裡應該表現出那種特殊感。青蛙用平假名「かえる」感覺最一般，用漢字「蛙」也還好，所以要翻譯 Frog 的話我覺得用日文發音寫成的片假名「カエル」比較恰當。

柴田　你覺得用片假名有特殊的感覺？

V　外來語都會用片假名寫，所以會引出一種不太像日文的感覺不

是嗎？

柴田 會嗎？其他人覺得呢？

W 我覺得既然要用片假名，不如把 Frog 當成專有名詞來處理。

柴田 直接用 Frog 的外來語「フロッグ」。

X 直接把英文發音變成片假名，聽起來像名字一樣。就像美國漫畫裡的英雄、故事裡的超人那樣。

柴田 這樣啊。如果想要表現出用了大寫 F 的不尋常、奇怪之處，那麼用 Frog 的外來語「フロッグ」應該是最恰當的方法。用日文發音寫成的「かえる」我並不會覺得太突兀。因為動物和昆蟲的名字經常用片假名寫不是嗎？蜜蜂這個字應該很少人用平假名寫吧？還有蟑螂，有人會寫成漢字「蜚蠊」嗎？（笑）

W 我的感覺跟老師有點類似，我覺得用片假名寫，與其說有突兀感，更像用片假名寫ヒト（人類）一樣，好像是種生物分類上的寫法。

柴田 也對。這麼看來，大寫的 Frog 應該可以譯成片假名書寫的外來語「フロッグ」，不過這樣又覺得太過強調異樣生物的感覺。我想想，有一個方法是在大寫的地方加點。像是青蛙，就可以表達出跟一般所講的青蛙不同。但是這樣好像也不太自然呢。我看這裡先用漢字來處理第二個小寫吧。

魯賓 之前談過「くん」（老弟）和「さん」（先生）的不同用法了嗎？[13]

柴田 啊，對了。「青蛙老弟」和「青蛙先生」。

魯賓 這是最讓我傷腦筋的地方呢。

13「くん／君」和「さん」（先生、小姐）同樣表示稱謂，「くん／君」一般為對平輩或晚輩的稱謂，相較於「さん」更為親暱。中文沒有代表「年輕一點的先生、小姐」概念的語彙，故譯為「老弟」。

柴田 對對對。我出的習題只到這裡，所以還沒有出現片桐脫口說出「青蛙先生」的地方。在這之後有一個地方片桐說了「青蛙先生」，然後青蛙豎起一根手指，重新說了一次「青蛙老弟」。這部分翻譯起來有什麼困難？

魯賓 我很猶豫該如何處理。英文裡沒有「くん」跟「さん」的區別，我也考慮過直接拼出發音，寫下「kun」和「san」，再加注解釋，可是盡量不想這麼做。仔細思考過後，終於想到比較簡單的解決方法，那就是用大寫來寫 Frog，給他一種名字的感覺。閱讀原文的時候發現改口的場面不斷出現，給文章帶來某種趣味效果。為了把這種引讀者發笑的效果重現在英文中，我自己覺得現在這個方法還挺不錯的。

柴田 或是「青蛙先生」譯成 Mr. Frog，「青蛙老弟」則是 Frog。「青蛙先生／青蛙老弟」和 Mr. Frog ／ Frog 兩者在正式程度上的差異，幾乎是一樣的呢。

學生譯文9　修正案
　　可是仔細看青蛙那一邊哼歌一邊往茶壺裡倒熱水的樣子，不會有錯，那身體和動作，顯然是真正的青蛙。青蛙把一個茶杯放在片桐面前，往自己面前的另一個杯裡倒了水。

柴田 對了，英文的標題譯成 Super-Frog。這是為什麼呢？

魯賓 如果讀者沒有讀到他自我介紹的部分，就不會了解 Frog 用大寫的特殊意義，所以我想至少要從標題來傳達那種獨特的感覺。

柴田 不能直譯成 Frog Saves Tokyo 嗎？

魯賓 也不是不行。

柴田 震撼力不夠？

魯賓 對，一點震撼力都沒有。再說，Super-Frog 這個標題也可以給讀者一些提示。這會是個什麼樣的故事？文章風格如何等等，隱約透

露了各種線索。

對了，關於 "Call me 'Frog'" 這種說法，大家有聯想到什麼嗎？這其實是模仿了《白鯨記》的開頭。Moby-Dick 有個知名的句子 "Call me Ishmael"（叫我以實瑪利），我譯成 "Call me 'Frog'" 就是在仿效這個說法。

柴田 聽你這麼一說確實如此。

魯賓 我想可能沒有人發現吧（笑）。

柴田 村上先生的原文「叫我青蛙老弟」並不是從「叫我以實瑪利」這個句子來的。不過在翻譯的時候加進一些原文沒有的趣味也不錯。偶爾我也喜歡玩一下這種把戲。

魯賓 用不同的方法來呈現原作的優點並不是壞事。

柴田 一點也沒錯。我對一個小地方有點疑問。村上先生的原文「左手抱著裝了蔬菜和鮭魚罐頭的超市紙袋」，在你的英譯中是 "grocery bag with fresh vegetables and tinned salmon cradled in his left arm"。這裡的 fresh 是必要的嗎？還是因為 fresh vegetables and tinned salmon 中間夾著 and、前後各放兩個字，這樣節奏感比較好？

魯賓 這裡如果不加 fresh，就表現不出原文中的情景。

柴田 對，在美國光說 vegetables，會第一個想到切丁的冷凍蔬菜呢。我們說到「蔬菜」並不會想到切丁的冷凍紅蘿蔔，當然會聯想起高麗菜或萵苣等生鮮蔬菜，所以才需要加上 fresh 啊。嗯嗯，這種地方也是翻譯上的難處呢。

魯賓 這個英文應該是英式英文版吧？

柴田 喔，是嗎？

魯賓 這個 tinned 不是我慣用的字。tinned 是英式英文，我自己應該譯成 canned。

翻譯教室

柴田 啊，對，美式英文應該是 canned。英國版會擅自修改這種地方嗎？

魯賓 嗯，好像會呢。

Y 啊，不好意思，我可以發問嗎？美國人會想讀日本的小說嗎？

魯賓 嗯，不多。當然也是有少數怪人（笑）。這十年來大家主要都讀村上春樹的作品。我想他的作品應該有十萬左右的讀者吧，雖然上不了暢銷排行榜。

Y 聽說現在魯賓先生正在翻譯芥川龍之介的作品。會有人想讀芥川嗎？

魯賓 很多人都知道《羅生門》是黑澤明電影的原作。其實 Rashomon 這個字運用得很廣泛。比方說「啊，那件事真是羅生門啊」。當然很多人不見得真正了解「羅生門」這幾個字原本的意義。我即將要出版芥川的短篇集，如果標題不訂為「羅生門」，我想幾乎不會有人看吧。[14]

柴田 例如《Rashomon and Other Stories》嗎？

魯賓 對，大概就像這樣。芥川本人知名度不高，但是黑澤明電影卻受到很高的認同。

柴田 這次魯賓老師譯的芥川短篇集，不僅挑選的作品精彩，譯文我也全部拜讀過了，十分出色。另外請來村上春樹撰寫序文，由企鵝這間大出版社出版，我想讀者應該不少吧。

魯賓 真能如此就好了。

Z 關於芥川的作品，我想百年前的英文文章現在也一樣能讀懂，不過日文的文法用字是不是會讓人覺得比較古老。

14《羅生門》為芥川龍之介（1892－1927）最知名的短篇小說。此處討論認為小說《羅生門》的知名度高於作者。

柴田　芥川是幾年前的作家？應該還不到百年，大該八十年左右吧？

Z　日本的語言變遷比較快，這種文字風格的差異該如何調整呢？比方說把日本的古老文章譯成英文的時候，是不是也要用英文裡比較古老的詞語？

魯賓　這……我會放棄（笑）。沒有相等的英文，也只有放棄。有時候會採用一些間接的方法，例如譯得比較咬文嚼字一點，但是並沒有完全相符的詞彙可以選擇。

柴田　芥川的文章確實跟現在我們使用的日文有些微妙的不同，我覺得與其說古老，應該說那是芥川的個人風格。

魯賓　芥川閱讀過相當多外國文學，但是寫作上有時又使用古典題材，即使是日本人閱讀他的日文，應該都有奇妙的感覺吧？

柴田　沒有錯。

魯賓　總之，翻譯並不是一門科學。其中一定難免有自己的主觀。如果沒有，就不是人類的創作了。如果要保持完全客觀，不帶任何感情去譯，單純把一種語言的文法轉換成另一種語言，那譯出來的成品會很糟糕。我覺得如果少了個人的解釋，就無法傳遞出任何訊息。所以有些翻譯才會顯得不合時宜，也就是所謂的「落伍」。

柴田　「流行之物就是落伍之物」¹⁵ 呢。

魯賓　不會像原文那樣長久流傳。

柴田　對啊。會比原文還早褪色。希望我的譯文在我有生之年不要褪色才好（笑）。那今天的時間也差不多了，就上到這裡吧。非常謝謝魯賓老師。（盛大掌聲）

---

15 日本諺語「流行り物はすたり物」，意指流行事物不長久。

超級青蛙救東京

村上春樹

片桐回到公寓，一隻巨大的青蛙正等在屋裡。青蛙的體格精實強壯，用後腳站著的樣子看來至少有一百八十公分。不到一百六十公分、瘦小的片桐，完全被那結實的體格給震懾住。

「叫我『青蛙』吧。」青蛙說話的聲音清楚而堅定。片桐呆站在玄關，什麼都說不出來。

「別害怕。我不是來害你的。來，進來吧，請關上門。」

右手拿著文件包，左手還抱著裝了新鮮蔬菜和鮭魚罐的購物袋，片桐全身動彈不得。

「來，片桐兄。請快關上門，把鞋脫了吧。」

聽到自己名字，片桐一驚，回過神來。他照對方所說關上門，把購物袋放在高了一階的木地板上，將文件包抱在腋下，鬆開鞋帶。青蛙用肢體動作示意要他坐到廚房餐桌的椅子上，他乖乖照辦。

「片桐兄。您外出時我擅闖進來，實在非常抱歉。」青蛙說。「您回家後看到我，想必很吃驚吧，但我也只能這麼做。要不要喝杯茶呢？我想您差不多該回來了，就先燒好水。」

片桐腋下還抱著文件包。他心想，「我一定被人耍了。有人鑽進這巨大的青蛙裝裡，想看我出醜。」

不過，看到青蛙一邊哼歌一邊往茶壺裡倒熱水的樣子，那確實是真正青蛙的手腳、真正青蛙的動作。青蛙把裝了綠茶的茶杯放在片桐面前，也替自己倒了一杯。

邀請村上春樹先生

柴田元幸　上上次我們的習題是瑞蒙・卡佛的文章，參照了村上春樹先生的譯文，而上一次的習題是村上春樹先生作品的英譯，大家有沒有發現我們的課堂沉浸在一片村上風裡？所以，今天我們特別邀請到村上先生本人蒞臨課堂。

村上春樹　（走進教室）

學生們　（驚訝地倒吸了一口氣，數秒後開始一起鼓掌）

柴田　今天課堂的形式由大家來提問，請村上先生回答。那麼，村上先生在接受提問之前，有什麼話要跟學生說的嗎？

村上　好像沒什麼特別要說的，不過，還是講點什麼好了。對了。柴田先生，這一堂是翻譯課吧？

柴田　對，沒有錯。

村上　那我就談談翻譯的話題吧。我翻譯工作大約做了二十五年，但是並沒有真正學過翻譯。大學時也是，進的是早稻田的戲劇系，英文不是主修。戲劇系的英文課大概只有一堂吧？對了，我念了一整年的田納西・威廉斯。當時我的老師很討厭田納西・威廉斯，但卻讓學生一整年不斷地讀田納西・威廉斯，然後每星期說他壞話，說田納西・威廉斯是二流作家、劇本內容有多無聊等等，批評得體無完膚。比方說他不喜歡田納西・威廉斯取名字的方法，也不喜歡他展開故事的方式等等。我其實本來還挺喜歡田納西・威廉斯的，但是一年之後也開始有點討厭了（笑）。所以大學裡的課，其實沒有給我什麼好的回憶。

柴田　除了美國文學外，也有很多關於英文的課嗎？

村上　不，在我們戲劇系裡，跟法國或者德國相關的課比較多，英文的課很少。既然如此，我為什麼會走上翻譯這條路呢？說穿了就是因為自己喜歡，所以一直在家自行嘗試。讀了英文書之後，我開始思考，這如果翻成日文會是什麼樣子？於是左邊放著橫排的原文書，右邊放著筆記本，一點一點改寫成日文。我好像天生就很喜歡這種工作。

結果是，我到了三十歲成為小說家，但是比起寫小說，我更享受翻譯。所以一開始我寫了《聽風的歌》這本小說，拿到「群像」新人獎，當時最高興的莫過於從此可以放心地翻譯了。所以我馬上譯了費茲傑羅。[16]

柴田　喔。（學生應該也跟柴田一樣驚訝）

村上　此後二十五年，我寫小說，然後翻譯，翻譯做完了再寫小說，我自己說這就像是「巧克力和鹹味仙貝」，吃了巧克力後就想吃點鹹的，於是吃鹹味仙貝，之後又想嘗點甜的，再吃點巧克力，就這樣不斷循環。好比雨天泡露天溫泉，出溫泉冷了再泡進溫泉，然後又變暖離開再變冷，是一種永不止息的運動。

柴田　翻譯完作品 A，對接下來書寫自己的作品 B 時，會不會造成直接影響？

村上　不會。

柴田　互不相干？

16　此處指費茲羅傑的《我失落的城市》（*My lost city*），村上春樹於 1979 年以作家身分出道，由他翻譯的《我失落的城市》日文版於 1981 上市。

村上 假如說有影響，也是經過相當久時間吧，所以應該算不上直接影響。對了，我兩三天前剛翻完葛雷絲‧佩利（Grace Paley, 1922 – 2007）這位女作家的短篇集。五、六年前也譯了她其他的短編集，嗯，《最後瞬間的……》

柴田 《最後瞬間的巨大變化》（*Enormous Changes at the Last Minute*）。

村上 對，《最後瞬間的巨大變化》。接著在兩三天前完成了她《人生中的小小煩惱》（The Little Disturbances of Man）這本短編集，現在是最輕鬆的時候。不過從前天開始又著手翻譯其他作品。

柴田 這次要翻什麼？

村上 馬爾科姆‧考利（Malcolm Cowley, 1898 – 1989）的《費茲傑羅論》，這幾乎算是我的興趣了。

＊

柴田 那我們差不多可以接受學生的提問了。除了翻譯之外，也可以問關於創作的問題嗎？

村上 都可以。

柴田 我記得上一次村上先生來到我的課堂，應該是 1996 年或 97 年

吧。當時《翻譯夜話》[17] 還沒有出版，提問不帶任何前提，其實換個角度來說，學生可能比較容易發問。但是現在村上先生已經在許多場合中發表過對於翻譯的看法，大家想問的，或許在其他地方已經聽過了。不過由不同的人來發問，同樣的問題也可能有不同的涵義，所以大家不用想太多，想問什麼儘管問……這句話我來說好像有點怪。總之，村上先生來到課堂上雖然不至於和哈雷彗星降落一樣稀奇，但也不是常有的事，請大家好好把握。有問題的人盡量舉手。好，請說。

A　我自認為閱讀村上先生翻譯作品的時間應該算長。這次瑞蒙‧卡佛全集出版了，我覺得翻譯對村上先生的重要度似乎就降低了。您好像把重心轉移到自己的創作上了，是嗎？瑞蒙‧卡佛大功告成後，我感覺您似乎不再花費太多精力在翻譯上，這一點您有什麼看法？

村上　完全沒有這回事。我還想翻譯更多作品。技術愈磨練愈能提升。我是指自己的英文能力和翻譯技巧。這麼一來，也會更想翻譯。愈做愈想做、也愈開心。我覺得這跟運動和肌肉的關係很相似。所以我花了十四年左右翻完卡佛全集，不過跟初期作品相比，最後階段的作品很明顯地翻譯技巧有所進步，這我自己也看得出來，所以我應該到死前都會不斷嘗試吧。

柴田　我想你的問題是，村上先生大概很難找到和卡佛相當的作家了，是嗎？

A　對。自己創作的比重應該會提高吧。啊，另外還有一點，在翻譯卡佛的期間，如果翻譯到其他不那麼出色的作品，應該會覺得很挫

---

17 收錄本書作者與村上春樹等六位翻譯家的翻譯講座內容，2000 年出版。

折吧？會不會覺得不如自己來寫還更快更好？我想今後在翻譯卡佛以外的年輕作家作品時一定會有類似的狀況吧？我覺得出現的機會應該很頻繁，如果今後村上先生持續翻譯，與其翻譯年輕美國作家的作品，我猜是不是差不多會轉換方向，來譯些比較古典的作品呢……啊，當然這只是我個人的猜想。

村上 原來如此。深入投入某位作家的作品後……嗯，對年輕作家確實會嚴苛一點。這一點也牽涉到年齡，實在沒辦法。卡佛對我來說確實很特別。但是，不要太一頭栽進去，遇到好的作品試著去翻譯，還是可行的吧。新作家出書我一樣會讀，裡面也有不少有趣的作品啊。但是同一個作者的所有作品是不是都那麼有趣，確實也不盡然。比方說……那個，丹尼士·詹森（Denis Johnson, 1949 －）。

柴田 《耶穌之子》（Jesus' Son）很不錯呢。

村上 對，《耶穌之子》非常有趣，但是除此之外，老實說沒有太讓人驚艷的作品。當然這只是我自己的感覺。所以說，往後要遇到像費茲傑羅、卡佛、卡波提（Truman Garcia Capote, 1924 － 1984）、提姆·奧布萊恩（Tim O' Brien, 1946 －）這些能讓我獻身翻譯的作家，應該不容易。再說，譯者應該也不會遇到那麼多讓他有特殊情感的作家。就像柴田先生，大概就是奧斯特（Paul Auster, 1947 －）、米爾豪瑟（Steven Millhauser, 1943 －）或艾瑞克森（Steve Erickson, 1950 －）這幾位吧？

柴田 還有戴貝克、約克魯、瑞貝卡·布朗。

村上 咦，還挺多的嘛（笑）。

柴田　我是重量不重質的譯者（笑）。

村上　怎麼這麼說啊（笑）。不過，到了一定年紀之後，可能無法再譯年輕作家的作品了吧，那就是世代交替的時候了。我們的年代有我們熱中的作家，再年輕一點的作家，自然也會有年輕譯者或者研究者感興趣。觀察這種潮流不也挺有趣的嗎？

　　我發現卡佛這位作家的時候，他在日本幾乎沒沒無名，我很開心能有這樣的發現並且投入，所以我覺得年輕作家由年輕譯者來投入，這樣很好。

B　　剛剛您提到提姆‧奧布萊恩的名字，在翻譯提姆‧奧布萊恩的文章時，有什麼特別留意的地方嗎？比方說會提醒自己注意的地方，或者決定要用什麼樣的風格來譯等等。

村上　提姆‧奧布萊恩的文章有他獨特的風格，不過我從他初期的作品就開始讀，他的特殊風格對我來說已經很自然了。這就跟交朋友一樣，「那傢伙的個性就是那樣啦」，我們跟朋友會建立起一種特有的相處方式，所以不太容易個別挑出來說明。

　　不過提姆‧奧布萊恩跟我年代差不多，所以我們之間有一種同年代的共鳴，語言就會從這當中誕生。不管是遣詞用字、句法的選擇上，這種共鳴都很重要。反過來說，要翻譯沒有共鳴的人的作品，是非常困難的事。但是要翻譯有共鳴的作品就相對簡單了，語言會自然而然地浮現。

＊

C　我可以發問嗎？我想問的不是翻譯，是關於您寫的小說。您是先決定好一個主題才開始寫嗎？還是設定好情境之後，再根據這個情境推展情節呢？

村上　我的寫法既不先定主題，也不會先決定結構。我不清楚其他人是怎麼寫的，但是我自己完全沒有這些東西。說得更白一點，我連故事主旨之類的東西都沒有。

之前我出了《黑夜之後》這本書，這本書是怎麼寫的呢？首先我腦中浮現了第一幕的情景，假設是澀谷好了，在澀谷這個地方，大約十二點左右有個女孩在複合式餐廳裡看書，然後有個男孩子走過來，「咦？」他閃過這念頭，轉過頭往回走，問了對方「妳是誰啊？」故事就是這樣開始的，我腦中會先出現這個以時間來說大約五分鐘的情景，總之先把莫名突然出現在腦中的景象快速地寫下，然後放個一年半左右。應該是說塞在我的抽屜裡一年半。

不過這個景象會一直存在我腦海裡。我們看錄影帶的時候可以倒帶重看好幾次不是嗎？一樣的道理，我會一直重現同一幕，然後靜心等待一年半，接著故事就會自己往前走了。

雖然說故事會自己前進，不過這當中等了一年半的時間。為了了解這個場景到底對不對、是不是正確的片段，必須等上一年半的時間。不過儘管有這樣的開頭，這絕對算不上故事中心，也不是什麼主題，說穿了只是一幕情景。

柴田　您剛剛說會先快速寫下來放著，所以大約會先寫個五張到十張左右是嗎？

村上　以《黑夜之後》來說差不多是這樣。《人造衛星情人》也差不多。先快速寫下開頭兩、三張，然後放個兩年。當然也有可能一點都看不見故事的進展。不過只要耐心等待，總會有動靜。反過來說，沒有動靜，接下來我什麼也無法進行。至於這段等待的時間我都在做什麼？都在翻譯啊（笑）。

　　所以翻譯對我來說……剛剛有位同學提到，會不會覺得與其翻譯別人的文字，還不如自己寫比較快，其實翻譯對我來說就等於等待醞釀的時間。用等待時間來翻譯、調整好身體狀況。我的情況是只要故事一開始動就停不下來，只要開頭輕輕一推，接下來就能自然地往下走。像《發條鳥年代記》雖然花了兩、三年，但是開頭推了一下就沒有再停下來了。這兩、三年當中我的腦裡一直不斷在動。

C　　您剛剛提到心裡會有一些想寫的念頭，那您會不會把這些想寫的故事重複改寫好幾次呢？

柴田　你是說寫成不同作品嗎？

C　　對。有時候閱讀同一位作家的不同作品，會發現其實講的是一樣的事。

村上　這有可能，我們每個人心裡一定會有所謂的中心思想。你的心裡應該也有吧？就是這些念頭驅動我們去寫小說的，所以當然有可能出現同樣的東西。

　　以費茲傑羅來說，那就是一種道德觀。有錢人跟窮人。做好事、不做好事。每一個作家心裡都一定會有這類中心思想。自己心中盤據這些糾葛的同時，又同時從外面觀看著這樣的自己，形成一種雙面性。

所以不管是卡夫卡、費茲傑羅、杜斯妥也夫斯基，他們各自所寫的內容其實都大同小異，只不過是從不同角度、以不同形式來書寫同一件事。

D 　寫文章跟翻譯有什麼共通點嗎？我想村上先生翻譯的都是您自己想要譯的作品，聽您剛剛的回答，這是不是表示您想翻譯的作家的中心思想跟您自己的很接近呢？

村上 　這一點就很有趣了。就拿卡佛的小說來說吧，其實跟我自己的小說一點都不像。他所寫、所看，還有他生長的環境，都跟我完全不同，但我就是很受他吸引。卡波提寫的文章或故事也跟我完全不同，我也不懂為什麼會迷上他，但就是深受吸引呢……

所以，我想原因應該不在中心思想相似，而是因為彼此不同吧。還有文風也是，與其翻譯文風跟我接近的人，還不如翻譯完全不同文風的作家比較暢快。我自己寫文章時會盡量寫得簡潔、直接，但是卡波提或者費茲傑羅就不一樣了，他們的文章相當講究，華美又複雜。不過譯他們的文章總是讓我很開心。

D 　翻譯的樂趣在於體驗別人的創作嗎？

村上 　嗯。就像進入一個不屬於自己的盒子裡，這種感覺非常強烈。

像我剛剛提到的葛雷絲‧佩利，她已經是個八十多歲的老太太了。我們見過面，她是猶太人、女權主義者、反戰運動家，跟我完全不同。我們沒有養兒育女的共同話題，寫的東西也不一樣，可是這一點也無所謂。光是譯她的文字我就覺得很興奮。譯著譯著，覺得自己也開始跟葛雷絲‧佩利有同樣的心境。反過來說，如果不了解作者的心情，

就不可能了解這個人寫的文章。有些人寫作會使用天外飛來一筆的比喻，從什麼地方獲得比喻的靈感都看這個人的心情而定。如果不站在葛雷絲·佩利的角度，就不可能看見這些。假設翻譯的時間是六個月，當六個月都這麼做，就自然而然能擁有跟作者一樣的視野。這讓我非常愉快。

剛剛柴田先生提到現在的翻譯會不會影響接下來的創作，其實就算受到影響，我也不會運用在自己的創作上。但是我覺得可能經過十年左右，會以其他形態發揮功能吧。我想應該會以完全不同的面貌出現才對。

E 我的問題跟翻譯完全沒有關係，身為村上先生的讀者，有件事我很感興趣，您在《海邊的卡夫卡》裡用第一人稱和第三人稱，在《黑夜之後》用第三人稱，這種人稱上的變化跟村上先生說過的夢想「希望能寫出像《卡拉馬助夫兄弟們》那樣的作品」是不是有關？也就是說，您是不是為了寫出更龐大的鉅作，才在最近的作品中做這種人稱變化的實驗，或者這種人稱變化其實有其他的意圖？

村上 我說想寫出《卡拉馬助夫兄弟們》那種小說，指的是一種綜合小說，在那段話的脈絡中指的是十九世紀的綜合小說。綜合小說到底是什麼，確實很難下定義，我自己認為，把許多世界觀、各種觀點結合在一部作品中，藉由它們的交互影響，又浮現出新的世界觀，這就是綜合小說。在這當中為了把觀點細分成多種，就必須要有人稱的變化。

比方説在《世界末日與冷酷異境》裡，全書分兩線並行[18]，分別以第一人稱「僕」和「わたし」[19]為主詞。《發條鳥年代記》中是第一人稱，不過插入許多信件和回憶片段，就像拼貼一樣。還有《海邊的卡夫卡》是第一人稱和第三人稱交替出現。前一陣子的《黑夜之後》只用了第三人稱，所以我漸漸拓展了敘事觀點。

在《神的孩子都在跳舞》中我全部用第三人稱，這本是虛構的故事，像《地下鐵事件》是訪談紀錄的集結，採訪的內容當然必須是第三人稱。你剛剛提到的人稱轉換問題，在這兩本作品中可以説大致確立了我寫小説的方向。我認為人稱是很重要的問題，如果是翻譯第三人稱的小説，翻譯的經驗就像一種虛擬體驗。所以這樣看來，我最近的翻譯也可以説愈來愈輕鬆了。

柴田 《黑夜之後》是第三人稱，但是其中還有一個不可思議的第一人稱複數「我們」呢。

村上 在沙林傑的《麥田捕手》也用了「you」呢，那也是有趣的體驗。對了，柴田先生，我可以跟大家聊聊「you」嗎？

柴田 當然可以。

＊

---

18 全書有 40 章，單數章跟雙數章並行。

19「僕」和「わたし」皆為第一人稱代名詞「我」。「僕」用於男性對平輩或晚輩自稱，「わたし」則男女皆適用。

村上　我在 2003 年譯了 J.D. 沙林傑的《麥田捕手》（1951），在作品中出現的「you」，我特意把它譯成「あなた」……咦？還是譯成「きみ」[20]？

柴田　是「きみ」。

村上　對，是「きみ」才對。譯成了「きみ」。我當時很猶豫，關於這一點也有很多批判，認為我譯得太過了。有人認為，那是沒有實體的「you」，不應該譯出來。翻譯我作品的傑·魯賓也是同樣意見，看來大部分美國人都有一樣的意見。不過我不這麼認為。美國人認為「you」是沒有實體的「you」，但其實是有實體的。雖然我覺得有，但是他們並沒有注意到。他們腦中不存在一個虛構的「you」，但那其實是存在的。我們日本人看了可以了解它的存在，可是對他們來說，這件事似乎已經烙印在基因上，他們看不出來。所以我們譯成日文的時候，最好以中間值來譯，可是取中間值並不容易。如果有個地方出現了兩次「you」，我會規定自己一次譯、一次不譯。但是美國人好像不能理解這一點，所以我也強調過許多次，翻譯問題去問母語者不一定能得到答案。

柴田　《麥田捕手》裡的「they帶有很重要的意義，通常會譯成「大人們」或者「那些傢伙」，跟「they」對比的「you」一定也有清楚的意義，不會是泛指「一般人」。

---

[20]「きみ」和「あなた」皆為第二人稱代名詞「你」。「きみ」男女皆適用，多用於男性對平輩或晚輩的稱呼；「あなた」用於妻子對丈夫、男／女性對平輩或晚輩的稱呼。前者敬意程度較低。

村上　沒錯。

F　延續這個話題，您自己在創作的時候會想到這些作品將來會被翻譯，所以這裡的表現太過日式了，改一下比較好這些問題嗎？

村上　這一想會沒完沒了。我的小說幾乎都會翻成外文，老實說，我確實想過，這裡應該很難翻吧。但是真要這樣想就考慮不完了，我都告訴自己不要去想。就像《海邊的卡夫卡》有很多地方引用了《雨月物語》[21]，明明知道外國人可能不懂，但是不能起這個念頭。我都告訴自己，我寫的是給日本讀者看的日文小說，腦子裡只需要想著這件事。其他問題之後再說。

柴田　在講談社收錄舊作重新推出的《村上春樹全作品》，是不是就有小部分改寫？我記得你在哪裡提過，還是我當面請教你的？我記得你提到改寫是因為想到作品要經過翻譯。

村上　喔，我記得好像是傑・魯賓說想要把我很久以前的作品翻譯成英文，當時我說，等等，趁這個機會，以前寫的東西我想要修一下，所以就做了修改。不過這絕不是為了翻成英文而做的改寫。

柴田　算是修訂？

村上　對。既然要譯，我就說想要重新修改一下。並沒有刻意修改成容易翻譯的方向。

---

21 江戶時代後期（十八世紀）詩人上田秋成所著，收錄九篇怪奇小說，分別改寫自中國、日本的古典故事，被譽為近代日本文學的代表作。

$*$

G 以前村上先生寫過一個小故事，讓我印象很深刻。故事裡提到一個不是作家的普通男性寄了自己的小說給村上先生。這個小故事本身很有趣，但是我特別印象深刻的是，您在文中提到他缺少身為作家的致命性關鍵。您所謂的致命性關鍵到底是指什麼呢？

村上 咦，我寫過這種故事嗎？（眾人笑）

其他學生 呃，應該是《迴轉木馬的終端》。

村上 啊，你説那個啊。那是我編的。（眾人笑）

G 我還有一個問題，我一路看村上先生的小說，裡面提到很多美國作家和音樂家的名字，但是《海邊的卡夫卡》裡卻出現了很多日本作家的名字，這當中有什麼樣的變化嗎？

村上 我沒有特別去想，就是很自然地出現了。不太記得了。

柴田 我記得不久之前你寫了一本《給年輕讀者的短篇小説導讀》，在小説以外的地方介紹了日本作家呢。

村上 為什麼呢？可能是日本作家和日本的音樂漸漸進入自己的內心了吧，在無意識中。

G 我記得以前好像沒有這樣的傾向。

村上 是這樣嗎？不過日本作家我應該提到過大江健三郎……

柴田 喔？

村上 以前寫的小説裡提到過大江健三郎……我記得《尋羊冒險記》裡出現過大江健三郎……

柴田 有人記得嗎？沒人舉手呢。

村上 嗯，寫過的東西我也不太會回頭看……

柴田 我是覺得沒有出現過大江健三郎啦。（眾人笑）

村上 《尋羊冒險記》裡是不是出現過三島由紀夫？

柴田 三島由紀夫出現過啊（文庫上卷 20 頁：「下午兩點，大廳電視上不斷重播三島由紀夫的身影。因為音量鍵故障，幾乎聽不見聲音，不管怎麼樣，那對我們來說都無關緊要。」）但是村上先生，三島由紀夫確實像是會出現的角色，但大江健三郎感覺不太會在村上先生的小説中登場吧？

村上 可是我十多歲的時候，是大江健三郎的忠實讀者喔，經常看他的書。

其他學生 柴田老師，《尋羊冒險記》裡有大江健三郎喔（文庫上卷 11 頁「有時候那是米基・史畢蘭，有時是大江健三郎，有時是《金斯堡詩集》。總之只要是書，什麼都好。」）。

村上 是嗎？你看，明明有啊。

柴田 真是抱歉（笑）。

另一個學生 《遇見 100% 的女孩》[22] 裡的〈沒落的王國〉也有出現(文庫 125 頁「小說我喜歡巴爾扎克或莫泊桑這些法國作家。偶爾也讀大江健三郎」)。

柴田 啊,對。除了當作角色來運用,還有這種用法呢。真是失禮了……提到日本作家,村上先生的英譯者傑‧魯賓先生現在正在譯芥川龍之介,之後會由企鵝出版社出版,屆時會請村上先生寫序文。我前一陣子拜讀過,翻得相當出色。你本來就喜歡芥川嗎?

村上 滿喜歡的啊,國中時經常看。像是夏目漱石、谷崎還有芥川,我都挺喜歡的。佐藤春夫也不錯。只有太宰、三島跟川端我比較讀不下去。自己也覺得奇怪。

柴田 鷗外呢?

村上 鷗外倒是讀得下去。我喜歡他翻譯的《諸國物語》。對了,志賀直哉我也讀不太下去。三島的書我嘗試讀過好幾次,但就是沒辦法。到底為什麼呢?

柴田 抱歉,我也沒讀過(笑)。

*

村上 我想到傑‧魯賓也一樣,他對日本文學那麼熟悉,卻完全不了

---

22 日文書名為《カンガルー日和》(看袋鼠的好日子)。中譯版選了書中其他篇名作為書名。

解美國文學。

柴田 真的不太清楚呢。他對美國最近的音樂好像也沒什麼興趣。

H 我的問題跟剛剛的話題有點關連，我讀村上先生的作品時，發現很多跟音樂家或者音樂相關的描述，您在作品中會運用實際從音樂接收到的印象嗎？

村上 何止是運用，就是音樂教會我該怎麼寫文章的。我沒有從任何人身上學習寫作，只有從音樂上學習過。我以前開爵士咖啡廳，從早到晚都聽爵士，持續了七年。大學畢業後，啊，其實還沒畢業就開始了（笑），我開了間爵士咖啡廳。二十多歲的時光幾乎都是在經營那間店中度過的。音樂，對我來說指的是爵士樂，可以說滲透了我身體的每一吋。節奏、和弦進行還有即興段落全部都烙在我的腦中，寫文章的時候我也總是提醒自己，要有節奏、有大鼓、有高帽銅鈸、有和弦、有即興段落。可能就是因為這個原因吧，自從開始用文字處理機和電腦寫作，寫文章變得非常輕鬆。

柴田 音樂的鍵盤和電腦鍵盤的感覺很像呢。

村上 對啊，現在有了電腦真的很不錯。我讀到以前海明威帶著打字機在槍林彈雨中寫報導，覺得真羨慕，因為我們以前根本沒有日文打字機。所以我寫《聽風的歌》這部小說時，為了想用打字機，一開始是用英文寫的。

柴田 什麼？就為了這個原因？

村上 只是想從外在形式進入狀況。

柴田　現在外界都説你一開始用英文寫作，是為了擺脱既定文風呢。

村上　外界現在確實還這麼説，其實我只是想用打字機寫稿而已（笑）。

柴田　真是驚人的新事實。

村上　我一開始是用兄弟牌的英文打字機寫的，可是因為太難，所以中途就放棄了（笑）。

▌　剛好提到音樂的話題，我想請教跟音樂有關的問題。村上先生在散文中提過麥爾斯・戴維斯（Miles Davis, 1926 － 1991）的自傳，您説「這一定要直接讀英文才行。絕對譯不出來」，請問您是不是常遇到這種覺得無法譯出的文章？還有，在翻譯小説以外的領域時，是不是有必要在一定程度上擺脱自己的文風？最後一個問題是，都築響一先生寫過，三年前村上先生曾經把麥可・摩爾介紹給他。可是我實在無法把村上先生跟麥可・摩爾連結在一起，呃⋯⋯其實我只是想問村上先生到底喜不喜歡麥可・摩爾？（眾人笑）

柴田　等等，你的第一個問題是什麼？

▌　關於麥爾斯・戴維斯自傳無法翻譯的問題。

柴田　第二點是問到小説以外的翻譯是嗎？

▌　對。村上先生也翻譯過電影腳本，現在應該也譯歌詞。

村上　我喜歡歌曲，非常喜歡譯歌詞。現在《君子雜誌》上有一個「村上歌曲」的連載（自 2004 年 9 月號起），翻譯我自己喜歡的歌。上次我翻了雪瑞兒・可洛（Sheryl Suzanne Crow, 1962 －）的《All I Wanna Do》，還有比利・布雷格（Billy Bragg, 1957 －）替伍迪・蓋瑟

瑞（Woodrow Wilson Guthrie，1912－1967）的曲子填詞的《英格麗褒曼》（Ingrid Bergman）。現在每個月都會翻譯自己喜歡的歌。這工作非常有趣。

還有麥可·摩爾。我很久以前看過麥可·摩爾的第一部電影《羅傑與我》（*Roger and Me*；1989），那部作品我很喜歡。從那之後我就是他的忠實影迷。我介紹都築先生的是電視影集《面目全非》（*The Awful Truth*）。我在美國獨立電視台上看到覺得很有趣，才介紹給他的。他說的應該是這件事吧。

還有麥爾斯·戴維斯。覺得無法翻譯的文章……嗯，有很多呢（笑）。你也覺得那要翻成日文很難吧？就是啊，非常難的，我想像不到該怎麼譯成日文。不過要譯的話也是可以譯出一種形式。

我覺得最難的就是詩了。我譯過瑞蒙·卡佛的詩。詩有很多種譯法，對我來說是一種挑戰，以後可能還會想試試看。現在我正零星翻譯馬克·斯特蘭德（Mark Strand，1934－2014）的詩作，我之前還譯過這個作家的小說集《寶貝先生和夫人》[23]（*Mr. And Mrs.Baby and other stories*）。覺得煩的時候我就會譯一首詩。

柴田　喔？

村上　總是會有覺得煩的時候吧？例如被不喜歡的人說了討厭的話。

I　有是有……但是通常不會想去譯詩吧。（眾人笑）

村上　嗯。我會坐在桌前，翻開馬克·斯特蘭德的詩集，哪裡都好，

23　日文版本譯為《狗的人生》。

先譯一篇再說。這樣其實可以累積不少，詩用這種方法譯最好了。我自己覺得啦。

＊

J 剛剛您提到杜斯妥也夫斯基，您從以前就會閱讀英美文學以外的翻譯作品……如果您精通每一種語言，有沒有特別想譯的作品？還有，我曾經看村上先生寫過，您每次到訪歐洲各地旅遊時都會學習各種語言，可以請您分享一下您跟英文以外的語言的關係嗎？

村上 我的原則是每到一個地方旅行就會學習那一國的語言，所以我去希臘時大概學了點希臘文，去土耳其的時候大概學點土耳其文，去墨西哥的時候也會學些西班牙文。透過這些學習，可以學會不少基本知識，這些在翻譯的時候都很有用呢。西班牙文、希臘文、義大利文、法文。如果不能大致了解這些語文的基礎，很多地方都無法翻譯。還有拉丁文，也得有一定程度的了解，不過這就難了一點。為了表示我的尊重，我去旅行的時候會學習該國語言，這些知識都非常有用。

我大學時學過德文，但是幾乎沒有想直接用德文讀的東西，反而是大學畢業後學了法文，然後開始能讀懂法文作品。等到我法文更好，希望可以翻譯福樓拜。

我不久前去過冰島。冰島文真是有趣呢。那裡的人口只有二十七、八萬人。但是我的書卻有兩本還是三本被譯成冰島文。人口只有二十七萬的國家，翻譯我的作品能賺錢嗎？不過還真的有人翻譯呢

（笑）。我覺得翻譯的力量真的很偉大。

柴田 這樣看來人口跟文京區差不多吧。不，還更多一點。在東京二十三區裡，大概相當於新宿區吧（文京區有十七萬人、新宿區有二十六萬人）。

村上 所以我真的覺得很佩服，也很高興，辦了很多簽名會才回來（笑）。冰島的夜晚很長，大家都有看書的習慣，也誕生過諾貝爾獎作家[24]，總之這種小國家的語言真是有趣。

J 柴田老師，如果您會所有語言，有哪一個想譯的作家嗎？

柴田 我無所謂啦（笑）。不過……應該是卡夫卡。

村上 卡夫卡是用德文寫的嗎？

柴田 是德文。他是捷克人但用德文寫作。

＊

K 我想請問關於《黑夜之後》的問題。剛剛您提到並不是有意識地寫出日本作家的名字，我在《黑夜之後》裡特別在意的部分，是出現了很多複合式餐廳 Denny's 和藥妝店松本清等，以往村上先生的作品裡沒出現帶有廉價感的特定名詞。我並沒有看過村上先生所有的作

---

24 拉克斯內斯（Halldor Kiljan Laxness,1902 － 98），1955 年諾貝爾文學得主，作品有《莎爾卡·伐爾卡》、《獨立之子》、《冰島之鐘》等。

翻譯教室

品，如果説我的認知有誤，那這個問題就沒有什麼意義了。您開始使用這些特定名詞，有什麼心境上的變化嗎？

村上　我以前也用過麥當勞、7－11這些店名，Denny's我自己並不覺得特別奇怪，不過松本清可能有點突兀吧。

不過這些名詞出現的地方不是在敘述部分而是在對話當中，那就是説話者的責任了，不在我身上。如果放在敘述部分，那就是我的責任，語言的責任在説出來的人身上，如果是出場人物自己説的話，你問我我也不知道了（笑）。就是這麼回事。如果是平常就會把松本清掛在嘴邊的人，我覺得這是很自然的事。

音樂最明顯了。每個人的喜好都不同，有人愛聽史克里亞賓（Julian Alexandrovich Scriabin, 1872－1915）的鋼琴奏鳴曲，也有人愛聽南方之星。本來就因人而異，每個出場人物的角色都會影響到他們説的話。

不過以前我可能不會寫這些，所以或許真的有些改變吧。

K　所以您並不是有意圖地做出這些改變。

村上　不是呢。只要塑造好出場人物的角色特性，這個人會説的話就會自然而然地定下來。反過來説，這可能表示我開始能塑造各種類型的出場人物了吧。我果然也慢慢在改變。這點我也有自覺。

柴田　在《海邊的卡夫卡》裡，約翰走路和桑德斯上校也具有某種象徵意義或者功能不是嗎？那麼這次在《黑夜之後》之中，Denny's除了代表現實生活中的Denny's之外，好像也帶有其他衍伸的意義呢。如果是大江健三郎的話，這裡應該會出現威廉·布萊克（William

Blake, 1757 － 1827）或者聖經吧……

村上 因為修養不同（笑）。

柴田 不，這其實也代表村上先生能夠把流行文化運用自如啊。

村上 你還真會說話。不過如果說到把流行文化運用自如，許多年輕作家比我擅長多了。對這些東西我有我的用法，比我更年輕的作家應該也能比我更自然、自由地運用。我覺得本來就可以有許多用法，但並不是刻意為了討好年輕讀者而寫這些，只是故事自然而然地要求這些東西，我才寫出來。

L 村上先生的小說有時候看起來舞台不像是現實的日本，而是一個捉摸不定的地方。不過我自己反而覺得其中包含著現實感。您在以日本為舞台的小說中作這樣的設定，是有特別的企圖嗎？

村上 我基本上對寫實主義沒興趣，從來沒想過要寫出具有寫實性的小說。只有一次寫了《挪威的森林》這部小說，完全是寫實主義。當初為什麼要寫這部小說，只是為了向自己證明，如果我想寫寫實的東西，一樣寫得出來。嘗試一次之後認為自己也辦得到，就安心了，然後又往不同方向走了（笑）。你說得沒錯，撰寫一個不存在這裡的世界確實是我的興趣。不對，不像是興趣，應該說是中心思想。所以，《黑夜之後》的姊姊被帶到一個莫名其妙的房間，然後主角這個女孩也身處於黑暗中，進入某種異界當中。那裡雖然是都會裡某條具體的深夜街道，但也是一種異界。那種不同的世界、異界，對我來說非常重要。

其實翻譯對我來說，也是一種異界體驗。

柴田 喔，翻譯也是？

村上 翻譯也是。經由翻譯，可以迅速進入一個跟日常生活不同的地方，這讓我覺得很愉快。我從小就是書蟲，很愛看書，像是翻譯這種事，就算沒人拜託也會做。像這樣逃到一個跟現實不同的世界中是我很喜歡的事情，長大之後也沒改變，動不動就想逃到那邊去。想到報稅、家庭生活，我就馬上想逃（笑）。逃了之後發現還可以賴此維生，簡直太棒了啊。

柴田 寫小說也是一種逃避嗎？

村上 就算不是逃避，也等於到了一個不同的世界。來到這間翻譯教室的各位，我想都對翻譯很感興趣，翻譯的好處就是在翻譯的當下你可以「逃避」。還有比這更愉快的事嗎？即使這樣，如果還能靠這個來維生，實在是至高無上的幸福，對吧？（看著柴田）

柴田 呃……對對對，沒錯沒錯。（眾人爆笑）

村上 我每天早上四點就起來了，四點起來先打開擴大機的開關，放上 CD 或者黑膠唱片，用小音量一邊聽音樂一邊翻譯，這就是我最幸福的時光了。

柴田 翻譯的時候一定會放音樂嗎？

村上 對。寫自己小說的時候幾乎不會聽，不過翻譯的時候會，前一天晚上就會先選好，隔天早上起來要聽這個。我會選好兩三張唱片或 CD，一邊聽一邊翻譯。

柴田 還會事先準備好？

村上 多半都會先準備好。

柴田 喔。為什麼呢？

村上 也不知道為什麼。去遠足之前不是會先準備好鞋子、便當嗎？就很像那種心情。

柴田 原來如此。但是大家好像都呆掉了。（眾人再次爆笑）

村上 今天我聽的是史克里亞賓。

柴田 是嗎。

村上 嗯，我想要說的其實是自己很喜歡像這樣穿梭於不同世界，如果不喜歡，可能就不適合寫東西這一行。早上四點要起床，就表示晚上九點半左右就得睡了。晚上九點半睡覺，其實等於放棄了某一部分的人生，等於沒有夜生活。當然我偶爾也會去爵士酒吧、聽音樂會，十一點半左右才睡，但是多半十點前就睡了。

年輕人一定很少在十點前睡吧。我以前也這樣，覺得早睡好像人生很吃虧。在我睡覺的時候是不是發生了很多好事（笑）？不過根本什麼都不會發生啊（眾人爆笑）。十之八九都很無聊，什麼事都不會有。也可能是因為我上了年紀吧，現在都很早睡。我寧願早點睡，然後早點起床一個人工作。但是這種人可能很少吧。如果覺得半夜跟朋友一起瘋比坐在桌前工作有趣，我想這種人就不太適合做翻譯。

柴田 我想到一件事……現在日本所謂的文壇中還剩下多少人我不清楚，不過村上先生向來不太跟其他作家有社交上往來對吧。

村上 沒錯。

柴田 但是您以翻譯這個形式，跟其他作家有很深厚、甚至可以說是

最深入的交流。比方説，您不像其他作家會舉辦簽書會等活動，可是《海邊的卡夫卡》時，您會透過郵件跟相當多讀者對話。我覺得這些都跟翻譯這份工作有相通之處。與其在表面上跟許多人有廣泛但淺薄的交往，更重視一對一的對話。

村上 我跟同為作家的朋友沒有來往。要説為什麼的話，因為作家通常天生個性都很差（笑）。當然也有好人啦。還有，如果交了作家朋友，對方就會送書來，我就不得不讀那些書（笑）。我覺得這些事很麻煩，所以不太往來。

柴田 所以我不要寄譯書給你比較好？

村上 譯書沒關係（笑）。而且如果是柴田先生，就算我沒有告訴你看完書的感想，也不會生氣吧？

柴田 一點也不會。

村上 可是小説家寄書來，如果讀了之後沒有回饋，他們就會很不高興。所以我也不太送書給別人。別人送書來我也覺得麻煩，自然而然就沒有往來了。當然也有少數像**柴田**先生這樣，互相贈書不會讓我覺得有壓力的人。但是我經常跟外國小説家見面，也算不上「經常」吧，不過會跟他們見面聊天。像是卡佛、約翰·艾文（John Winslow Irving, 1942 －），還有奧布萊恩（Tim O' Brien, 1946 －）、葛雷絲·佩利、湯姆·沃爾夫（Tom Wolfe, 1931 －）、愛德娜·歐布萊恩（Edna O' Brien, 1930 －），見過不少人。我見過覺得最有趣的就是那個⋯⋯叫什麼名字呢⋯⋯

柴田 托姆·瓊斯（Thom Jones, 1945 －）嗎？

村上 托姆‧瓊斯確實是怪人，也非常有趣。還有布萊特‧伊斯坦‧伊利斯（Bret Easton Ellis, 1964 － ）。這個人很有意思。

柴田 是寫《美國殺人魔》（*American Psycho*）（1991）的作家對吧。

村上 翻譯工作最大的好處，就像柴田先生之前提到的，是可以很輕鬆地跟原作者見面說話。

柴田 伊利斯哪裡有趣呢？

村上 他是很危險的人。

柴田 很瘋狂嗎？

村上 這個人寫的小說也很瘋狂，這個人為什麼會寫出這麼瘋狂的小說？因為他本人就是瘋子。小川高義先生翻了《美國殺人魔》，不過作者到底有多瘋狂，我猜小川先生可能也不知道吧？

柴田 小川一點也不瘋，這個人很正常。

村上 完全不瘋狂。但是實際跟伊利斯本人見面、說話，就馬上可以理解，原來就是這種人寫出這麼瘋狂的東西（笑），馬上心服口服。

柴田 原來如此啊。

村上 這種認知很重要。如果要翻譯，最好有機會能見到原作者。我跟卡佛見面之後最大的感觸就是，他真是嚴謹認真的人，非常明顯，所以我也覺得自己應該好好努力來譯。如果各位有機會翻譯，我覺得可以盡量跟原作者見面或者通信。我對翻譯我的書的人非常客氣，譯者對作家來說很重要。寫信或者跟對方交談都需要勇氣，但我非常鼓勵大家鼓起勇氣。

柴田　像是傑・魯賓先生，他是用日文跟村上先生連絡的嗎？

村上　對。

柴田　那麼其他語言，像是冰島文或者東歐語言、土耳其文，這些地方的譯者是用什麼文跟你通信的？

村上　會用英文。在現在這個網際網路的時代裡，英文已經變成共通語言了。不管喜不喜歡，英文都是共通語。

柴田　也有些譯者是從英譯本去譯的嗎？

村上　有。像是斯洛伐尼亞或者克羅埃西亞，比較少人可以直接從日文去譯。剛開始從英文去譯的例子很多，不過最近漸漸少了，反而是從日文直譯比較多，這是很好的現象。

＊

M　您有想過自己用英文來翻譯自己的作品嗎？

村上　我覺得翻譯如果不是譯入自己的母語，幾乎是不可能的。當然有些天才型的人，像是康拉德（Joseph Conrad, 1857 － 1924）或者納博科夫（Vladimir Vladimirovich Nabokov, 1899 － 1977）。但這些只是少數的例外，你看我的英文寫得有多糟糕就知道了。

柴田　你太謙虛了（笑）。不過很多人都以為村上先生是自己英譯的呢。

村上　美國人就經常問，為什麼你不自己來譯呢？我覺得他們什麼都

不懂（笑）。

柴田　我有一次在澀谷的 Book 1st 之類的書店，看到村上先生英譯作品書架前有一對年輕情侶在交談，「這是村上春樹自己譯的嗎？」「廢話，那當然啊！」我真想上前糾正（笑）。

村上　不用糾正沒關係（笑）。不過我經常看自己譯成英文的書，自己寫的日文書我絕對不會再重讀，太難為情了。但是譯成英文之後的書一看就停不下來了，愈看愈有趣。

柴田　這時候如果發現哪裡跟自己的原文不太一樣，會特別在意嗎？

村上　完全不會，因為我寫什麼早就忘光了（笑）。自己寫過的東西，我只記得大概的故事情節。所以讀英文的時候就算不一樣我也不知道，就這樣一路看下去。

N　　我可以再問剛剛異界的問題嗎？我自己覺得，當我們看到東京的另一面時，其實也有一半異界的感覺。雖然是自己生活的現實，卻有強烈的異界感。特別像是澀谷這種地方……

村上　澀谷就要另當別論了。

N　　包含這種異界的感覺，我想請問村上先生是怎麼看待都會的。

村上　我很喜歡都會。只要待在都會裡，就可以成為沒沒無名的人。我很喜歡這種感覺。我家在神奈川縣海邊的小鎮，住在那裡就很明顯地感受到自己住在這裡，村上春樹這個人在這裡寫小說過活，不時會出門買菜。但是生活在東京，就可以完全不需要思考這些事。

　　我在大阪和神戶之間的西宮和蘆屋那一帶長大，從那裡到東京時我

真的很高興，覺得自己好像變成另一個人。實際上我也確實變得跟以前不一樣，這讓我非常放心。我十多歲時說得一口關西腔，到東京之後說話方式也完全不一樣了，這就像塑造出一個新的人格一樣。在都會裡確實有這種可能性。

柴田　您剛剛說透過小說和翻譯可以到另一個世界去，身在都會也有類似的效果嗎？

村上　很類似呢。我經常搬家，也會到外國小住，算是喜歡不斷變換環境的人。而每次轉換環境我這個人就會變得稍有不同，人真的可以變成不一樣的人呢。

柴田　剛剛 N 所說的「都會是異界」是指這個意思嗎？還是不同的問題？

N　　這也包含在內，不過好像有點不一樣。

村上　不久之前我去了名古屋大約一個星期，當時覺得這裡真的是異界。（眾人爆笑）

柴田　你現在說的又是不同的涵義吧（笑）？

村上　沒錯，是不一樣的意思（笑）。

O　　卡波提寫了《蜜苒》（Miriam）這種都會風格，跟所謂「阿拉巴馬故事」這類深具地方色彩的作品。村上先生比較喜歡偏向都會風格的作品嗎？卡波提的作品中您比較偏愛哪一種？

村上　卡波提嗎？很難說呢。我很喜歡他都會風格的作品，類似〈無

頭鷹〉（The Headless Hawk）[25]，但是同時我也喜歡他的蘇克小姐系列[26]。這問題很難呢。不過我覺得結合了這兩者才是卡波提啊。很老套的回答。

柴田　您有個譯本是以他的阿拉巴馬故事為中心呢（《生日的孩子們》村上春樹譯，2002 年）。

村上　對。不過卡波提的主軸是一種哥德式[27]特性，描寫在極其平凡的日常世界中發生的心理恐懼，如果從這一點來觀察，鄉下的哥德式特性跟都會的哥德式特性其實都一樣。把阿拉巴馬黑暗面的哥德式特性直接放進都會中，就是卡波提的都會風格，這是我自己的看法。

＊

P　　我的問題比前面的無聊一點，您看漫畫嗎？

村上　漫畫嗎？以前看啊，大學的時候經常看，但是漸漸不看了，因

---

25 收錄於《夜樹》（*A Tree at Night*）、《生日的孩子們》（*Children on Their Birthdays*）。

26 指〈感恩節的訪客〉（The Thanksgiving Visitor）、〈聖誕節的回憶〉（A Christmas Memory）、〈特別的聖誕節〉（One Christmas），收錄於《生日的孩子們》。

27 Gothic，十八世紀末到十九世紀初流行的神秘、幻想文學類型，被視為今日科幻、恐怖小說的源頭。

為我發現人生的時間有限,年輕的時候覺得時間無窮無盡,等到上了年紀,愈來愈深切感受到時間相當有限。像我現在五十五歲,還能寫長篇寫到什麼時候呢?這樣倒算回來,大概就知道還能寫幾本了。三十多歲的時候我覺得自己可以無窮無盡地寫,但是到了一定年紀,就要進入倒數階段了。一想到我只能再寫幾本,就覺得時間很珍貴。所以如果有時間看漫畫,我寧願看書或翻譯。

另外我可以先回答,我也不玩遊戲。電腦遊戲什麼的,也很浪費時間。但是我常常去神宮棒球場(笑)。所以我這個人好像沒有什麼一貫原則。還有八卦雜誌我也不看,更不看電視。不過我一天可能會在中古唱片行裡泡三、四個小時(笑)。

P　您也不看報嗎?

村上　幾乎不看。在地下鐵沙林毒氣事件發生之前,我甚至沒訂過報,覺得浪費時間,但是後來為了了解地下鐵沙林毒氣事件,覺得不看報紙會無法掌握訊息,才訂了報,在那之前我完全不看。

我有很長一段時間家裡沒有電視機。所以 NHK 的人來收費我就會跟他們炫耀:「機會難得,你進來看看吧,看了就知道我家沒電視。」(笑)

以前有人來推銷訂報,我都拒絕掉。只要告訴他們「我看不懂漢字」就行了。像每日、讀賣或者朝日等報社業務員來的時候,只要對他們說「我看不懂漢字,不訂報」,他們就會很快離開,只有「赤旗」[28] 遲遲不走(眾人爆笑),繼續死纏爛打說「我們的報上還有漫畫」。共產黨

---

28 日本共產黨所發行的黨報。

真的很頑強（笑）。

　看我愈說愈奇怪，總之，我不看漫畫是因為想把時間分給其他事，並不是否定漫畫。

P　那您怎麼吸收外界的資訊呢？

村上　搭地鐵的時候看看雜誌的垂吊廣告，大概就知道現在社會的動向。《東洋經濟》或者《AERA》還是《週刊女性》這些，什麼都好，上面網羅了不少資訊。

P　我想再問一個跟前面不相關的問題。您活到現在覺得最痛苦的是什麼？您是怎麼克服的？

村上　這個……嗯，這個答案實在很難以啟齒啊（笑）。重新站起來嗎……一輩子都無法重新站起來啊，只能終生抱著這個問題活下去。如果說得出來，就不用這麼壓抑了，真的很難呢。

＊

Q　《舞·舞·舞》等許多作品都有烹飪場景，村上先生自己下廚嗎？

村上　幾乎不下廚。但如果真要煮，我大概都會。我大學時代一個人住，當時什麼都自己來，希望任何事自己都能解決。從下廚到打掃、簡單的裁縫，樣樣都來。所以，就算我太太現在消失，我還是什麼都能自己來，一點也不覺得不方便。也有一種假設是一切都是為了那個時候做準備（笑），這樣對方就抓不到我的弱點了。

總之，我在二十歲左右就下定決心要成為無論何時回到單身也能好好活下去的人。不過確實不容易。

Q　這跟您剛剛所說的來到東京的經驗有關嗎？

村上　倒完全沒有關係。我是獨生子，在家滿受寵的，甚至有點過度保護，有一天突然覺得不能再這樣下去，決心要自立。

其他學生　畢竟您住在蘆屋市 29 啊。

村上　對啊，但也算不上有錢人家啦。

柴田　開店的時候村上先生和太太是誰負責下廚？

村上　一半一半吧。基本的工作我都會，切菜、炒菜、煮菜什麼的。

R　我好像曾經在報紙上看過，作家川上弘美小姐曾經提到自己傍晚一邊摺衣服一邊照顧孩子時，腦子裡突然浮現出一個故事，覺得非寫不可，所以放下所有工作開始寫。就算不到非寫不可的程度，您在在創作上有沒有感覺過某種執筆的衝動，不同的創作性質比方說創作和翻譯，這種衝動有沒有不同呢？

村上　在我印象中好像沒有。目前為止從來沒有因為想寫什麼而放下手邊工作的經驗。我自己總是先決定好「從幾點到幾點」，只寫這段時間。我固定早上四點起床，工作到十點。

　　若要說我是如何決定寫長篇的呢？大概就是累積的東西夠多了，到了一定程度，然後我會看著日曆，比方說今天是十一月八日，那就決

---

29 位於日本兵庫縣，市內有許多高級住宅區。

定十二月十六日開始，配合這個時間設定日程。在這之前會把其他瑣碎的工作全部做完，清理好桌子，為了十二月十六日開始做準備。等到十二月十六日早上四點起床，好，今天要開始了，然後坐在桌前開始寫長篇。看每次累積的狀況，大概知道會寫成多厚的書，然後開始寫。我這種寫法可能比較特別吧。

所以我在摺衣服的時候心裡只會想著摺衣服這件事。雖然跟你的問題沒有關係，不過我很喜歡摺衣服（笑）。燙衣服和摺衣服，都很喜歡。

柴田 那另一個問題，除了創作之外，翻譯的時候也一樣嗎？

村上 翻譯的時候不像小說這麼嚴謹。我會大概決定最近想翻的東西，所以翻譯的時候心情比較輕鬆。現在我還沒有決定接下來要翻什麼，不過思考接下來的工作也很開心。

R 今天一開頭您也說過，創作跟翻譯的關係幾乎都寫在《翻譯夜話》裡，就像是「下雨天的露天溫泉系統」或是「吃巧克力後的鹹味仙貝」。

村上 對對對。

S 在村上先生心裡，為翻譯和小說所設定的目標，方向上是不一樣的嗎？

村上 完全不一樣。

柴田 這也覺得人生開始倒數有關嗎？

村上 對。我的最終目標是寫出一部前面所說的綜合小說，可是要走到那一步還需要一點時間，所以我的倒數也是設定了最終目標後的倒

數。但是想寫的東西並非要寫就寫得出來，是有順序的。比方說寫了《黑夜之後》這種比較短的作品、寫了短篇、寫了長篇，接下來才能進入下個階段，這些步驟一個都不能少。為了達到目標需要體力，寫東西時體力就是一切……我這麼說聽起來好像很笨。

柴田 不，沒有這種事。

村上 對啊，沒有體力什麼也做不成。舉個簡單的例子，不管多有能力，牙齒一痛，就什麼也寫不出來。如果肩膀痠痛、腰痛，也沒辦法坐在桌前工作，從這一點看來，體力確實是必要條件。我這二十幾年來跑了二十多次全馬，大家都說這些事很笨，但是我始終認為，沒有體力什麼都做不成。因為專注力就來自體力。年輕的時候，專注力完全不是問題，要我在桌前一直工作五小時也沒問題，這是因為身體夠健康。可是等到三十、四十、五十歲後，如果體力不夠，專注力就無法持續。所以小說家當中也有人年輕時能寫出很出色的作品，但是之後精力慢慢衰退，原因通常都在體力上。當然也有人像舒伯特或者莫札特那樣讓才能不斷奔瀉，盡情奔瀉，再也沒有東西湧出來時就結束，斷氣了。不過大部分人都是因為精力衰退，也就是體力衰退。所以我年輕時就決定，一定要維持好體力，一直保持這種習慣。

柴田 體力沒有衰退嗎？

村上 我想應該沒什麼衰退。

柴田 是嗎。這堂翻譯課我已經上了十幾年，一開始在駒場校區，每星期我得一個人面對上百人，看完所有報告。後來愈來愈吃力，1999年移到本鄉校區，規模稍微變小，不過每次大約也要看四十份左右。

村上　以前好像更多呢。

柴田　對啊。上次請村上先生來的時候大概有一百多人吧。看一百份實在太累，現在變成四十份，但還是很累，去年開始我請四個助教來幫忙，一人大約看十份左右。不好意思，其實我只是想分享一下自己體力不如以往而已（笑）。不過村上先生體力一點都沒有衰退呢。

村上　面對書桌上的工作沒有衰退，不過全馬的速度卻是逐年往下掉了（笑）。

T　　三浦雄士寫過一本關於村上先生和柴田先生的書（《村上春樹和柴田元幸的另一個美國》2003 年），其中先提及村上先生寫美國文壇、作家聚會的文章寫得非常自然，一點都不顯得勉強，最後他評論村上先生跟美國可說有著直接的連結。您自己對這種說法會覺得不認同嗎？還是很有同感？還有，您剛剛說您是以日文書寫給日本讀者看的小說，這和您與美國的連結好像有點矛盾，您怎麼認為？

村上　剛剛也說過，我有身為創作者、作家的一面，也有身為譯者的一面。當我跟美國作家交流時，是以譯者的身分在面對他們。至少到目前為止我跟許多作家見面，想收集許多情報、認識許多人，都是出於譯者的本能。另外，我盡量不想跟同為作家的人有來往，這是站在創作者的身分來說。我自己心裡分得相當清楚。

　　具體來說，到美國去的時候我會希望能多認識許多人或小說，聊天然後收集情報，回到日本我就希望盡量孤立自己，專注在工作上。我不覺得這當中有任何矛盾，對我來說是相當自然的。

柴田　不過……我不是要反駁你，不過村上先生的作品出了這麼多英

譯本，英美的作家應該也讀過村上先生的作品不是嗎？這麼一來會不會很難以譯者的身分跟他們見面？他們應該也把村上先生視為作家吧？

村上　可能吧，不過我也沒有見那麼多人。現在偶爾才去一次，上次跟柴田先生一起去紐約，來了很多作家，也聊了不少，不過那種場合大概幾年才有一次吧。我跟美國的文壇並沒有那麼深厚的往來，那時候伊利斯是不是也來了？

柴田　伊利斯和傑伊‧麥金納尼（Jay McInerney, 1955 － ）一起吃壽司，我嚇到不敢接近（笑）。

村上　好像幻覺呢。

柴田　是啊。

＊

U　您剛剛提到身為譯者最好能先跟原作者見面說過話再翻譯，不過剛開始還是透過作品接觸的情況比較多吧？

村上　那當然。

U　這種時候，如果後來跟原作者見了面，會不會又想重寫或者改變譯文風格呢？

村上　我自己並不會這樣。但我確實聽過這種例子，好像是瑞蒙‧卡佛的義大利文譯者吧？

柴田 是法文譯者。

村上 是法文啊。聽說他翻譯之後見到本人，覺得跟自己的印象很不一樣，就把之前翻的全部重寫。我倒不會這麼做，我覺得只要認真讀過文章，就可以從字裡行間了解作者的個性，那個法文譯者大概剛開始還讀得不夠透徹吧 。

U 上次這堂課的習題我們翻譯了〈青蛙老弟救東京〉，這篇作品的英譯標題是"Supe-Frog Saves Tokyo"。我讀英譯的時候覺得很順暢，根本忘記日文原本的故事情節，不過仔細想想，「青蛙老弟」跟「Super-Frog」兩者很不一樣呢。

村上 是啊。

U 角色個性也很不一樣。「Super-Frog」聽起來很像美國的超人。

柴田 這樣啊。

U 「青蛙老弟」就給人比較溫柔、柔軟的感覺。您不覺得這些角色個性的差異還有說話方式的不同有突兀的地方嗎？

村上 嗯，如果我自己來譯，可能會譯成「 Mr. Frog」吧 。傑‧魯賓之所以譯成「Super-Frog」，應該是希望有引人注目的效果吧？

柴田 標題"Super-Frog Saves Tokyo"確實很清楚地勾勒出整體形象。而傑最巧妙的地方，在於他只有標題用了「Super-Frog」，內文中都用Frog。

村上 嗯，如果用「 Mr. Frog」，確實會覺得可能真的有這樣的人。如果是人名，通常會有兩個 G，也不可否認有人真的叫 Frog。 用了

「Super-Frog」，就可以明白這是虛構的故事。你這麼一説我才發現，文章裡並沒有用到「Super-Frog」呢。

柴田 沒有，只有標題而已。他在自己的書裡提過這一點，大部分的英文譯者看到「青蛙老弟」這個日文，可能會想出類似「Froggy」這種暱稱吧，但是他覺得這樣聽起來太過廉價，重複説好幾次也覺得膩，就決定要從頭到尾都用 Frog。

村上 我曾經在紐約朗讀過這篇 "Super-Frog Saves Tokyo"，觀眾很捧場。我學叫聲還挺拿手的 。

柴田 青蛙叫聲嗎？

村上 對對對。（眾人笑）

柴田 對了，在英文譯本中，一開始青蛙一邊哼歌一邊倒茶那一幕，有幾個學生覺得「既然是青蛙在哼歌，那應該是呱呱」，所以翻成了「一邊呱呱叫一邊倒茶」，這個哼歌的部分村上先生原本是怎麼設定的呢？

村上 我嗎？我完全沒有任何設定啊。

柴田 喔⋯⋯這樣啊（笑）。

村上 翻譯中最困難的就是説話方式。要用敬體還是常體？該翻成什麼樣的説話態度等等？如果是沒有讀過我原文的人來把這篇英譯翻成日文，一定很有趣。相反地説，已經讀過的人腦中有既定印象，應該會受到影響吧。

柴田 還有人把青蛙翻得像個流氓呢（笑）。

村上　感覺挺有趣的啊！

柴田　應該是沒看過原文的人吧。

村上　喔。說不定讓青蛙有點同志的味道也不錯（笑）。

V　您剛剛說覺得伊利斯很瘋狂，是因為讀了他的作品，還是跟他說過話呢？

村上　我這樣說人家瘋狂其實也不太好。舉例來說，伊利斯在小說裡用了很多名牌名稱，在服裝和食物的描寫上特別仔細，不斷重複。依照一般基準，這應該算很糟糕的文章。要把他的作品當成拙劣的文章，還是當作詹姆斯‧喬伊斯（James Augustine Aloysius Joyce, 1882 － 1941）那種意識解構，實在很難取捨。我想伊利斯的情況應該比較接近糟糕文章吧……（笑）。

柴田　沒錯（笑）。

村上　不太算是意識解構。那個人就是會忍不住花心思反覆地陳述品牌名稱。不過喬伊斯可能也是這種類型，我不是很懂，不過我覺得伊利斯是用盡全身力氣在寫作的人。

柴田　是嗎？

村上　我很喜歡伊利斯，外界對他有很多批評，但我喜歡他是因為讀了這個人的文章後，覺得文章糟糕卻可以感受到裡面存在著真實。見到他本人之後就更清楚，他這麼寫文章，是因為他只會這麼寫。我說這個人瘋狂是這個意思。他這個人的神經系統跟文章的神經系統是一樣的，輕薄、淺薄。不管作品或他本人，都很 shallow。這是稱讚的意

思，所以他才寫得出那種文章。

V　文章裡條列得那麼仔細實在……

村上　他對服裝也很講究，講起要去哪裡吃東西，他可以說出一大串餐廳名。看到別人身上的衣服，他就會指出「這是 COMME des GARÇONS 的吧！」這我就不可能知道了。

＊

W　村上先生會看自己作品的評價或者書評嗎？

村上　不會，至少跟小說有關的評論我都不看，跟翻譯有關的評論我可能會主動去看。但是不看自己小說的評論、批評其實非常不容易，總是會忍不住。年輕時雖然告訴自己不要看，還是會忍不住，接著後悔，現在就完全不看了。別人怎麼寫都無所謂，就算眼前有刊載書評的書或者報紙的書評專欄，我也不看，沒什麼興趣。

柴田　會看讀者迴響嗎？

村上　之前有自己的網站時我全部都看。當時我的感想是，這些個別意見或許有的並不正確，有的充滿偏見，但是若統整在一起或許就是正確的聲音。我不看書評家的評論也是因為這樣。當我看過一千則、兩千則讀者意見後，大概就知道了。儘管裡面有正面也有負面，但我可以感受到有一股空氣形成，那股空氣中的人在讀我的作品。就算意見當中有誤解，讓我想要反駁，也沒有辦法。

我覺得所謂正確的理解就是誤解的總合。只要聚集大量的誤解，就可以從中建立起正確的理解，假如全都是正確的理解，就無法建立起正確的理解，我覺得必須建立在誤解之上。

柴田 這麼一來，你覺得評論家的聲音跟讀者的聲音是一樣的嗎？還是不一樣？

村上 假如有評論家寄了郵件到網站，在網站上的二千多封信裡，他只是2000分之1。那可能是寫得很精闢的評論，但也只是2000分之1。對我來說，分量也是一樣的。

柴田 但如果那是刊登在新聞的書評，就會自以為是百分之百。你指的是這個吧？

村上 沒有錯。所以我認為，網際網路真的是一種直接民主。雖然會帶有危險性，可是對我們來說幫助很大。在這種直接民主當中交出作品、收到回饋，我覺得很高興，所以網路世界很適合我。遇到像今天這種機會，我也會像這樣跟大家面對面說話，但並不是天天有機會，通信又太沉重，這樣看來網路可以馬上更新、馬上回應，真的很有趣。不過投入網路時就沒辦法做其他事了。對了，前不久我三個月內回了一千六百封信呢。

柴田 《海邊的卡夫卡》那時候？

村上 對。真的很有趣。

＊

村上　我想問一下大家，這裡有人希望將來從事翻譯這一行嗎？（幾人舉手）沒有太多呢。

柴田　可能因為我經常告訴大家翻譯不太適合當職業吧。不過現在還留在這個課堂中的人，至少是喜歡翻譯的，也有一定程度的能力。

村上　我在寫小說的時候，給我最大幫助的就是費茲傑羅的作品，他在給女兒的信上寫道：「如果想談論跟其他人不同的事，就得用跟其他人不同的詞彙。」所以立志寫作的人必須找出跟別人不一樣的詞彙。想以文字為業，這一點非常重要。當我想翻譯、寫小說的時候，就會試著用一兩個以前沒用過的詞彙。

柴田　有意識地這麼做？

村上　對。大家翻開字典，一定會意外發現裡面竟然有許多有生以來一次也沒用過的字吧？看到這些字我就會想，下次要來用用看。

柴田　我也會這樣。像是「やみくもに」30 這個字，大概是從去年左右開始用的吧。

村上　還有「なかんずく」31（笑）。

柴田　這我還沒用過（笑）。

村上　翻譯的時候運用這些新字也很有趣。使用從沒用過的字，還有

---

30 漢字為「闇雲に」，指沒有經過仔細思考或判斷的魯莽行為，可翻為「貿然」、「輕率」、「胡亂」。

31 漢字為「就中」，指從眾多事物中特別取出一個，可翻為「尤有甚者」、「尤其是」。

仔細讀許多不同的文章，發現「這個字我也想用用看」，然後抄寫下來。英文也一樣，翻開日英辭典，一定會有很多從沒用過的字彙。例如 presumption（僭越），我下次就想嘗試看看，以前從沒用過。還有 once in a blue moon 我也想試試。這個詞我也從沒用過，很想用在什麼地方，但始終找不到好機會。對了，大家聽過 once in a bluemoon 這種說法嗎？

柴田 光看這一句沒有上下文可能很難懂吧，如果是放在文章裡面還可以推測得出來。

村上 這是「非常稀有」的意思。

柴田 英國作家馬格努斯・米斯（Magnus Mills, 1954 －）不久前以這個標題出了一本書，非常有趣。

村上 總之字彙真的很重要，單字非常重要。我會在自己心裡累積沒用過但想嘗試的字。我自己對比喻的用法也一樣，會希望使用從沒有人用過的比喻。

柴田 所以平常你就會不斷思考用哪種比喻嗎？

村上 不，我平常不太想。

X 我覺得梶井基次郎的「垂下墨汁般的後悔」這句很動人，算是我自己心中首屈一指的比喻。村上先生到目前為止所寫的作品中，有沒有什麼別人沒用過而自己也覺得「就是它了！」的句子呢？

村上 我嗎？嗯，不記得了呢。我不知道。不過老實說，我對自己的作品不太有「就是它！」的感覺。可能有「唉，終於過關了」，但是從

沒有事後回想覺得「當時那一句真是神來一筆」的經驗。

柴田　啊，時間到了。我自己也還有很多問題，不過我們再另外找機會吧。

村上　好，我隨時奉陪。不過總覺得今天好像浪費了各位一堂課的時間，真是抱歉。

柴田　快別這麼說，非常有意思。謝謝你今天特地來一趟。

村上　謝謝大家。（熱烈掌聲）

5

伊塔洛·卡爾維諾
Italo Calvino

看不見的都市
Invisible Cities
（Le città invisibili）

威廉·韋弗英譯
Translated into English by Walliam Weaver

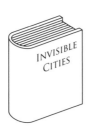

Cities & the Dead 2

Never in all my travels had I ventured as far as Adelma. It was dusk when I landed there. On the dock the sailor who caught the rope and tied it to the bollard resembled a man who had soldiered with me and was dead. It was the hour of the wholesale fish market. An old man was loading a basket of sea urchins on a cart; I thought I recognized him; when I turned, he had disappeared down an alley, but I realized that he looked like a fisherman who, already old when I was a child, could no longer be among the living. I was upset by the sight of a fever victim huddled on the ground, a blanket over his head: my father a few days before his death had yellow eyes and a growth of beard like this man. I turned my gaze aside; I no longer dared look anyone in the face.

I thought: "If Adelma is a city I am seeing in a dream, where you encounter only the dead, the dream frightens me. If Adelma is a real city, inhabited by living people, I need only continue looking at them and the resemblances will dissolve, alien faces will appear, bearing anguish. In either case it is best for me not to insist on staring at them."

A vegetable vendor was weighing a cabbage on a scales and put it in a basket dangling on a string a girl lowered from a balcony. The girl was identical with one in my village who had gone mad for love and killed herself. The vegetable vendor raised her face: she was my grandmother.

I thought:"You reach a moment in life when, among the people you have known, the dead outnumber the living. And the mind refuses to accept more faces, more expressions: on every new face you encounter, it prints the old forms, for each one it finds the most suitable mask."

The stevedores climbed the steps in a line, bent beneath demijohns and barrels; their faces were hidden by sackcloth hoods; "Now they will straighten up and I will recognize them," I thought, with impatience and fear. But I could not take my eyes off them; if I turned my gaze just a little toward the crowd that crammed those narrow streets, I was assailed by unexpected faces, reappearing from far away, staring at me as if demanding recognition, as if to recognize me, as if they had already recognized me.

Perhaps, for each of them, I also resembled someone who was dead. I had barely arrived at Adelma and I was already one of them, I had gone over to their side, absorbed in that kaleidoscope of eyes, wrinkles, grimaces.

I thought: "Perhaps Adelma is the city where you arrive dying and where each finds again the people he has known. This means I, too, am dead." And I also thought: "This means the beyond is not happy."

柴田 今日的習題摘錄自伊塔洛‧卡爾維諾《看不見的都市》。卡爾維諾是活躍於 1970 至 80 年代的作家，以現在流行的說法，就是所謂的後現代文學時代作家。他在該時期寫了好幾本精彩傑作。

所謂後現代文學，簡單地説，大家可以想像成是「實驗性小説」。換比較刻意的説法，也可以説是作者在意識到「寫小説這件事」而寫下的小説。這種小説帶有「關於講故事的故事」的特性。或者也可以説，這是將現實的虛構性或虛構的現實性置於前提來書寫的小説。

在這個時期，發展最蓬勃的就屬拉丁美洲文學。拉丁美洲文學一系列小説固然具備這種「關於故事的故事」特性，但有些作家開始盡情描述那些深厚扎實、真正的「故事」，因此相較於侷限在現實世界中發生的事件的寫實小説，出現了更多從現實出發卻直接進入幻想世界的小説，一般我們稱這種類型為魔幻寫實。站在拉丁美洲文學的作家角度，他們並不認為自己從現實進入非現實（＝幻想），因為拉丁美洲的現實本身，就包含了許多幻想、傳説和神話。

這個時期的兩大精彩傑作，一部是哥倫比亞小説家賈西亞・馬奎斯的《百年孤寂》（1967）。這部小説中出現了許多人物、事件，是以故事的趣味性來吸引讀者的小説類型，讀來令人欲罷不能。

另一本我想就是卡爾維諾的《看不見的都市》（1972）了。大家試著譯過後應該也可以了解，這部小説的每一件物品、每一句話，都同時象徵著其他事物或別句話。這次請大家譯的〈都市與死者2〉也一樣，眼前看到的老人同時是小時候見過的老人，看到罹患熱病的人覺得像自己的父親等等。在這種描寫手法下，每句話或者物件都具備其他意義，另有指涉。比方説，在這裡的一枝原子筆，除了本身的意義之外，也代表著曾經愛用它的父親的記憶等等其他涵義。這類型的小説特別著眼在這些地方。由此看來，「語言和物件」的關係，可以説緊密連結了後現代主義的核心議題。

聽我這樣説，大家可能覺得很枯燥乏味，不過卡爾維諾在作品中使用的每一樣素材都有非常優美的形象，文筆更是精彩。只是他的小説並不像賈西亞・馬奎斯的《百年孤寂》那樣引人入勝，讀起來很催眠，很難一口氣讀完。不過我覺得這部小説引發的睡意算是相當上乘優質

的睡意。放在枕邊每天讀一點，會慢慢引出睡意。就是這樣的小說。以往日文譯本長年都是精裝本，最近終於出了河出文庫的平裝版，非常建議各位一讀。

《百年孤寂》很遺憾還沒有出文庫本。最近出了修訂版，我想短時間之內應該還不會有文庫本，預算有限的人請到圖書館借閱。

《看不見的都市》原文是義大利文。我不懂義大利文，無法判斷威廉·韋弗英這個英譯本的優劣。但是我請教過日本最出色的義大利文學家之一和田忠彥先生，他表示：「嗯，還不錯吧。」說到威廉·韋弗英，他翻譯過卡爾維諾和安伯托·艾科（Umberto Eco,1932-2016）的作品，至少就譯量來說，算是義大利文學英譯者中的翹楚，品質似乎也不差。所以大家就暫時忘記這篇文章經過了轉譯，把它當作原文來看吧。

> Never in all my travels had I ventured as far as Adelma. It was dusk when I landed there. On the dock the sailor who caught the rope and tied it to the bollard resembled a man who had soldiered with me and was dead.

學生譯文 1
　　在過去的旅行中，我從來沒有到過阿德爾瑪。我在那裡登陸時，已經是日落時分。在碼頭接過繩索把船連接在繫纜柱的水手長得很像一個跟我一起服兵役但已經死了的男人。

A　不好意思我馬上就有個問題，這篇學生譯文用的是常體，老師的譯例則是用敬體[32]，有什麼特別原因嗎？

柴田　光看這個部分可能還無法決定。沒看完整本書，就不會感覺到

---

32 常體：句子以「である」結尾，稱為「である調」；敬體：句子以「です、ます」結尾，稱為「ですます調」。

要用敬體來譯，所以我並不打算強制大家這麼做。不過《看不見的都市》這本小說算是馬可波羅《東方見聞錄》的戲仿之作，《東方見聞錄》的內容是馬可波羅向忽必烈大汗報告自己在東方的所見所聞，所以用的是向上位者說話的語調。

B 「兵役」這個詞和「已經死了」的語氣，嚴肅程度不太相符。

柴田 對，再加上「跟我一起服兵役但已經死了」這中間沒有標點，又更令人覺得奇怪。可以改成「跟我一起服兵役，現在已經……」，補上「現在」和「，」就不那麼奇怪了。如果想把後半句的語氣也統一成「跟我一起服兵役」這種比較嚴肅的感覺，也可以把「死了」改成「不在人世」。「接過繩索，把船綁在柱子上」是一整個動作，不一定需要逗點，不過「服兵役」跟「已經死了」兩者時間不同，這種情況最好區分開來比較好。

C 話是沒錯，但是「接過繩索把船連接在固定柱」這句重複了兩次「接」，感覺不太好讀。

柴田 確實不是很好看。有什麼其他方法嗎？

C 「抓住繩索、綁在柱子上」怎麼樣？

柴田 嗯，也可以這樣處理。

B 我覺得最後一句有點太長了。

柴田 完全沒有逗點呢。

B 依照主角感覺的順序，他應該是先在碼頭看到水手在工作，然後才覺得「啊，長得很像」，所以……

柴田 沒錯。

B 改成「水手在碼頭將船綁在柱子上，跟他長得很像」如何？

柴田 可以是可以，不過最好可以避開「水手在……，而他……」這種主詞的反覆。我自己是處理成「在碼頭接過船纜，繫在船樁上的船

俠，長著很像跟我一起服過兵役，現在已成故人的男人」。

D　迂迴的描寫應該是這篇作品很重要的特色吧？

柴田　這跟我們剛剛說過的，句子可能會指引其他句子或者物品，有著相通的道理。你的意思是應該更加強調這一點嗎？

D　沒錯。就算翻出來有點奇怪，還是應該運用原本的順序……就像後面出現的籠子和少女一樣，先注意到放進籠子裡的高麗菜，然後再看到少女，否則順序就跟原文不一樣了吧。我覺得這裡也是一樣。

柴田　嗯，所以依照順序譯出「某某人做了……，這個某某人又……」為基本方針，尤其要盡量避開「這個某某人……」這種帶有反覆感的說法。

　　剛剛兩位所提出來的問題，都跟這篇作品的本質有關。但是除此之外，英文是非常方便用來描述的語言，視覺面的重要因素容易出現在文章開頭。這個句子也是先說出 On the dock，點出了地點，然後說出該場景的中心人物 the sailor，接著是這個人的動作，拉近看他的長相，發現「啊，跟某個人很像」。日文則很少會這樣寫，日文的語序可以說先從細節開始描述較為自然。這裡確實是比較棘手的部分。

　　還有 who had soldiered with me and was dead「跟我一起服兵役，現在已經戰死」這一句，很多人都翻成「跟我一起服兵役然後戰死」，這是不對的。who had soldiered with me 是「過去我們一起待過軍隊」，was dead 只是指「已經死了」，這文章裡並沒有寫到他是什麼時候死的。我剛剛說到這篇作品的特性，一個是裡面提到的物品永遠在指稱其他事物，一個是時間永遠是指其他時間，所以不太清楚他到底在講什麼時候的事，如果要活用這種特徵，可以把 was dead 翻成「現在已經死了」，表現出多層次的時間。也就是說，不僅單純地說「已經死了」，而是強調「現在已經死了」，可以凸顯出他們一起在軍隊裡的時間和現在的時間，以及在這當中這個男人死亡的時間。

學生譯文 1　修正案

　　在過去的旅行中，我從來沒到過阿德爾瑪。當我上陸時，已經是日落時分。在碼頭抓住繩索繫上柱子的水手，長得很像跟我一起上戰場、現在已經死了的男人。

It was the hour of the wholesale fish market. An old man was loading a basket of sea urchins on a cart; I thought I recognized him; when I turned, he had disappeared down an alley, but I realized that he looked like a fisherman who, already old when I was a child, could no longer be among the living.

學生譯文 2

　　那時剛好是大型魚市場開市的時間。老人正把裝了海膽的籠子放到貨斗上。我好像在哪裡見過他。但是就在我想起這件事、轉過頭看的時候，已經看不見走進巷弄的老人身影了。我推想他確實很像我小時候一個已經年邁的漁夫。只是他不太可能到現在還在人世。

柴田　第三行的 turned 比較令人猶豫。學生譯文翻成「但是就在我想起這件事、轉過頭看的時候」，其實這裡我也不太懂。前一句說到 I thought I recognized him 照理來說應該已經轉向老人的方向才對。接著下一句說到 when I turned，難道是「又轉向其他方向」嗎？還是針對 recognize 的那個瞬間再次補充說明呢？不過時間流動不夠清楚，這同時也是一種自傳式小說，換個角度來看，或許是必然的模糊之處吧。

　　不管怎麼樣，turn 都是讓譯者很頭痛的字。我們討論卡佛的時候也稍微提到，用到這個字的地方在日文往往都不會一一用文字描述，比方說我現在朝著各位站著，假如我突然離開房間，只要說「突然離開房間」就行了。不過換成英文，經常會說 He suddenly turned and walked out the room，連「換個方向」都會仔細報告。在這種時候英

文會用到 turn 這個字，大部分時候都可以忽視 turn 這個字不需要譯出來，但是這麼一來，文章的節奏感就會改變，很難處理。這時候比較保險的方法大概是「回頭」吧。

　　也有人用比較老派的「旋踵」來譯 turn 這個字。有時候可以這麼用，但多半都不適合。我在翻譯查理‧布考斯基（Henry Charles Bukowski, 1920 － 1994）的時候出現了 turn 這個字，不過布考斯基筆下的敘事者和出場人物都不會用「旋踵」這種講究的字。布考斯基原則上要用國中生就能看懂的字彙來譯才行。

E　　學生譯文裡「已經看不見走進巷弄的老人身影了」這一句，原文是 he had disappeared down an alley，我覺得意思有點不太一樣。

柴田　會嗎？怎麼說？

E　　我自己覺得應該是「他已經消失了」。

柴田　這樣啊，那如果改成「但是就在我這麼想、轉回頭看的時候，老人已經消失在巷子深處了」怎麼樣？

E　　he had disappeared down an alley 這一句裡的 down 是形容什麼狀況呢？

柴田　這個問題很不錯。這裡或許可以依字面想像成一條坡道。或者不見得如同字面上是條坡道，但有種沉入黑暗、洞穴底部的感覺。但是，就一般情況來說，用 walk down the street 來表示「走在路上」，是極其平常的說法，這裡的 down 並沒有特別強調坡道的意思。跟 walk along 一樣，down 只是強調「走在路上」的意思而已。不過在這篇文章裡，除了「走在路上」以外還有更強烈的色彩，有了這個 down 字，不知不覺就強化了往暗處走去的感覺。一般情況下如果說 walk up the street，就會隱約覺得是朝向中心走去，如果是 down，則有種從中心往外走的感覺。

F　　wholesale fish market 的 wholesale 通常應該不是「大型」，譯為

「批發」比較恰當吧。

柴田 對，通常 wholesale 最基本的譯法就是「批發」，但是在這裡講的是有賣魚市場的港口，適不適合用「批發」這種説法呢？這時候就實際意思來看，譯成「大型」好像也無不可。説到「批發」就會聯想起批發街，在這裡不要照著字面來譯，反而比較容易想像吧。

下一句，「我推想他確實很像我小時候已經年邁的一個漁夫。但他不太可能到現在還在人世間」。這一句非常不好處理。這個譯文確實也重現了主角的思考在過去與現在交錯的感覺。各位覺得如何？

G 有一個小地方，我覺得「到現在」和「還在」感覺重複了，只需要留下其中一個就行了吧。

柴田 把「到現在」拿掉應該就可以解決這個問題。我猜這裡本來可能想跟原文一樣寫成一個句子，把「但他不太可能到現在還在人世間」跟前面的句子併在一起，但是又發現無法合併，只好獨立成句。但是這麼一來考慮到句子長度的平衡感，又覺得太短了，才刻意譯得比較冗長吧。

H I realized 這裡，我想不會是運用邏輯來思考，用「我想起」比「我判斷」更適合。

柴田 嗯，這裡不是思考過後提出的結論，而是突然浮現的念頭。

H 還有，英文裡 I realized 在句首，在這份譯文中卻最後才説。我覺得最好拿到前面，先説「這讓我想起」，後面再具體描述內容比較清楚。

柴田 對，先把 I realized 譯成「這讓我想起，」，再接著譯後面的內容，跟英文的語序比較一致。不過這麼一來換氣的長度就不太一樣了。原文句子的呼吸長度，看來算是比較長的。這種呼吸的長度，讓人有種時間慢慢流動，不知不覺流進另一個時空的感覺，為了表現它，確實不想把句子切得太碎。如果要盡量貼合原文，這一句不妨改成「我覺

得他很像……」。

　　還有另一點，這個句子用「我……」開頭，後面連接著幾個「他……、我……、他……」，大家不覺得代名詞的主詞太多了嗎？I thought I recognized 還有 I realized that he looked like... 這些主詞的排列在英文裡聽來很自然，不過直接翻譯就有點奇怪。這樣一來，就算有點勉強，最好還是整理成同一個句子，「那確實很像我小時候已經年邁、現在不太可能還在人世間的一個漁夫」。

Ｉ　　啊，我想回到上一個問題……I realized 這裡可以翻成「不過我突然發現」嗎？

柴田　這時候問題在「不過」這兩個字上。我的觀點聽起來可能有點像國語審訂委員，但我覺得最好盡量避免在不是逆接的時候使用「不過」。明明沒有「可是」的意思，卻用了「不過」，如果是重現對話的時候，聽起來確實很自然，但是用於敘述部分總覺得文章會因此失去張力。

Ｉ　　那如果是「我突然發現」呢？

柴田　嗯，這倒可行。後面再接著「他……」，變成「我突然發現，他很像我小時候已經年邁的一位漁夫」是嗎？原來如此。

　　學生譯文 2　修正案
　　那時剛好是大型魚市場開市的時間。一個老人正把裝了海膽的籠子放到貨斗上。我好像在哪裡見過他。但是就在我這麼想、回頭看的時候，老人已經消失在巷子深處了。我突然發現，他長得很像我小時候已經年邁、現在不太可能還在人世的一個漁夫。

　　I was upset by the sight of a fever victim huddled on the ground, a blanket over his head: my father a few days before his death had yellow eyes and a growth of beard like this man. I turned my gaze

---

aside; I no longer dared look anyone in the face.

學生譯文 3

　　看到熱病的犧牲者身體被縮在地面上、頭被毛毯纏住，我心慌不已。我父親死去的兩天前，也像這個男人一樣眼睛泛黃、有長鬍鬚。我別開眼睛，害怕到再也無法看人。

柴田　第一行的「身體被縮在地面上」有點奇怪。既然原文是 huddled on the ground，這裡用「身體蜷縮在地上」就可以了。「身體蜷縮在地上」……再加上「躺著」好了。「頭被毛毯纏住……」也有點怪。「身體蜷縮、躺在地上，頭上蓋著毛毯」。不過「蓋著」好像變成主動去做這個動作，不太好。改成「毛毯蓋在他頭上」比較好。

J　「有長鬍鬚」好像也很怪。

柴田　覺得像在講山羊有長幾公分的鬍鬚一樣？

J　「留著」比較好吧。

柴田　聽起來正常多了。「留著長鬍鬚」。

K　這一段文章比較不容易看出「我父親」這個主詞。如果譯成「我父親也一樣」，就能更清楚凸顯出主詞。

柴田　嗯，這裡的「也」有「大家都……而我父親也……」的意思。加上「也」後，跟後面的「父親過世的兩天前，也像……」的「也」重複了，要把這個「也」拿掉嗎？還是換成其他字好？「我父親也一樣，他在過世的兩天前……」。

C　我覺得搞得愈來愈複雜，反而不好懂。

柴田　也對。原本「我父親死去的兩天前，也……」其實也沒有錯。不過這種寫法好像敘事者的腦袋裡一直有自己父親的存在，或者是在

這個時候第一次想起父親。把這裡改成「我父親也……」就能讓人感覺到，他看著完全不認識的陌生人，才引發了「對了，其實我自己的父親也……」這種感覺。

C 　還有，原文裡並沒有提到「兩天前」啊？

柴田 　啊，沒錯沒錯。A few days before 這裡是嗎？我來解釋一下這個說法。國中時學到 a few 這個字時，解釋成「兩、三個」，但其實很多時候都不止兩、三個。甚至最好當成四到六個。總之，這個說法並不代表一定是「兩、三個」，視情況而定，有時候五十也可以說是 a few。我不太清楚為什麼學校裡要教大家 a few 就是「兩、三個」。當然一般來說確實比 several 少，但不一定單指兩、三個。

C 　還有第一句的「熱病的犧牲者」，英文裡並沒有說這些人已經死了啊？

柴田 　沒有錯。victim 這個字並不好譯，像在這裡我們就無法確知到底死了沒有。

C 　那這裡是不是譯成「患者」比較好？

柴田 　但是如果譯成「患者」，又等於確定他們沒有死。我也用了「犧牲者」這個譯法，不過我是用「好像是熱病的犧牲者」，譯得較模糊。另外譯成「罹患熱病的人」也是一個方法。要選擇哪一種，就看自己文章的節奏。還可以用「有人得了熱病，蜷縮著躺在地上」這種手法來處理。

＊

L 　最後一句原文用的是 dare，這裡的「無法看人」，換成「不想看人」或者「無意去看」比較好吧？

柴田 　嗯，你說 I no longer dared look 這句是嗎？是否譯成「害怕到再也無法看人」？

L 　我覺得有不耐煩的意思在。

柴田 　你是指原文？no longer dared 是在講他不管看到誰都會想起自己曾看過的死人，所以覺得害怕吧？這種感覺在這段譯文的「害怕到再也……」已經表現出來了，我覺得這樣沒有什麼問題。

　　不過，這裡的「人」我想改一下。「再也無法看人」這個地方，原文是 anyone in the face，所以改成「害怕到再也不想看任何人的臉」比較好。

M 　前面 gaze 那個字，只說「眼睛」好嗎。

柴田 　你是指「別開眼睛」這個地方嗎？光是「眼睛」確實有點弱。你想怎麼改？

M 　「別開凝視的眼睛」。

柴田 　喔，原來如此。

M 　但是又覺得有點囉唆。

柴田 　也對，這樣一改，好像之前很積極地在看。其他人有什麼看法？

N 　「視線」怎麼樣？

柴田 　嗯，「別開視線」或者「別開目光」等等。不要只說到「眼睛」，「視線」大概是最好的選擇。改掉這個詞確實是一個方法，而且前一行也用到了「眼睛」，最好可以盡量避免重複用字。

> **學生譯文 3　修正案**
> 　　有人得了熱病，蜷縮著躺在地上，毛毯蓋在他頭上，我看了心慌不已。我父親過世的幾天前，也像這個男人一樣眼睛泛黃、留著長鬍鬚。我別開視線，害怕到再也不想看任何人的臉。

I thought: "If Adelma is a city I am seeing in a dream, where you encounter only the dead, the dream frightens me. If Adelma is a real city, inhabited by living people, I need only continue looking at them and the resemblances will dissolve, alien faces will appear, bearing anguish. In either case it is best for me not to insist on staring at them."

我心想，「如果阿德爾瑪是個夢中的都市，除了死者之外不會見到其他人，那麼這真是個可怕的夢。如果阿德爾瑪是現實中的都市，有生者居住，這麼一來我只能不斷看著他們，那些神似某個人的臉漸漸消失，浮現出充滿痛苦的陌生臉龐。無論如何，最好不要勉強凝視著他們。」

柴田 這裡有點複雜呢。請說。

O 第一句「除了死者之外不會見到其他人，那麼這真是個可怕的夢」。這裡的「這真是個可怕的夢」有點冗長，可以改成「如果阿德爾瑪是夢中的都市，只會遇到死者，這實在是個噩夢」。

柴田 喔，這種改法嗎？也可以，其他人有什麼意見嗎？

P 學生譯文沒有把 I am seeing 譯出來，如果要補上這個部分的話，就變成「如果阿德爾瑪是夢中的都市，除了死者之外不會見到其他人，那我就在做著一場可怕的夢」。

柴田 這樣也行。不過不管哪一種改法，如果前面先說了「如果阿德爾瑪是夢中的都市……」，聽起來像是在夢中阿德爾瑪是一個普遍的存在。原文是 If Adelma is a city I am seeing in a dream，所以不如譯成「假如阿德爾瑪是我在夢中看到的都市」，因為原文隱約含有這個都市可能只存在此人夢中的感覺。這種卡爾維諾風格、《看不見的都市》的風格，希望可以盡量保留。

還有，剛剛 O 提到的「這實在是個噩夢」，是句非常通順的日文，

然而太過流暢，反而可能是一種「粗糙」，因為 the dream frightens me，本身就是有點奇怪的說法。原文並沒有用 It's a terrible dream 或者 this is a frightening dream，刻意用了一種有點異樣的說法，這樣看來除了譯為通順的「這實在是個噩夢」，其實也可以選擇用稍微拗口的說法。這部分確實令人猶豫。

C 最後 In either case it is best for me not to insist on staring at them 這裡，既然仔細看了之後發現都是陌生的臉，那看了也無妨吧？

柴田 不過在這之前還有 bearing anguish。就算知道不是自己認識的人，但是這些臉龐上都掛著各自的煩惱，看到這種表情應該很令人難受吧？

C 會嗎？我是覺得還好……一點都不可怕啊。

柴田 或許不覺得可怕，但是看到別人真切的煩惱，心裡應該會覺得很沉重。

C 咦？這裡的 anguish 不是在形容敘事者一直被盯著看而覺得煩躁的心情嗎？

柴田 不，不是的，anguish 的意思比「煩躁」更強烈，幾乎等於「苦惱」。首先，乍看之下會聯想到死者，這讓人很不舒服。接著再仔細看看，知道這些人並非死者，不過看到這些生者抱著現實中的痛苦，又產生另一種不舒服的感覺，過程大概是這樣。

Q 我覺得「我只能不斷看著他們」之後文章的接續有點怪。

柴田 因為後面沒有呼應「只能」的地方呢。如果改成「我只要不斷看著他們，就會……」就行了吧。

在這篇複雜的文章裡，有「如果阿德爾瑪是現實中的都市，有生者居住，那麼……」和「如果阿德爾瑪是個夢中的都市，除了死者之外不會見到其他人，這麼一來……」這種反覆說法。在學生譯文中利用「如果……是現實中的都市，那麼……。如果……是個夢中的都市，這

麼一來……」的反覆句型，處理得相當好懂，這裡很不錯。

Q dissolve 是電影用語吧？我們溶接畫面會說 dissolve。

柴田 對，有這種說法。

Q 剛剛老師說 the dream frightens me 這種說法聽起來有點怪，那這裡的 dissolve 也是一般不太用的特殊手法嗎？

柴田 沒有那麼特殊。dissolve 用在 resemblance 上，是很自然的說法。有種悄悄消失的感覺。不致於奇怪到讓人覺得突兀。不過像學生譯文寫的「臉」「消失」，有點過度解釋了。

學生譯文 4　修正案

　我心想，「如果阿德爾瑪是我在夢中看到的都市，除了死者之外不會見到其他人，那麼這真是個可怕的夢。如果阿德爾瑪是現實中的都市，有生者居住，這麼一來我只要不斷看著他們，那些類似將漸漸消失，浮現出充滿痛苦的陌生臉龐。無論如何，最好不要勉強凝視著他們。」

> A vegetable vendor was weighing a cabbage on a scales and put it in a basket dangling on a string a girl lowered from a balcony. The girl was identical with one in my village who had gone mad for love and killed herself. The vegetable vendor raised her face: she was my grandmother.

學生譯文 5

　賣蔬菜的把一顆高麗菜放在秤上，然後裝進女孩從窗台垂吊下來的籃子裡。那女孩跟我村裡為愛癡狂而自殺的女孩長得一模一樣。賣蔬菜的人抬起頭來，那是我的祖母。

柴田 這裡出現了 identical 這個字。如果是 same 和 similar 兩個字比起來，same 的「相同」程度更強，而 same 跟 identical 相較之下，

identical 又更強了，有「完全一樣」的意思。到目前為止的文章，一開始用了 resemble，提出「我父親也是這個樣子」這種類似的例子，來到這裡則變成 identical 還有 she was my grandmother 這種表現。從「相似」逐漸變成「相等」，這種強化類似的手法很有效果。

R The vegetable vendor raised her face : 的冒號，有沒有原則上該怎麼譯的規定呢？

柴田 原則上沒有。我比較常用「—」（破折號）[33]，不過編輯不太喜歡，可能因為日文不太用「—」吧。

在這裡請先了解英文冒號和分號的基本差異。第一段最後 I turned my gaze aside; I no longer dared look anyone in the face 這裡有個分號。從這個例子也可以看出來，分號大概可以想成居於逗號和句號之間的作用，有點像在這裡喘一口氣的感覺。

相較之下，冒號具有比較清楚的意義，例如「也就是說」、「具體來說」等等。在這個例子裡，對方抬起頭後，具體地了解了事實，「原來是我的祖母」。這份學生譯文「賣蔬菜的人抬起頭來，那是我的祖母」，幾乎可說是最好的譯法了。The vegetable vendor raised her face : 的冒號會讓讀者屏息片刻，故事的推展在這裡暫時停止，心想「到底怎麼了？」有種戲劇性揭開真相的氣氛，「賣蔬菜的人抬起頭來，那是我的祖母」這句裡的逗號就很清楚地重現了這種感覺。總之，日文並不用冒號或者分號，遇到的時候只能一一處理。

S 這裡我不知道該怎麼處理句子的連接，我的譯法是把每一句都獨立斷開。最後一句為了表現出冒號的感覺，我寫成「賣蔬菜的婆婆抬起頭來。是我的祖母」，用句號來區分。這時候「是我的祖母」之前是不是加上「那」比較好？

---

33 日文破折號有兩種表記方式，同英文的「—」或同中文的「——」。表範圍、時間經過、副標時使用「—」；解釋或補足內容時使用「——」。

柴田　嗯，聽起來好像不加也可以。你可以從前一句開始念給我聽嗎？

S　「那女孩跟我們村裡因為戀愛而發瘋、了斷自己生命的女孩長得一模一樣。賣蔬菜的婆婆抬起頭來。是我的祖母。」

柴田　很難說。不過這個句子的前後讀起來，加上「那」感覺比較自然。這裡要注意的是當前面有長句、後面來個極短句時會有什麼效果。會有震撼力？還是會讓人覺得短句很怪，像蜻蜓斷尾一樣？只能多讀幾次，感受一下哪一種結構的效果比較好。

S　假如用句號斷句，在翻譯上會有問題嗎？

柴田　沒什麼問題。不過如果太誇張，卡爾維諾特有的文氣綿長的文章，恐怕就會變成像下週要討論的海明威的文章了。

所以這一段幾乎沒有需要修改的地方，不過第一個「女孩」出現得有點唐突。

學生譯文 5　修正案

賣蔬菜的把一顆高麗菜放在秤上，然後裝進某家女孩從窗台垂吊下來的籃子裡。那女孩跟我村裡為愛癡狂而自殺的女孩長得一模一樣。賣蔬菜的人抬起頭來，那是我的祖母。

> I thought : "You reach a moment in life when, among the people you have known, the dead outnumber the living. And the mind refuses to accept more faces, more expressions: on every new face you encounter, it prints the old forms, for each one it finds the most suitable mask."

學生譯文 6 - 1

我是這麼想的，「來到了這樣一個人生轉換點，認識的人當中，死者已經比活著的人多。記憶抗拒接收更多的臉孔、更多的表情，在所有新邂逅

：的臉孔上，烙上古老的模型，找出適合每個人的面具。」

學生譯文 6-2

　　我心想。「你到達人生的某個時期。這個時期就是你過去認識的人當中，死者數量超過生者數量的時期。而你的心抗拒接受更多的臉孔、更多的表情。你所有新邂逅的臉孔上，都被壓上了從前的模型，掛上最適合每張臉的面具。」

柴田　這一段很有趣，所以我挑了兩個學生譯文。

T　6-1和老師的譯文都把這裡的 You 譯成「包含我在內的所有人」這種意思，請問是為什麼呢？

柴田　You 泛稱包含我在內，或者是以我為中心的一般人，這是現代英文中的通則。有時候甚至可以譯成「我」。不過在這裡畢竟不是在講 I have reached a moment，而是指 You reach a moment，泛指一般狀況，所以這個意思最好保留下來。

T　我覺得像6-2譯「你」也不錯，但是 reach 的譯法是不是有點奇怪？

柴田　對，這裡把「達到」這種一般論，轉為「達到了」的個別論。在這裡 You reach 寫成現在式，也帶有「除了你之外，所有人都是這樣」的意思。

　　像6-1這樣沒有「我」也沒有「你」，這種意思就不容易傳達清楚。如果是我可能會加上「每個人」吧。「每個人都會來到這樣一個人生轉換點……」這樣後面又馬上接「人」，不如把後面「認識的人」改成「認識的面孔」。還有，既然用了「死者」這兩個字，不如把「活著的人」改為「生者」。這樣一來「已經更多」的對比就會更清楚。「來到了這樣一個人生轉換點」，這裡用「來到……」就行了。

　　我是這麼想的。「每個人都會來到這樣一個人生轉換點，認識的面孔當中，死者已經比生者多。記憶抗拒接收更多的臉孔、更多的表情，在所有新邂逅的臉孔上，烙上古老的模型，找出適合每個人的面具。」

B　　You reach a moment in life 這個說法，比起「每個人都⋯⋯」更有「只要活著總會跨越這個階段」的意思吧？

柴田　也對。那麼再加上「只要活著⋯⋯」吧。

C　　我覺得這段譯文乍看之下好像用了太多漢語。這裡敘事的語氣確實很耐人尋味，感覺敘事者有點說教的意味。

柴田　那把「到達」的「到」字拿掉吧[34]，這樣就可以減少一個漢語。「死者」和「生者」應該不用更動，感覺就不太一樣了。

　　這篇文章雖然前後用了引號，但並不是指說話內容，而是在描述他心裡的想法，也就是說，引號內並不是口語。不是這個人在腦中說話，更像是這個想法早就在他腦中形成，幾乎像是文章了。尤其是 And the mind refuses to accept more faces, more expressions 這裡，幾乎沒有口語的感覺，所以譯文最好帶點正式感。不過用了太多漢語確實會覺得生硬。

U　　我覺得「到達轉換點」聽起來太艱澀了。原文是 You reach a moment，我覺得翻成「轉換點」好像意思也不太一樣。

柴田　嗯，這麼說也有道理。也可以用剛剛 B 所說的「只要活著總會」開頭，簡單地改成「⋯⋯更多的瞬間」，也就是「人只要活著，總會來到認識的人當中，死者比生者多的瞬間」。也可以用「一定」，「人只

---

34 此處原文中針對漢字過多的解決方法是轉換動詞用字，將語幹為兩個漢字的動詞「到達する」改為同樣涵義、語幹為單漢字的動詞「達する」。

要活著，一定會來到認識的人當中，死者比生者多的瞬間」。就看上下文決定。

*

V mind 在學生譯文裡譯成「記憶」，但是老師的譯例譯成「心」，這是為什麼呢？

柴田 這個問題非常好。我們先想想 mind 的相反詞是什麼……大家覺得是什麼？mind 這個字的相反詞，首先會想到 body 吧。精神對比身體，我想大家一定都會想到這個字。另外還有一個字，heart，這其實也是 mind 的相反詞。mind 是指「頭腦」，heart 是指「心」，也就是說 mind 是指我們腦中理性的部分。不是情感，而是知性的部分。

所以我譯成「心」，其實有點偏離 mind 原本的意義。用「頭」或者「腦」來譯也是個方法，但是這篇文章整體非常優雅，我覺得不適合「頭」或者「腦」這些說法，所以才譯成「心」。其實最不會出錯的譯法是「精神」，但是「精神」這兩個字聽起來翻譯腔有點重，感覺有點薄弱。在這裡我覺得重點不在情感和理智的區分，所以不得已用了「心」這個譯法。

我想這篇學生譯文也是判斷文章跟頭腦活動中的記憶有關，才在不得已之下挑選了「記憶」這個譯法。兩者都是意譯，之所以選擇這麼處理，也都是想避開「精神」這個正確卻無法明確傳遞訊息的譯詞。

C 學生譯文在引號的地方都照樣標示出「」，但是我自己的譯文裡一個引號都沒有放，因為我覺得用引號來表達腦中思考的事有點奇怪。譯文中我覺得如果要用應該用括弧吧。

柴田 嗯。但是像第三堂課我們翻譯卡佛小說的時候。那篇文章裡雖然有對話，卻沒有用引號。因為不用引號，文章營造出某種隔著雨水

弄髒的玻璃觀看屋裡的感覺。少了赤裸裸的直接，有種隔了一段距離、模糊的曖昧感。

在這裡則有相反的效果，他的思路條理分明，相當有邏輯。一開始引號框起來的地方 If Adelma is a city...If Adelma is a real city... 推展出「如果 A 是……，如果 B 是……」的論點，這裡就明顯屬於書寫文字。在這裡展開 "You reach a moment..." 的一般論，聽起來就像在講道理。而這種講理的感覺就像在朗讀思考的結果，非常有趣，所以我覺得這裡最好保留引號。把引號用在思考內容上很奇怪，這是個人喜好的問題，不過譯者的義務應該要先忠於原文。

也就是說只有這裡特別不一樣。整篇文章的其他地方都沒有明顯聚焦，只有這裡整理得相當有邏輯，可以感覺到文字的色彩不同、語調不一樣。引號就是表現這些不同的道具之一，我想還是應該留下。

學生譯文 6 - 1 修正案

我是這麼想的。「人只要活著，總會來到認識的面孔當中，死者多過生者的瞬間。記憶抗拒接收更多的臉孔、更多的表情，在所有新邂逅的臉孔上，烙上古老的模型，找出適合每個人的面具。」

柴田　我覺得 6 - 2 很有趣，因為覺得這裡整理得非常有邏輯。例如「這個時期就是……的時期」這種說法，還有「而你的心……」、「你……的臉孔上」。都整理得很清楚，相當清楚好懂，一看就能了解。硬要挑剔的話，就是文章因為經過整理而切成太多段落。現在總共有五句，但原文只有兩句，這裡確實讀來有些異樣。不過我覺得這也是一種處理的手法，所以給各位參考。我們繼續往下看。

The stevedores climbed the steps in a line, bent beneath demi-johns and barrels; their faces were hidden by sackcloth hoods; "Now they will straighten up and I will recognize them," I thought, with impatience and fear. But I could not take my eyes off them; if I turned my gaze just a little toward the crowd that crammed those narrow streets, I was assailed by unexpected faces, reappearing from far away, staring at me as if demanding recognition, as if to recognize me, as if they had already recognized me.

學生譯文 7

　　碼頭工人排成一列爬上階梯。身體前屈扛著二、三十公升的大瓶子和桶子，臉被麻帽遮住。「他們隨時會抬起頭。到時就知道這些人是誰了」心裡交雜著期待和不安，但是無法別開眼睛，因為如果稍微望向那些擠滿狹窄道路的群眾，可能會受到那些從遠方再次出現的意外臉孔突襲。那些臉，彷彿希望我想起他們一樣，他們試著想起我或者像是已經想起我，直盯著我看。

柴田　這份譯文還好，不過 bent beneath demijohns and barrels 大部分人都誤譯成「背著瓶子和桶子、彎曲身體」。這裡講的是因為背負重物所以背部彎曲的感覺。很多人都把這裡的 bent 當作自動詞，其實在這裡應該是過去分詞，指的不是動作，而是狀態，一種「彎曲的狀態」。

　　學生譯文寫成「二、三十公升」的這地方，像這樣具體化的方式是可以表達出「重量」，不過有點過於唐突的感覺，可能改為「大瓶子」之類的描述就行了。

W　　下面 "I will recognize them" 這一句，這裡譯成「到時就知道這些人是誰了」，但我覺得沒有那麼明顯地講出「知道是誰」。這裡是不是太武斷了？

柴田　也對。那麼你覺得該怎麼說才好？

X　　像老師的譯例一樣，「露出似曾相識的臉孔」吧。

柴田 這裡用「似曾相識」確實是最安全的説法。「他們隨時會起身，露出似曾相識的臉孔」或者「就會出現……」比較好。

Y 後面 impatience，與其譯成「期待」，我覺得應該是「不耐」或者「焦躁」的意思吧？這裡明明是愈來愈感到恐懼的狀況，譯成「期待」卻有種很樂在其中的感覺。

柴田 你説得沒錯……不過 fear 這個字就如同字面上，有「恐懼」、「不安」，不想看的意思，相對之下 impatience 則是想快點看到，所以在這裡最好能呈現出這兩個字的對比。如果用了「不耐」，聽起來就像彷彿不想看到。我譯成「又是焦躁、又是恐懼」。「焦躁」是一個方法。總之，必須有又想快點看到、又不想看的念頭混雜在一起的感覺。另外「焦急」也可以。

下面 But I could not take my eyes off them，用 But 開頭是因為在英文的語序中前面緊接著 fear，所以「雖然害怕，但……」的意思。像學生譯文譯成「心裡交雜著期待和不安」，後面再接著「但是無法別開眼睛」，「但是」就顯得有點突然。我的譯文這裡用有點冗長的方式來處理，加上「儘管如此，我的視線還是無法離開他們」確保前後邏輯清楚一點。

下面這裡不太好懂。嚴格來説，這份學生譯文裡「可能受到……突襲」，還有後面譯成「預測」都不正確。原文是 I was assailed by...，並不是用 I would be，而是説 I was。這裡要表達的是原本看著這裡，然後別開視線看了那邊，又看到了其他東西，那種視線移動的感覺。這裡可以把「可能」拿掉，直接譯成「受到突襲」就行了。

C 前一行的 crammed 這個字的譯法，學生譯文寫成「擠滿」，聽起來好像有許多人緊緊地擠在一條死巷裡。可是這裡講的是人很多、腳步並沒有停下來吧？我覺得翻成「熙熙攘攘」就可以了。

柴田 「熙攘人群」，不錯。「擠滿」會讓人把焦點放在「來到」這個地方，但這裡的重點其實是這些人「身處於」這個地方，改成「狹窄道

路中的熙攘人群」。

C 　後面 reappearing from far away，學生譯文譯成「從遠方」，我自己譯成「從遙遠過去」。加上「過去」兩個字不對嗎？

柴田　這裡的 far away 至少在字義上指的並不是過去。當然其中確實有「遙遠過去」這種象徵意義，但是這裡的重點在於把時間上的過去跟空間上的過去混雜在一起，所以最好不要把「過去」限定在時間上。

　　這段學生譯文最後，「試著想起我，或者已經想起我……」這裡，不需要再重複「想起我」。就算不講，也可以知道講的是「我」。這段譯文中「希望我想起他們……想起我……想起我……」這些重複太多了些。英文裡一開始是 demanding recognition，沒有代名詞。接著 recognize me...recognized me，但是這種重複跟譯文中「試著想起我」、「已經想起我」的重複，感覺起來分量又不一樣。我覺得後面那一次不需要再強調。

> **學生譯文 7　修正案**
>
> 　碼頭工人排成一列爬上階梯。身體前屈扛著大瓶子和桶子，臉被麻帽遮住。「他們隨時會抬起頭。到時就會看見似曾相識的臉孔」，我心裡交雜著焦急和恐懼，但是已經無法別開眼睛，因為只要稍微望向那些狹窄道路中的熙攘人群，就會被那些從遠方再次出現的意外臉孔給突襲。那些臉，彷彿希望我想起他們一樣，他們試著想起我或者像是已經想起我，直盯著我看。

Perhaps, for each of them, I also resembled someone who was dead. I had barely arrived at Adelma and I was already one of them, I had gone over to their side, absorbed in that kaleidoscope of eyes, wrinkles, grimaces.

在他們每個人眼中，我看起來也像某個已經死去的人吧。我終於到達了阿德爾瑪，但已經成為他們的一員，被那眼睛、皺紋、愁眉的萬花筒所吞噬。

柴田 文章的節奏很好，不過有一處誤譯。大部分人也都有相同的錯誤，這裡的 barely 並不是「終於」的意思，只是在講「才剛到阿德爾瑪沒多久，卻……。換成其他的說法，也可以說 I had hardly arrived at Adelma and I was already...。是指「才剛到沒多久」的意思。其他地方沒什麼問題，我們繼續往下看吧。

> I thought: "Perhaps Adelma is the city where you arrive dying and where each finds again the people he has known. This means I, too, am dead." And I also thought: "This means the beyond is not happy."

我心想，「阿德爾瑪很可能是人走向死亡終於來到的地方，彼此和熟人重逢的地方。也就是說，我也已經死了。」接著我又想，「也就是說，另一個世界並不是幸福的世界吧。」

M 我可以先問嗎？在這裡阿德爾瑪應該還是個「走向死亡」的地方吧？既然還沒有真正死掉，怎麼會知道在另一個世界不幸福呢？

柴田 Adelma is the city where you arrive dying，意思應該是「一邊走向死亡一邊前往」，也隱含著終於到達時已經成為死者的意思。因此走向死亡、到達阿德爾瑪，在阿德爾瑪加入死者的行列，這個邏輯並不奇怪。

不過把自己現在身處的地方稱為 the beyond「另一個世界」，確實有種不可思議的落差、異樣感。我想作者應該是有意圖地這麼做，因

為 beyond 指的是「彼方」，而不是「這裡」。

C 一開始的 Perhaps，我覺得應該是「說不定」的意思，「很可能」好像有點太強烈了。

柴田 這裡確實很令人猶豫。在字典裡 probably 是指實現的可能性有七成左右，perhaps 是三成左右。原則上確實是如此，所以當我們說 probably 的時候，不太可能只有三成可能性。但是 perhaps 這個字在有相當把握的時候也可以用，也就是 understatement，刻意說得比較保守，反而可以加強說服力。

在這裡比起「很可能」，「也許」、「說不定」呈現的感覺比較淡薄，我覺得也不錯。總之，請大家先記住大原則。原則上 perhaps 的意思大概跟 maybe 差不多，並不太強烈。但是，使用上也有可能是一種 understatement，用於幾乎已經確信的狀況。在這裡兩者都有可能，如果想要強調那種淡淡的感覺，用「說不定」或許比較好。

Z 「彼此和熟人重逢」這句話，用了「重逢」會有種「喔喔，好久不見，最近還好嗎？」的感覺。

柴田 原文是 each finds again，「找到」的意思呢。

Z 把 find 用冰冷一點的語調譯成「發現自己熟識的面孔」會不會比較好？

柴田 應該可以用「發現」或者「找到」，或者「每個人看到自己熟識的面孔」。

另外還有一點大家好像不覺得是問題，不過最後這一句「也就是說，另一個世界並不是幸福的世界吧。」的語調，這是比較口語、隨便的語調對吧？不過這句話的內容說的是生跟死的問題，非常沉重。大家不覺得感覺很突兀嗎？現在這樣前後雖然有統一感，不過原文的語調要更正式一點。

M 這裡如果要用沉重的語氣來結尾，作者就不需要寫 And I also

thought 這句多餘的話了吧？結束在「我也已經死了」不是比較沉重嗎？我覺得這裡用輕鬆一點的語氣來處理應該沒有錯吧？

柴田 在這裡他終於有了自己已經死了這個重大發現，但是卻往後退了一步，用一般性的描述說出 "This means the beyond is not happy"，正是文章的有趣之處。要說這文章是冷酷還是熱情，其實是比較冷酷的語氣，但並不隨便。

M 「另一個世界」這幾個字聽起來也不太正式，我自己是翻成「來世」，企圖讓文章沉穩一點。

柴田 這樣不錯。雖然我並不覺得「另一個世界」是特別隨便的說法，不過對應 the beyond 這個字的話，「來世」要比「另一個世界」更好，因為我們通常不會說 the beyond，比較一般的講法是 heaven。當然如果在這裡用了 heaven，就破壞了所有的味道。

學生譯文 9　修正案

我心想，「阿德爾瑪很可能是人走向死亡終於來到的地方，每個人看到自己熟識面孔的地方。也就是說，我也已經死了。」接著我又想，「也就是說，另一個世界並不是幸福的世界吧。」

好，今天就上到這裡。

教師譯例

都市與死者 2

伊塔洛·卡爾維諾

過去我旅行過許多次，但還是第一次來到阿德爾瑪。下船時暮色將近。在碼頭接過船纜，繫在船樁上的船伕，很像從前與我一起服兵役，現在已成故人的男人。此時恰好是批發魚市的開市時間。一個老人正把裝了滿籠的海膽放上貨車。我覺得好像

在哪裡看過這個人。我轉過頭去，那人已經消失在巷子裡，我
發現那身影很像一個在我小時候已經年老、現在不太可能還在
人世的漁夫。還有，好像是熱病的犧牲者吧，在地上縮著身子
蒙頭蓋著毛毯，那樣子讓我看了心神不寧。我父親在過世前幾
天也和這個男人一樣，眼睛泛黃、鬍髯滿面。我別開視線，再
也不想看到任何人的臉。

我心想，「如果阿德爾瑪是我在夢中看見的那個只會見到死者的
地方，那這個夢真是可怕。如果阿德爾瑪是現實中有生者居住
的都市，那我只要繼續看著他們，或許就不再覺得相似，而會
開始看到陌生臉孔上掛著痛苦吧。不管怎麼樣，還是別直盯著
他們看好。」

蔬菜販的在秤上量了高麗菜重量，放進一個女孩從露台用繩子
放下來的籃子裡。那少女跟我故鄉村裡為愛發狂而自殺的女孩
長得一模一樣。賣蔬菜的人抬起頭，竟是我的祖母。

「只要活著，至今認識的人裡死者比生者多的日子總會到來。而
人的心中已經不想再接收更多面孔、更多表情。每當遇見新的
面孔，就會在心中把古老的樣子覆蓋上去，替每一張新臉孔，
都找來最適合的面具。」

港邊的工人屈腰背著竹籠的大瓶和木桶，列隊爬上樓梯。每個
人的臉都被麻布頭巾遮住。「這些人隨時會挺起身，露出似曾
相識的臉孔」我心裡又是焦躁又是恐懼。儘管如此，我的視線
還是無法離開他們。如果視線稍微轉向狹窄巷弄中的擁擠人群，
意料之外的臉孔就會馬上迎面襲來。那些臉孔從遙遠彼端再次
出現，彷彿在逼我想起他們，或彷彿試著想起我，又彷彿已經
想起了。對他們每個人來說，我一定也像某個死者吧。我才剛
到阿德爾瑪沒多久，但已經成為他們的一份子。我成為他們之

一，被吞噬進由無數眼睛、皺紋、扭曲表情交織成的萬花筒當中。

我心想，「說不定阿德爾瑪就是人前往死亡之路的終點。而人人都會在此見到自己過去認識的面孔。這麼說來，就表示我也已經死了。」然後我又想，「這麼說來，另一個世界原來並不幸福。」

6

厄尼斯特・海明威
Ernest Hemingway

在我們的時代
In Our Time

Chapter V

They shot the six cabinet ministers at half-past six in the morning against the wall of a hospital. There were pools of water in the courtyard. There were wet dead leaves on the paving of the courtyard. It rained hard. All the shutters of the hospital were nailed shut. One of the ministers was sick with typhoid. Two soldiers carried him downstairs and out into the rain. They tried to hold him up against the wall but he sat down in a puddle of water. The other five stood very quietly against the wall. Finally the officer told the soldiers it was no good trying to make him stand up. When they fired the first volley he was sitting down in the water with his head on his knees.

Chapter VII

While the bombardment was knocking the trench to pieces at Fossalta, he lay very flat and sweated and prayed oh jesus christ get me out of here. Dear jesus please get me out. Christ please please please christ. If you' ll only keep me from getting killed I' ll do anything you say. I believe in you and I' ll tell every one in the world that you are the only one that matters. Please please dear jesus. The shelling moved further up the line. We went to work on the trench and in the morning the sun came up and the day was hot and muggy and cheerful and quiet. The

柴田 今天的習題是海明威的《在我們的時代》，這本書的出版過程很曲折，先是 1924 年在巴黎出成一本薄薄的書，內容是極短篇，就像今天請各位譯的兩篇那樣。標題 in our time 全用小寫。到了隔年，又出了一本，各章開頭放入原先的極短篇並全文改為斜體，然後在後面加上篇幅稍長的短篇小說，把極短篇和短篇結合為一章，是一本由極短篇→短篇、極短篇→短篇的反覆結構組成的書。這時候標題也改為首字大寫，成為 In Our Time。一般大家熟知的是首字大寫的這一本，其中也收錄了〈印第安人的營地〉、〈鬥士〉，都是很有海明威特色的知名短篇。斜體的極短篇多半是他在戰爭中所寫，之後較長的短篇則大多是以戰後的虛脫感為主題。海明威在這之後又寫了好幾部長篇，成為知名作家，也榮獲諾貝爾獎，但是很多人都認為他早期的這本《在我們的時代》還有第一部長篇《太陽依舊升起》是最傑出的作品。我其實不太了解《太陽依舊升起》的出色之處，不過《在我們的時代》真的很精彩，尤其是原本的極短篇。

　　大家經常說海明威的文章乍看容易，但譯起來意外地困難，各位覺得如何？這次的文章雖然不能說簡單，但是看得出來大家都很用心，不只是轉換語言，每個人都對自己的譯文下了一番工夫推敲。這次我挑了兩個版本的學生譯文。所以學生譯文 A 從頭到尾都是同一個人譯的，B 也一樣。那我們就先來看看第五章吧。

> They shot the six cabinet ministers at half-past six in the morning against the wall of a hospital.

學生譯文 1

A 他們在上午六點半，讓六個閣員站在醫院牆壁前，槍殺了他們。

B 那天早上六點三十分，六個閣員被壓在醫院牆壁前，被射殺了。

A 這裡的 against 可以視情況理解為轉換方向嗎？依照跟牆壁之間的距離，也可以譯成「靠著」，或者面向牆壁嗎？

柴田 不太行呢。首先，一提到槍殺一定是背靠著牆站立。假設這裡沒有提到槍殺，against 的意思本來也是「背對著……」。如果是「面向牆壁」，就不會用 against the wall 而用 facing the wall 了。這裡的 against 確實是背著牆。再來，另一個問題是跟牆壁之間的距離，是緊貼著還是有段距離，這裡確實不一定是緊貼著牆，但有非常接近的感覺。如果離得太遠，就不會説 against 了。例如 against the sky，並不是指緊貼著天空，而是「以天空為背景」，不過天空好像本來也就無法緊貼吧（笑）。假如是像牆壁一樣可以緊貼著的東西，最好想像兩者之間貼得很緊的狀況。

　　學生譯文 A 是用主動語態來譯，像 B 這樣用被動語態來譯就有點微妙呢。跟 They 比較起來，「他們」聽起來指涉性比較強，所以像 B 這樣的譯法或許可以凸顯這種狀況的非人性部分。但是反過來說，這種寫法的缺點是讓人覺得除了受困於這個狀況的「他們」的觀點之外，還有另一個能從容綜觀整體的匿名敘事者。兩種寫法各有優缺點。

> There were pools of water in the courtyard. There were wet dead leaves on the paving of the courtyard.

A 中庭裡形成了幾處水窪。中庭的走道上落著潮濕的枯葉。

B 中庭裡出現水窪。沾濕的枯葉落在走道上。

柴田 很多人都把 paving 譯成「走道」，不過這裡是中庭，其實就是「腳踏石」。

像 B 這樣用現在式來譯，可以有效地讓情景生動浮現。相反地，就像我剛剛說的，總覺得這文章裡清楚地出現了原文沒有的敘事者聲音。

這樣想來我還是覺得，翻譯海明威文章最好的方法，就是不要做什麼多餘的事，總之要盡量淡淡地譯。

It rained hard. All the shutters of the hospital were nailed shut.

學生譯文 3

A 雨下得很大。醫院的鐵捲門全都被釘緊。

B 雨勢很大。醫院的百葉門全都關上、牢牢釘好。

柴田 shutter 譯成「百葉門」比較好，「鐵捲門」聽起來就是金屬的材質，感覺不能釘釘子。「防雨門」聽起來又偏日式，簡單譯成「百葉門」就可以。

One of the ministers was sick with typhoid. Two soldiers carried him downstairs and out into the rain. They tried to hold him up against the wall but he sat down in a puddle of water.

學生譯文 4

A 一個閣員罹患腸傷寒。兩個士兵搬運他，在雨中把他帶到外面。士

兵想讓他站在牆邊，但他坐在水窪裡。

B　　一個閣員罹患了腸傷寒。兩個士兵將這男人送到樓下，帶到雨中。士兵想讓他靠在牆上，但他一屁股坐在水窪裡。

柴田　A 的正中間這句「在雨中把他帶到外面」，原文是 out into the rain，可能是想要模倣這種說法，但是 out into 跟「外」、「中」不一樣，在英文裡聽起來並不會覺得不自然。「帶走」就可以譯出 out 的意思了，不需要再說「外面」。只要說「把他帶到雨中」。

另外很多人都把 sat down 譯成「坐著不動」，但 sit down 表示的不是狀態，而是動作，也就是坐、坐下的意思。「坐著」的話可以單用 sat，或者像這一章最後的句子一樣，he was sitting down。這是常見的錯誤，請大家小心。

> The other five stood very quietly against the wall.

A　　其他五個閣員相當安靜地站在牆壁前。
B　　其他五個閣員，極其順從地靠牆站著。

柴田　這裡的 very quietly 是非常海明威式的說法。這個地方該怎麼譯是一大重點。兩篇學生譯文分別譯成，「相當安靜地」、「極其老實地」，我自己譯成「其他五人異常安靜地背牆站著」。新潮文庫的譯本翻成「其他五位閣員泰然站在牆邊」。大家有什麼想法？

B　　我也翻成「異常」。我覺得這裡的 very 有點否定的意思，讓人感覺到這個情景的不尋常：在這種狀況下竟然這麼安靜。

柴田　你說的這種「異常」不是指這些人腦袋有問題的意思吧？

B　　不是。是狀況異常，但他們還能保持安靜，這表達出一種負面

的批判意味。

柴田　嗯，這個意見很不錯。那其他人怎麼想？

C　　反過來説，當腦中浮現這個情景時，比起異常感應該是感受到某種情感。我覺得類似「相當安靜地」這種譯法比較好，沒有刻意強調負面的意思。

柴田　這兩位的意見乍看相反，其實我覺得並沒有太大差異。總之，這種靜默首先引起了大家的注意，有人因此著眼於狀況上，感覺到異常，也有人著眼在人身上，感覺到某種果斷。他們完全沒有説「救命」或者「不要殺我」，只是保持沉默，讀者也必須去思考這代表什麼意思。接著，也許有人感受到的是這些人已經死心，覺得「反正再怎麼抵抗都沒有用」、「已經是死路一條了」，或者不在乎這些人的想法，而偏重當場狀況的緊繃狀態。差別就在這裡吧。

　　後者有種透過瑞蒙・卡佛來讀海明威的感覺。卡佛也會用這種寫法。比方説，讀者常常搞不懂，為什麼出場人物在這裡會有那麼長的沉默。讓讀者察覺到其中一定有某種必然性。卡佛寫的東西有時候可能連出場人物自己也不了解真正原因，因為他筆下人物的自我形象都很稀薄。相對之下，我覺得讀者在讀海明威的作品時，或許不一定明白角色為什麼這麼做，但至少對角色本人的想法都有一定程度的了解。

　　所以看海明威的作品，只要想想這些人帶著什麼樣的心情保持安靜，讀者也可以提出某種答案。他的文章會吸引人這樣去解讀。回到這一段，用斷念、安靜的絕望來解讀，是相當正統的看法。這麼一來就無法贊同「泰然站在牆邊」這種譯法。這種解釋是基於一種男子氣概的美學。一群即將遭到槍決的人竟然還保持「泰然」，確實很有英雄氣概，但是至少這個時期的海明威並不會稱頌這種理念。

　　當然，作家的重點擺在哪裡，每個讀者的解讀都不一樣。海明威自己也曾經説過所謂的 iceberg theory（冰山理論），我認為他文章最大的特徵就在於傳達出言外之意。所以翻譯時不管多翻了什麼，這些小

小的用心反而會變成很多餘呢。

> Finally the officer told the soldiers it was no good trying to make him stand up.

學生譯文 6

A 士官終於對士兵説，想讓閣員站起來只是白費工夫。

B 最後軍官説，勉強病人站起來不太好。

柴田 這一段有很多譯文都不太理想。no good 是「做這些事也沒有意義」的意思，並不是指「這樣做是錯的」或者「這樣做不人道」。

D 這裡是唯一出現對話、聲音的場景。這種感覺反而更襯托出詭異的安靜，所以我把對話用引號夾住，用化為聲音的直接對話來譯，「想讓那傢伙站起來只是白費心思」。

柴田 確實很像軍官説話的口吻。你的目的很好，不過我有點擔心會不會只有這裡太過突出，看起來顯得有些賣弄。你剛剛説這裡是唯一有聲音的場景，不過在原文裡也是讓這些聲音透過間接對話的方式經過一層過濾。

C 新潮文庫譯本是「軍官終於告訴士兵們，要讓他站起來只是徒勞無功」。

柴田 嗯。在「要讓他站起來只是徒勞無功」的前面有「，」讓這個部分看起來像是直接對話。如果要這麼處理，那就應該使用軍官可能説的話才合理，比方説把「他」換成「那傢伙」。這一點學生譯文 A 的「士官終於對士兵説，想讓閣員站起來只是白費工夫」就有些微妙，改成「想讓那傢伙站起來只是白費工夫」比較好，也比較生動。

翻譯教室

> When they fired the first volley he was sitting down in the water with his head on his knees.

學生譯文 7

A　他們第一次齊聲射擊時，他將頭靠在膝上，坐在水窪中。

B　第一次齊聲射擊的那個瞬間，病人坐在水裡，頭放在膝上。

E　his head on his knees 的 head 是指到頭的哪個地方呢？

柴田　從頭頂到額頭附近吧。假如把下巴靠在膝上，就不會説 his head on his knees。如果下巴也靠在膝上，大概不會説 his head，會説 his chin 吧。除了下巴以外，頂多就是臉頰或者額頭吧。

E　所以這個人並非眼神茫然地看著前方，而是低著頭呢。

柴田　對。把額頭靠在膝上還要看前方，應該有點困難（笑）。他隨時都可能被槍殺，但是視線朦朧，已經完全不在乎了，所以才低著頭。這裡很清楚地描繪出那種超越了恐懼和絕望的死寂。

我們看完第五章了，目前為止的部分大家有什麼問題嗎？

F　關於第五章這整篇文章，海明威的筆調平淡，A 的譯文全部都用過去式，而 B 卻全部改成現在式。

柴田　沒有錯。B 的前半段幾乎都是現在式。

F　哪一種比較能表達原文的感覺呢？

柴田　這一點其他人有什麼看法？

G　我覺得 B 的譯文應該是從槍殺的時間點開始，倒敘六位閣員被帶走時的狀況吧。

柴田 因為文章一開始的 They shot the six cabinet ministers 就是從這個事件的尾聲開始的，在這之後 There were pools of water in the courtyard 後面四到五行，都不太清楚到底寫的是槍殺結束後的情景還是槍殺前的情景，等到第五行 One of the ministers was sick with typhoid. Two soldiers carried him...，才知道原來時間被拉回過去了。為了清楚呈現出這種感覺，B 的譯文「中庭裡出現水窪。枯葉落在走道上。雨勢很大」，是用現在式來描寫將時間拉回過去的情景，這種寫法可以明顯感覺到時間的流動，不過就像 G 所說的，原文裡時間的流動本來就不太明顯，應該要保留這種不明顯。這種說法也有道理。大家覺得如何？

H 我也覺得保留過去式來譯比較好，老師的譯文讀起來很流暢，有點太好讀了。但是海明威的原文應該更難讀，有種冰冷平淡的感覺。

柴田 喔？我的有那麼好讀嗎？

H 老師的譯文裡一個逗點都沒有。

柴田 我是刻意這麼做的。為了表現出原文沒有逗點的緊張感。要表達言語持續緊繃的張力，最好不要用逗點，所以我反而覺得因為沒有用逗點，就變得不太好讀呢。我的譯文中，像是「他們想讓大臣背靠牆壁站著不過大臣卻坐在水窪裡」，通常一定會用逗點的地方也完全不用，我倒不覺得比原文好讀。

I 再回到現在式跟過去式的話題，如果用現在式會覺得敘事者好像人在現場，這裡的原文讀起來卻沒有這種感覺，而且其他章有時也會用到 we，所以我覺得這裡還是都用過去式比較好。

柴田 沒錯，這個問題確實很讓人猶豫。其實正是因為 B 的譯文「出現水窪」、「枯葉落在走道上」、「雨勢很大」這些地方都處理得還不錯，才令人猶豫。歸根究柢，要說二者都對也不盡然，但不管是全部過去式或者用過去和現在交雜來寫，文章節奏要是不好都行不通。如果韻律處理得當，那要用哪種方法來處理都無所謂。不過像 B 這樣的筆法

確實有種旁觀者在場的味道，跟原文裡透過回想呈現的距離感又有點不同。但是這篇譯文的韻律感很不錯，看下去也能很自然地置身於文中的情景當中。像這類問題很微妙，不管選擇哪一種方法都各有優缺點，很難貿然斷定哪一種好。

J　關於水窪和雨勢的描寫，是六人被帶來之前嗎？

柴田　邏輯上在這裡並沒有足以證明的線索。不過假如這是六人被射擊後的描寫，那麼水窪就會令人聯想到槍擊後形成的血跡，或者濕掉的落葉（dead leaves）讓人聯想到屍體等等，這些象徵都太俗套。如果發生在槍擊之前，感覺文章比較洗鍊，我比較傾向時間在這裡拉回過去的想法。

K　A 和 B 都分別譯成「潮濕的枯葉」、「沾濕的枯葉」，但是我覺得這裡用「落葉」比較好。

柴田　我也有同感。

K　可是「落葉掉下來」聽起來又很奇怪，所以我後來又補了「散落一地」，這樣是不是畫蛇添足了？還有，我覺得既然沾濕了，應該就不會叫「枯葉」了吧？

柴田　枯葉因為有個「枯」字，會讓人聯想到乾燥的葉子呢。我也覺得這裡應該譯成沾濕的落葉。這裡的 wet 與其說「潮濕」，更接近「沾濕」的意思。wet 這個字，要看使用的情境，例如 a wet day 也有雨天的意思，除了指有濕氣之外，也有可能用在更嚴重的情況。我譯成「有沾濕的落葉」，缺點是看不出到底有多少落葉，但是我想要營造出反覆的感覺，「中庭到處積起水窪。中庭踏腳石上有沾濕的落葉」，所以放棄了複數形。原文 There were pools of water in the courtyard. There were wet dead leaves on the paving of the courtyard，兩句重複了以 There were 開頭、the courtyard 結尾的結構。從以往學習的文學寫作方法來看，根本沒有道理，簡直像小學生在寫作文。海明威刻意強調這種機械式的反覆結構，醞釀出以往的文學作品中所看不到的緊張感。

L　A 和 B 的譯文比較起來，B 好像有比較多地方把能用漢字寫的刻意寫成平假名。

柴田　特別是最後的部分呢，像是「ひざにあたまをあずけていた」（把頭靠在膝上）。[35]

L　我本來在所有可以用漢字的地方都用了漢字，但是老師剛剛也說過，海明威的文章相當單純，所以我又改變心意，覺得用平假名或許可以表現出那種單純的感覺，應該比較有意思。

柴田　有道理。其他人覺得呢？

M　我覺得海明威的文章有種奇怪的艱澀感，那種艱澀感反而用漢字來寫比較能表現吧。用平假名的話，看起來總覺得這樣的日文變得沒有力道。

柴田　嗯，確實有變得柔軟的感覺。

K　海明威以前當過新聞記者，文字裡才會保有那種艱澀吧。我贊成多用漢字。

柴田　看起來支持漢字的人不少呢。果然如此。其實這個問題與其說是漢字或平假名的討論，更像是使用漢字還是大和文字的差異。這個問題不能一概而論。比方槍擊要寫成「銃殺する」還是「擊つ」[36]呢？我覺得基本上海明威的文章比較接近後者。我經常跟大家說，英文是由盎格魯薩克遜語，也就是由蠻族語言，和起源於拉丁文的外來語所構成，這大約就等於日文中的大和語言和漢語。所以像 cabinet ministers 這個字就是外來語，屬於拉丁語系，在日文裡就對應到「閣

---

35 此句中ひざ漢字為「膝」、あたま漢字為「頭」，日文中此類常用名詞一般會以漢字表記。動詞あずける一般也會以「預ける」表記。

36「銃殺する」這類語幹借用外來語（此處為漢語）詞彙再加上する的動詞，在日文中被視為「漢語」；「擊つ」被視為原創語言，屬於「大和語言」。

　　　　　　　　　　　　　　　　　　　　翻譯教室

僚」（閣員）這個漢字。反過來説，shoot 則跟「撃つ」比較接近。但這只是通論、大原則。A 的譯文「讓六位閣員站在醫院牆壁前，槍殺了他們」，這個句子裡用「銃殺した」並不覺得奇怪，也很有緊張感。所以雖然不能一概而論，但是基本上最好盡量選擇簡單的語言。在漢字、平假名之間的取捨，最理想的就是挑選最常見的用法。並不是説增加平假名的比例看起來就會更像海明威的文章，不過 B 的最後這一句「水のなかにすわりこみ、ひざにあたまをあずけていた」（坐在水裡，把頭靠在膝上）幾乎全部都用平假名，假如不考慮這是翻譯，單看這個句子確實會有非常深刻的印象。這裡的「水裡」用得倒是有點怪，改成「水窪中」可能好一些。不過這種抉擇在其他地方是不是也行得通？我覺得是個很有意思的問題。光看這個例子很難斷定哪種方法比較好。

沒有其他問題的話，我們接著看第七章吧。

> While the bombardment was knocking the trench to pieces at Fossalta, he lay very flat and sweated and prayed oh jesus christ get me out of here. Dear jesus please get me out. Christ please please please christ. If you'll only keep me from getting killed I'll do anything you say. I believe in you and I'll tell every one in the world that you are the only one that matters.

學生譯文 8

A 砲彈攻擊在福薩爾塔將壕溝破壞得粉碎，這段期間他身體平趴，一邊流汗一邊祈禱。啊，耶穌基督救主！請放我出去。求求祢，主基督。主基督啊，拜託、拜託、拜託，主基督啊。如果祢不殺我，祢説什麼我都聽祢的。我相信祢。我會告訴世界上所有人，只有祢最重要。

B 在福薩爾塔，由於砲彈攻擊把壕溝炸得粉碎時，他在地面躺平流著汗祈禱。啊！神啊，請救我離開這裡。神啊請救救我。神啊求求祢求求祢求求祢啊神。如果祢能保佑我活命我會對祢言聽計從。我會相信祢的存在，告訴全世界只有祢才是有價值的。

柴田 首先第五行的 I believe in you 是比較困難的地方，大家手上的譯文應該都有很多紅字批改的痕跡。I believe in you 這種說法該怎麼譯？I believe you 和 I believe in you 的不同，這屬於國中程度的基本問題，I believe you 單純只是「我相信你說的話」、「我認為那不是謊言」的意思，這是對對方所說的話表示「對，你說得沒錯」。I believe in you 的意義更重大，要說的是「我相信你這個人」、「我相信你這個人的力量」。還有「相信某種東西的存在」，也會說 believe in。「你相信有神嗎？」我們會說 Do you believe in God？而不說 Do you believe God？這是基本概念。所以在這裡對著耶穌說 I believe in you，意思應該是我相信祢的力量。

N believe in 這裡老師譯成「我相信祢的力量」，但是我不想侷限於力量，我希望表達這個人相信宗教。I believe in you 之後接著 I'll tell every one in the world that you are the only one that matters，我覺得大可在這裡交代相信宗教的力量，所以我只把 believe 譯成「相信」，one that matters 再補充譯成「賦與我們意義的存在」。

柴田 這樣似乎又處理得太過知性了。這裡的出場人物頭腦並不太靈光，「賦與我們意義的存在」這個譯文的知性水準跟 you are the only one that matters 原文的知性水準差很多。matters 與其說「賦與意義」，其實就只是重視的意思而已，重要的只有你，其他的都無所謂，這種感覺。把「除了祢以外其他都無所謂」譯成「只有祢能賦與我們生活的意義」，就像大學生把小學生的話換句話說一樣，我覺得譯過頭了。不過我的譯文「我相信祢的力量」好像也可以改成「我相信祢」。可是只說「我相信祢」，又少了點求助般的感覺，似乎還很從容不迫的樣子。

O 我覺得日文中要表達自己意志最強的方法應該是現在式，不過這個人在祈禱的時候說 I'll do 還有 I'll tell，都用了 will 呢。

柴田 沒錯。

翻譯教室

O 　所以這裡我覺得語氣上需要一點緩衝，譯成「一切就照祢說的去做吧」，不過學生譯文和老師的譯文都用現在式處理，譯成「祢說什麼我都聽祢的」。這裡的 I'll，如果沒有 will，意思也一樣強烈嗎？

柴田 　不，反而是因為有了 will，才更明顯感覺到意志。O 同學一開始說到在日文裡最能清楚表達自己意志的是現在式，確實沒有錯，不過在英文裡這種能表達強烈意志的說法就是 will。像政治家的政見，雖然當選之後從來沒有人會遵守，不過日本政治家在說到這些政見時也是用現在式，並不會用未來式。在英文裡相等的說法就是 will。所以這個 will 並不是表示未來，而是一種承諾，「我向全世界宣稱」這種譯法可以說是最正確的。

O 　例如前面的 I believe in you，這裡並沒有用 will 呢。

柴田 　因為這一句話並不是承諾啊。這裡如果像學生譯文 B 一樣譯成「我會相信祢的存在，告訴全世界只有祢才是有價值的」，把相信也包含在之後才會實現的承諾裡，可不太對。像 A 這樣直接說出「我相信祢」，就知道這裡不是承諾，而是已經相信了。

　還有，B 的譯文一開始可能本來想寫「在砲彈攻擊下」，但是前面又已經有了「在福薩爾塔」，為了避免重複「在」，改成了「由於砲彈攻擊」。其實只要單純譯成「在福薩爾塔，壕溝受到砲彈攻擊」，這裡就不需要用到「由於」這個有點突兀的字了。

P 　B 把 jesus 和 christ 全都譯成「神」，Christ 等於 God 嗎？

柴田 　不，倒不能這麼說。不過把 jesus christ 譯成「神」，直譯上來說雖然不對，但是在翻譯上來說我覺得可能是正確的，因為兩者都代表了人在緊要關頭會最先祈求的對象。

P 　日文如果一下子叫耶穌、一下子叫基督，聽起來就像有兩個人，我覺得把其中一個換成「神」會比較好，我自己是把「基督」改成神。

柴田 　但是「耶穌」跟「神」並列，聽起來不是更像兩個對象了嗎？

P　因為我覺得人有時候也會稱耶穌為神。

柴田　這樣啊，可是耶穌應該是神的兒子。

P　但我是覺得在這個情境下叫耶穌跟神應該沒什麼兩樣。

柴田　確實沒有什麼不一樣。但是既然如此，又為什麼不依照原文直譯為「耶穌」跟「基督」呢？前面已經說了「耶穌基督」，這就像先連名帶姓說了山田太郎之後，分別說「山田」、「太郎」一樣，我覺得用「耶穌」和「基督」沒有太大問題。

Q　這兩個字一般會大寫，但是在這裡卻寫成小寫的 jesus christ，讓耶穌基督變成一般人隨口說出的「佛祖菩薩」之類的，我一直在想該怎麼表現出這種感覺。還有原文中一會兒說 jesus、一會兒說 christ，也同樣有輕率的感覺，所以我直接照著原文譯成耶穌和基督，其他地方就像老師的譯法一樣，在耶穌‧基督救主之間不另外加上「‧」，直接說「耶穌基督救主」來表達那種輕率感，我覺得這樣比用「神」來處理好一點。

柴田　原來如此，「耶穌基督救主」聽起來確實有這個人不習慣禱告的感覺，不錯。我們平常會說「救主耶穌」，但是不太會說「基督救主」。譯文聽起來有點彆扭，可以感覺到這個人是情急之下突然才冒出這些禱詞。

　　我挑選學生譯文 B 就是因為這一段很有趣。「啊！神啊，請救我離開這裡。神啊請救救我。神啊求求祢求求祢求求祢啊天神。」說話方式變得跟小孩子一樣。這樣譯到底好不好呢？原文裡並沒有這種說話幼稚的感覺。那難道這個譯法不好嗎？前一陣子我剛好遇到類似的狀況，非常有意思。

　　我正在翻譯作家朋友羅傑‧裴費斯（Roger Pulvers, 1944 － ）的文章，羅傑的日文很好，所以我也請他看了譯文，他給我許多意見。文中有一段暴風雨來襲，船隨時會沉沒，在這危險狀態下船伕們大叫「救

命」、「救命」、「救命」，其中只有第三次："Save ME!" 的 me 是大寫，我單純地把這裡全部譯成「救命」，只有第三個「救命」改成粗體，但是羅傑覺得，這個 ME 改成大寫是因為情況愈來愈緊急，這個人覺得「別管其他傢伙了，快救我吧」，所以他建議我譯成「救我」。根據英文來看，或許他說的沒錯，但是在日文裡，遇到這種緊急狀態我想並不會出現這種念頭。英文的："Save ME!" 這兩個字很容易顯現出利己主義，可是「救命」這兩個字當中就沒有 me。那麼我們在這種情況下會有什麼表現呢？我覺得會變得像小孩子一樣，而不是往利己主義化去發展，所以最後這三個救命我改譯成「救命啊」，羅傑也接受了我的看法。

因為我腦中剛好想到這個例子，所以學生譯文 B 的「啊！神啊，請救我離開這裡。」這句也很有效地描繪出他跟平常狀況不同的樣子。這樣看來，跟用主耶穌或者基督比起來，還不如一直叫著「神啊神啊」更有效果。

Please please dear jesus. The shelling moved further up the line. We went to work on the trench and in the morning the sun came up and the day was hot and muggy and cheerful and quiet. The next night back at Mestre he did not tell the girl he went upstairs with at the Villa Rossa about Jesus. And he never told anybody.

學生譯文 9

A　　所以求求祢、求求祢，主基督。甲殼部隊的戰線繼續前進。我們繼續面對壕溝。到了早上，太陽升起。那是一個又熱、又悶、又清朗、又安靜的日子。隔天他回到梅斯特雷，並沒有對在玫瑰別墅一起上樓的女孩說起耶穌。而他絕不再說起這件事。

B　　神啊求求祢。砲擊遠離了戰線。我們繼續在壕溝中工作，早上太陽升起，白天燠熱悶濕而晴朗安靜。隔天晚上他回到梅斯特雷，沒有對在玫瑰別墅一起上二樓的女孩說起神。在那之後絕不向任何人說起。

柴田　這段原文中間部分很不可思議。從前半開始，The shelling moved further up the line，也就是砲戰攻擊 up the line，往前線推進了，下一句 We went to work on the trench，這裡的 work on 是「進行關於……的工作」，意思應該是由於砲戰攻擊往前方推進，所以開始修理遭到破壞的壕溝。後面幾句應該是最難譯的部分。從海明威以前的小說文章很難想像他會把 A and B and C and D 四個形容詞全部都死板地用 and 連接，光是這樣就已經很不尋常了，另外他還排列了 muggy 和 cheerful 這種很少能並存的形容詞，而且他並沒有去凸顯兩者無法並存，只是平淡地排列。這個部分並不好譯。

　　另外 the girl he went upstairs with「一起上二樓的女孩」，這個說法從上下文推敲，應該可以知道這女孩是妓女。

　　關於整個第七章的問題都可以提出來。大家有什麼看法嗎？

N　　學生譯文 A 應該是刻意用了很多標點吧。

柴田　嗯。不知道是不是刻意，不過確實如此。尤其是「又熱、又悶、又清朗、又安靜」這裡更明顯。

N　　學生譯文 B 和老師的譯文標點比較少，比較有臨場感。另外老師的譯文前一段的最後一句是「口中不斷祈禱」，如果放在這個位置，原文裡絮絮叨叨的祈禱會就此中斷，我自己不太喜歡，所以譯成「他流著汗這麼祈禱，啊主耶穌基督……」。

柴田　嗯，你說得有道理。這樣看來我的譯法也可以拆成兩句，改成「他流著汗祈禱。啊主耶穌基督請讓我離開這裡」。「不斷祈禱」放在句尾確實太遠了一點。雖然前面的「啊主耶穌基督」已經能猜到應該是在祈禱，不過你說得沒錯。謝謝。

K　　最後的 And he never told anybody 這裡，學生譯文 A 的「而」是不是有點太過直譯？

柴田 「而他絕不再說起這件事」這一句是嗎？

K 學生譯文 B、老師的譯文還有新潮文庫的譯本，是譯成「在那之後」、「後來」，這是碰巧嗎？還是本來就應該這麼譯？

柴田 這應該不是碰巧，這裡的 And 很明顯地有「況且」、「不僅如此」的意思。這時候我覺得甚至加譯成「在那之後他也……」也無妨。

R 關於 and，我想再回到前面的部分，I believe in you and I'll tell every one 這裡，老師把這包含兩種意志的一個句子拆開譯成兩個句子，前一句 believe in you 是講到信仰時很常出現的句子，I'll tell every one 則是有點樸拙的句子，這兩個句子沒有辦法連在一起譯嗎？

柴田 不，要連起來譯當然也可以，正確譯出 I believe in you 又跟下面連接成一句的人，多半譯成「我相信祢……」，但是我不喜歡，「因為我相信祢……」也很奇怪，在這裡沒有適合連接的方法。

另外，我之前也說過，英文的文章中有時候會出現「他……，我……」這種前半和後半主詞不同的情況，譯文裡要把這種句子併譯成一個句子，往往會很彆扭，所以很多時候不如分開還比較好譯。在這個例子裡，前後的主詞都是 I，或許有人覺得不符合上面講的情況，但是 I believe in you and I'll tell every one，一邊是現在式一邊是未來式，嚴格來說主詞的時態並不一樣，這幾乎等於換了一個主詞。「我（現在）相信你，（今後）會……」像這樣硬接起來我還是覺得很怪。

S 敘述部分不可能，不過在對話當中應該可以用逗點分開吧？

柴田 你是說「我相信你，我會告訴大家……」吧。偶爾會這麼做。但如果不是在小說的高潮或者讀者正投入的地方，就會顯得格格不入。還是要仔細考慮運用的時機。

T 我覺得短篇小說的結尾很重要，我很喜歡這篇文章最後留下一句 And he never told anybody 的感覺，該怎麼樣才能忠實地傳達這種語感呢？老師的譯文最後一句是「後來他沒有告訴任何人」。沒有譯出

never 這個字，而用了較輕的否定形，有種悄然結束的感覺，但學生譯文可能因為把 never 譯得太清楚了，有種沉重的感覺。我自己試圖譯成「這些話他誰也沒說」表現出悄然的感覺，但是不太成功。

柴田 把「這些話」拿掉可能會好一點。還有，在這裡把 never 譯成「絕不」很容易卡住。兩個學生譯文「絕不會向任何人說起」、「他絕不再說起這件事」跟原文簡單的說法比起來語氣都太重了。

從一般通則來說，never 譯成「絕不」也不對。其實 neve 譯成「絕不」的機會可說少之又少。這個字該怎麼譯很多時候都令人傷透腦筋，例如 We waited and waited a long time, but he never came 這個句子，等了又等，對方還是不來，我們並不會說「他絕不來」或者「絕對不會來」。never 是 not ever，是「不管過多久都……」的意思。

而在這篇文章裡，並不是「不管過多久都不說」，而是「直到最後」或者「到死」的意思，不過在這裡說到死也有點奇怪，所以就簡單地說「沒對任何人說」。像我們要告訴對方「不要告訴任何人」的時候就可以說 "Never tell anyone！"。這句話我們並不會譯成「絕不告訴任何人」。這裡只是單純地講「別告訴任何人」。不過這時候英文通常會說 "Don't tell anyone！"。再回到原本的話題，想把 never 譯成「絕不」時最好收起這份衝動，盡量採用讓字義融入文句當中的方法來譯。

U 剛剛那句獨白或者說祈禱的地方，最大的問題還是出場人物跟讀者之間的距離感。學生譯文 8 在這個獨白部分會讓讀者對出場人物投入太多情感。讀者跟出場人物的心情太過一致。像學生譯文 A 這樣加了驚嘆號，又太像是出場人物自己在說話。B 這種幼兒化的處理表現了出場人物的個性，又拉近了距離。

柴田 那你覺得應該怎麼處理最好呢？

U 我覺得老師的譯法最好。

柴田 喔，我怎麼譯的？

U　老師的譯文「主基督求求你我求求你了主基督。」最後有個句號。光看句子會覺得是他本人在說話，不過最後的句號又有點客觀化拉開距離的感覺。

柴田　喔，會有這種感覺啊？

U　我覺得就像在看記錄片那種距離感。

柴田　嗯嗯。不過這樣說起來 B 幼稚化的處理「神啊求求祢求求祢求求祢啊天神」，讀者也未必一定能投入吧。

U　但我覺得幼稚化後還是會拉近距離。

柴田　聽起來像是真實存在的聲音是嗎？

V　A 在「拜託、拜託、拜託」這個重複三次的地方用了頓號，逐個斷開，我覺得把距離感拉得太開了。我覺得距離感大約落在 A 跟 B 的中間左右，老師的譯法沒有像 B 那樣全用平假名把距離拉近，但也不會太遠。

柴田　兩位這樣肯定我很榮幸，不過你們兩位說的剛好相反呢。U 覺得 A 用了驚嘆號可以感受到說話者的氣息，讀者跟文中的「我」太過接近。但是 V 卻覺得用了頓號會有距離感？

V　會比較明顯意識到自己正在閱讀文章。

柴田　喔，是這個意思啊。你這麼一說……嗯，這一點我不太確定呢。一般來說，如果要把一個面臨緊急狀況的人腦中的話直接表現出來，應該不要用標點比較好吧。人在恐慌狀態下應該不會想到用標點來好好整理自己的說話內容吧。不過我覺得 A 譯文有一點很不錯，文中的「我」是不知道怎麼跟神說話的人，而他的無知在譯文裡確實化為話聲。平常人並不會對神或者基督說「請放我出去」或者「祢說什麼我都聽祢的」，而會用更恭謹的語氣。A 的譯文裡表現出這種不習慣祈禱的說話方式，我覺得很不錯。大家在這裡都費了不少心思來統一語氣，像 B 這樣篤定地以完全幼兒化的口氣來處理是一個方法，像 A 那樣寫

出有生以來第一次祈禱的感覺也可以。語氣沒有統一是最糟糕的。

再來，我最猶豫的是學生譯文 9 the day was hot and muggy and cheerful and quiet 這裡。我自己翻完這裡之後每天都有不一樣的想法。學生譯文 A「又熱、又悶、又舒爽、又安靜」，並列不同感覺的形容詞時利用頓號是一個方法。英文在形容詞跟形容詞之間有 and 可以緩衝，但是譯文裡並沒有。學生譯文 B 則是「白天燠熱悶濕而愉快安靜」並沒有使用標點，這也是一個方法，我基本上也是這麼做。連續排列四個沒有一貫性的形容詞，已經很能吸引讀者的注意力了，這樣一想，好像也不需要再用標點來強調了。

我現在譯成「白天悶熱又晴朗寧靜」，不過「晴朗」這裡如果再譯一次可能還會再改，真的讓我很猶豫。

W 　　這個句子在英文裡應該也算特殊的寫法，所以在這裡我暫且忽視文法的正確性，在 the day was 後面的寫法有種時間經過的感覺，所以我把 and 全部譯成「然後」。

柴田　你最後譯成什麼樣子？

W　　「到了早上，太陽探出頭來，然後白天熱且悶，然後天氣晴朗，然後非常安靜。」[37]

柴田　我可以了解你的目的，但那是因為我們都看過原文，也費心推敲過，所以可以理解你為什麼採用這樣的譯法，不過沒有看過英文的讀者讀起來，應該會覺得「為什麼要用這麼多『然後』？」。and 和「然後」在語氣上的分量也不太一樣。「然後」大概跟 and so 差不多，and 幾乎就等於「和」。就像 he 跟「他」的分量也不一樣。在這樣長度的英文裡就算出現五次 he 也不至於太奇怪，不過日文裡如果出現

---

37 此處的學生譯文連續用了三個相同的接續動詞「そして」，同中文的「然後」或「於是」。

五個「他」就很怪。一樣的道理，and 在 A and B and C and D 這個句子裡出現三次，雖然滿奇怪的，但是 and 出現三次的突兀跟「然後」出現三次的突兀卻很不一樣。

P 可以用「變得」這類動詞來代替「然後」表達時間經過嗎？

柴田 不，也不能這麼説。如果把這裡解讀為一開始很悶熱，然後漸漸變得熱鬧，最後又變得安靜，就偏離了原意。這裡所講的是一個整體的事件。通常一般會寫成 hot and muggy but cheerful and quiet。兩個負面的形容詞再加上兩個正面的形容詞，如果用 but 連接就可以清楚地理解雖然悶熱但還挺舒適的，不過這種難以釐清的感覺就是這段文章的重點。

學生譯文 A 把「又熱、又悶、又清朗、又安靜」切成四個形容詞，其實我們的目的都是一樣的，也就是想傳達出把平常不會放在一起的東西並列那種強制的感覺。

X 第七章中一直在描述「他」，但只有這一句的開頭 We went to work，觀點變成「我們」。之後又回到「他」。在 We 的前後講的是他說了什麼，還有他跟妓女上了二樓卻什麼也沒有說等等，都是用他的觀點。很明顯只有這裡的觀點動搖了。

柴田 這個觀察很敏銳呢。也就是説，按照字意「我們」不可能知道「他」在想什麼。不過我覺得這種連接的手法，也有可能是借用「他」的形式來説話，其實是在暗示每個人都會做這些事，每個人都有可能這麼想。雖然主詞用的是「他」，乍看之下好像跟「我們」沒有關係，但「我們」每個人的心裡都有一樣的恐懼，害怕的時候都會像個小孩，也絕對不會在妓女面前説自己丟臉的往事。等到可怕的瞬間消失，又開始説起天氣好悶熱、外面好熱鬧啊這種無關緊要的事。這樣看來，敘事者藉由這個懦弱的「他」來掩飾自己的懦弱，就像「他」在妓女面前隱藏自己的懦弱一樣，敘事者也對讀者做了同樣的事。當然這種涵義並非讀了馬上就能了解，文章讀著讀著突然發現有個 We 出現很

奇怪，後來又回到 he，在思考為什麼會這樣之後，才得到結論。這種手法正是海明威文章的深奧之處。

教師譯例

第五章

　　早上六點半六個閣員背對醫院的牆被射殺了。中庭到處積起水窪。中庭的踏腳石上有沾濕的落葉。雨下得很大。醫院每扇百葉門都被釘牢。一個部長罹患了傷寒。兩個士兵抱著部長下樓走進雨中。他們想讓部長背靠牆壁站著不過部長卻坐在水窪裡。其他五人異常安靜地背對牆站著。最後軍官告訴士兵們想讓部長站起來只是白費工夫。第一次齊聲射擊時部長坐在水窪中將頭放在雙膝上。

第七章

　　在福薩爾塔壕溝被砲彈炸得粉碎時，他貼地趴下，汗水淋滴，啊主耶穌基督請讓我離開這裡，口中不斷祈禱。主耶穌求求祢請讓我離開。主基督求求祢我求求祢了主基督。如果能保住我的命我一切都聽祢的。我相信祢的力量。我會告訴全世界只有祢是最重要的。

求求祢求求祢主耶穌。砲彈攻擊戰線往更前方移動。我們開始修復壕溝，到了早上太陽升起，白天悶熱又晴朗寧靜。隔天晚上回到梅斯特雷，他沒有對在玫瑰別墅一起上二樓的女孩說起耶穌。後來他也沒有告訴任何人。

7

勞倫斯·韋施勒
Lawrence Weschler

吸入孢子
Inhaling the Spore

Deep in the Cameroonian rain forests of west-central Africa there lives a floor-dwelling ant known as Megaloponera foetens, or more commonly, the stink ant. This large ant—indeed, one of the very few capable of emitting a cry audible to the human ear—survives by foraging for food among the fallen leaves and undergrowth of the extraordinarily rich rain-forest floor.

On occasion, while thus foraging, one of these ants will become infected by inhaling the microscopic spore of a fungus from the genus Tomentella, millions of which rain down upon the forest floor from somewhere in the canopy above.Upon being inhaled, the spore lodges itself inside the ant's tiny brain and immediately begins to grow, quickly fomenting bizarre behavioral changes in its ant host. The creature appears troubled and confused, and presently, for the first time in its life, it leaves the forest floor and begins an arduous climb up the stalks of vines and ferns.

Driven on and on by the still-growing fungus, the ant finally achieves a seemingly prescribed height whereupon, utterly spent, it impales the plant with its mandibles and, thus affixed, waits to die. Ants that have met their doom in this fashion are quite a common sight in certain sections of the rain forest.

The fungus, for its part, lives on: it continues to consume the brain, moving on through the rest of the nervous system and, eventually, through all the soft tissue that remains of the ant. After approximately two weeks, a spikelike protrusion erupts from out of what had once been the ant's head. Growing to a length of about an inch and a half, the spike features a bright orange tip, heavy-laden with spores, which now begin to rain down onto the forest floor for other unsuspecting ants to inhale.

柴田 我先簡單說明一下收錄習題文章的這本書。這本是由記者勞倫斯‧韋施勒所寫的《Mr. Wilson's Cabinet of Wonder》，非常有趣。現在已經有美鈴書房出的日文譯本《ウィルソン氏の驚奇の陳列室》（威爾森先生的驚奇陳列室）。

Cabinet of Wonder 這種說法有時也常說成 cabinet of curiosities，有一段時期在德國很流行，所以也會直接用德文說 Wunderkammer，意思是「驚奇小屋」，用來展示珍奇文物的房間。艾倫‧科茲威爾（Allen Kurzweil, 1960 －）這個作家也寫過一篇長篇小說《A Case of Curiosities》，故事一樣是從收集了奇珍異寶的老箱子說起，也很有意思，後來也出了日文譯本，書名是《驚奇發明家的遺書》。

歐洲人在大航海時代之後開始到世界各地航海，然後帶回許多珍品。時代來到十八世紀，這些珍品開始被分門別類。植物學在十八世紀由林奈（Carl Linnaeus, 1707 － 1778）建立了分類學，十八世紀可說是人類用科學分類來整理世界萬物的時代，大家都很相信所謂的秩

序、理性。十八世紀也被稱為 The Age of Reason（理性的時代），從某個角度來看，現代也在這條延長線上。

相較之下，十七世紀的西方還沒有用有系統的形式來梳理世界。許多新事物突然湧入西方，也還沒經過整理，可以說是一個混沌時代。在這個時代，科學家建立各種系統進行研究還不盛行，有錢人倒是出於興趣到處收集各種珍奇寶物，而擺放這些收藏品的就是 cabinet of curiosities。

發給各位的講義上那張圖，有隻鱷魚貼在天花板上。

這裡是義大利拿坡里的費蘭特‧伊佩拉脫博物館，這張圖收錄在《拿坡里人費蘭特‧伊佩拉脫的自然歷史》（1599）這本書中。

以前的歐洲人經常會空出房間，專門用來擺放收集自世界各地的珍奇寶物。今天習題的作者勞倫斯‧韋施勒是很有趣的記者，作風獨特的漫畫家班‧凱卻（Ben Katchor, 1951 －）等人也是因為韋施勒在《紐約客》上所寫的一篇報導而一舉成名。就是韋施勒發現了類似 cabinet of curiosities 的現代版。大衛‧威爾森（David Hildebrand Wilson）這個人在洛杉磯郊外開了一間非常奇妙的博物館，叫做「侏羅紀科技博物館」（Museum of Jurassic Technology），這個博物館裡展示了這次習題文章裡提到的螞蟻，旁邊還有諾亞方舟的碎片，分不出到底哪些是珍品、哪些是假貨贗品。我沒去過，但是聽說很有意思。

這次請各位譯的這奇怪螞蟻的故事，就出現在韋施勒這本書的開頭。記者寫的文章基本上語氣都比較淡漠，不過這裡描述的畢竟是奇

怪的內容，韋施勒的文章也很有味道，整體有種幽默感。相對於顯而易見的誇張幽默，面無表情引人發笑的幽默在英文裡叫做 deadpan，這篇文章整體就很有這種 deadpan humor。書寫者正色凜然，覺得沒什麼好笑的，但讀者卻覺得莫名可笑。看了大家的譯文這些地方都重現得非常出色。批改的時候感覺整個人神清氣爽。

我前言太長了，那就開始進入正題吧。

Deep in the Cameroonian rain forests of west-central Africa there lives a floor-dwelling ant known as Megaloponera foetens, or more commonly, the stink ant. This large ant—indeed, one of the very few capable of emitting a cry audible to the human ear—survives by foraging for food among the fallen leaves and undergrowth of the extraordinarily rich rain-forest floor.

學生譯文 1

中西非喀麥隆的熱帶雨林深處，有一種叫做 Megaloponera foetens，一般以惡臭螞蟻為人所知的原生蟻。這種大螞蟻其實是少數可以發出人類能聽到的聲音的一種蟻類，以在熱帶雨林營養相當豐富的地面的草和落葉之間尋找食物維生。

柴田 英文比較有問題的應該是最後的部分吧。The fallen leaves and undergrowth of the extraordinarily rich rain-forest floor，大家的譯文分成兩派。有些人把 the fallen leaves 看成一組，後面 undergrowth 以下直到句子最後為另一組，把 the fallen leaves 和 undergrowth 以下所有部分視為同位語。另外也有不少人把 The fallen leaves 和 undergrowth 視為同位語，覺得 of the extraordinarily rich rain-forest floor 是針對這兩者而言。我先說結論，正確的應該是後者，the fallen leaves 和 undergrowth of the extraordinarily rich rain-forest floor 如果是同位語，那麼 fallen leaves 前面有 the，照理來說 undergfowth 前

面也應該有 the。the 加在 fallen leaves 之前，undergrowth 前沒有，就不會讓人以為這兩者是成對的。所以 of 以後應該是針對 the fallen leaves 和 undergrowth 兩者而言。

學生譯文基本上很好，不過這個「原生」是單純的誤譯。所謂 floor-dwelling，簡單的說就是指不是住在樹上，而是棲息在地面、地表的意思，所以這裡的「原生」就是個單純的錯誤……該怎麼改好呢？改成「棲息在地面」吧。

A　學生譯文最後這句非常長。「其實是少數可以發出人類能聽到的聲音的一種蟻類」，這裡英文也用了破折號，我自己是用了括弧「這種巨大螞蟻（其實是可以發出人耳朵能聽見的聲音的少數種類之一）……」。

柴田　這樣也可以，不過括弧裡有點長呢。總之，重點在於英文的破折號中間的音量說明。

這個 indeed，學生譯文翻成了「其實……」，但是說了「其實」好像在表示跟前面講的內容相反，或者強調不同內容，但是這裡並沒有這個意思。並不是逆接，而是順接。這裡的 indeed 幾乎跟「不僅如此」的意思很接近了，大概是「不只體型大」這種感覺，畢竟聲音大到人類的耳朵都聽得見呢。有幾個人把 audible 譯成「可聽範圍」，也就是人類能聽見的音頻，但意思並不是這樣的。這麼一來 indeed 的意思就不通了。

所以像剛剛 A 說的，用括弧讓文章更好懂確實是一個方法。但是學生譯文的企圖我也可以了解。這裡全部都用敬體來翻譯，相當好懂。可能是想寫成兒童圖鑑或者科學百科那種筆調吧。這類書籍裡就不太會用到破折號或者括弧，維持現在這的型態比較適合。

不過如果這樣的話，「其實」後面的句子也需要改寫……比方說我的譯文裡沒有寫「少數種類中的一種」，只寫了「罕見的螞蟻」這樣如何？「……種類中的一種」，又是「種類」又是「一種」，有兩個「種」

字，感覺更加累贅。像是「世界上最有名的科學家中的一人」這種句子聽起來就不太習慣。這時候「少數種類中的一種」其實就是在講「少見的」，我覺得直接說「罕見的螞蟻」就行了。其他部分也是一樣，最好盡量讓文章擺脫嚴謹，用比較平易的方式來處理。extraordinarily rich... 譯成「營養相當豐富的地面」也很奇怪。「地面」我們不會說「營養」，其實可以改成「豐饒」，但是這兩個字太難寫了（笑），改成「肥沃」吧。

學生譯文 1　修正案

> 　　中西非喀麥隆的熱帶雨林深處，有一種叫做 **Megaloponera foetens**，一般以惡臭螞蟻為人所知、棲息在地表的螞蟻。這種罕見的大螞蟻可以發出人能聽到的聲音，在熱帶雨林極為肥沃的地面所生長的草和落葉間尋找食物維生。

B　　考慮到剛剛老師說的 deadpan，我覺得整體來說用專門術語是不是比較有趣？原文也有些看起來很專業的用語，如果能反映在日文上應該滿好玩的。

柴田　嗯，不過在這段裡大概只有 Megaloponera foetens 這個學名，除此之外沒有什麼特別的專門術語呢。emit 也不算什麼特別的用字，forage 就是一般「覓食」的意思⋯⋯

B　　或許是吧，不過我覺得整篇文章應該可以往這個方向走。

柴田　這確實不是一篇讀來流暢通順的文章。譯文也可以稍微咬文嚼字一下，像是有人翻「所謂通稱惡臭之蟻」，還有其他地方出現的「宿主」等等，可以下一些這樣的工夫。統一調性也是可行的一招。那我們來看下一段吧。

> On occasion, while thus foraging, one of these ants will become

infected by inhaling the microscopic spore of a fungus from the genus Tomentella, millions of which rain down upon the forest floor from somewhere in the canopy above.

學生譯文 2

偶爾在尋找食物時，有些螞蟻會吸入一種叫革菌的微小孢子而生病。這數百萬的孢子從熱帶雨林的上層的茂密樹林往地面降下。

柴田 這個部分如何？「偶爾在尋找食物時，有些螞蟻……」這樣的寫法可以避免把 one of these ants 譯成「這些螞蟻中的一隻」，這裡處理得不錯。另外下一句 will become infected 的 will，這裡並不是未來式。就文法上來說，這是表現現在習慣的 will。我們經常聽到表示過去習慣的 would，比方說國中時候都學過 He would often say…「他以前經常說……」這種句型吧，換成 will 就是現在式的版本。這種用法並不常見，一般口語也幾乎不用，不過書寫中偶爾會有這種 will 的寫法。至於為什麼這麼少用，可能只是因為用現在式來寫意思也沒什麼太大不同吧，這裡其實用 becomes infected 也可以，意思跟譯文裡的「變成感染的狀態」很接近。「變成……的狀態」跟「……了」在意義上幾乎沒什麼不一樣。

C 老師的譯文逗點很多，有什麼特別理由嗎？

柴田 我看看，我譯成「偶爾，……尋找食物時，……當中，……」嗯，這裡可以說是這篇文章的關鍵，最重要的地方，所以我這樣的寫法是希望讀者可以慢慢閱讀、仔細看清楚內容。如果沒有這層需求……啊，不過好像也差不了多少呢。頂多可以把「微小孢子」後面的逗號拿掉，但是幾乎沒有改變。「偶爾」後面的逗號也可以不要。大概就這些差別吧。

我們上次上課的時候說過，當形容詞的排列方法很不尋常時，例如

並非平常會排列在一起的形容詞，而是組合上有點奇怪的時候，為了希望讀者能仔細閱讀，會使用比較多的逗號。在這裡雖然沒有奇怪的形容詞並列，不過文章的內容很不尋常，所以一樣希望大家可以多花一點時間閱讀然後放進腦中。

D 　學生譯文「熱帶雨林的上層的茂密樹林」，這裡重複了兩個「的」。

柴田 　對。只要「熱帶雨林上層的樹叢」就可以了。這裡的原文是 canopy，canopy 在大部頭的英和辭典裡應該可以找到「樹冠」這個譯語，不過在這裡不是指這種專業術語，其實就是「天幕」的意思。樹林在熱帶雨林裡生長得相當茂密，仰頭望去看不見遼闊的天空，上方都是茂密的樹葉。只要把這種感覺譯出來就好。

E 　我不太清楚生物學用語，不過如果把「吸入……孢子而生病」這句改成以「孢子」為主詞，變成「孢子被螞蟻吸進、侵入體內」如何？

柴田 　嗯，最好能表現出侵入體內，或者有奇怪東西跑進去讓螞蟻變得不正常的感覺。只說「生病」，驚悚感確實有點薄弱。很多人譯成「感染」、「侵襲」，我也譯成「侵襲」，不過這樣一來就必須加個「受其」，變成「受其感染」、「受其侵襲」才行。如果用孢子當作主詞，也可以解決這個問題。

學生譯文 2　修正案

　螞蟻尋找食物時，一種叫革菌的微小孢子偶爾會被螞蟻吸入、侵入體內。這數百萬的孢子，從熱帶雨林頂上的茂密樹叢往地面降下。

> Upon being inhaled, the spore lodges itself inside the ant's tiny brain and immediately begins to grow, quickly fomenting bizarre behavioral changes in its ant host.

學生譯文 **3**

　　那些孢子被吸入之後馬上會寄生在螞蟻小小的腦中，迅速成長。然後馬上在宿主螞蟻身上引起奇妙的習性變化。

F　　「馬上」、「迅速」、「馬上」這幾個地方有點重複。

柴田　對，用了兩次「馬上」，最好能改掉其中一個。換掉其中一個感覺就很不一樣。例如把一開始的句子改成「一被吸入就⋯⋯」就會好很多。「那些孢子一被吸入就寄生在螞蟻小小的腦中，迅速成長。」下一句開頭的這個「馬上」應該從 quickly 來的，不過以這篇文章的節奏看來用「不要多久」應該會更好。「腦中」這裡，拜那本內容可疑的書所賜，大家好像都很習慣說「腦內」了[38]，也可以這麼用。

學生譯文 **3**　　修正案

　　那些孢子一被吸入就寄生在螞蟻小小的腦中，迅速成長。然後不要多久就在宿主螞蟻身上引起奇妙的習性變化。

The creature appears troubled and confused, and presently, for the first time in its life, it leaves the forest floor and begins an arduous climb up the stalks of vines and ferns.

學生譯文 **4**

　　螞蟻很明顯地開始痛苦、混亂，不久之後，牠們生來第一次離開地面，辛苦地爬上葡萄或蕨類樹幹。

G　　creature 可以直接譯成「螞蟻」嗎？

柴田　The creature appears troubled and confused 這裡嗎？這裡的creature 如果譯成「生物」反而是錯的。在這裡只是為了避免重複說

38　指日本《腦內革命》系列書籍。

the ant 才換個詞彙，這時候直接用「螞蟻」比較好。例如 the poor creature，也不會說「可憐的生物」，而是指「可憐的螞蟻」。

vines 不一定是指葡萄，這裡應該改成藤蔓或者爬藤。我自己譯成什麼？「爬藤和蕨類」啊，如果是「爬藤和蕨類」就不需要後面的「樹幹」了。「很明顯地開始痛苦、混亂」跟 appears troubled and confused 比較起來有一點太強烈。「很明顯地」差不多是 obviously 的感覺，appears 的意思沒有那麼強烈。

另外順便講一下 apparently 這個字，這應該算是 appear 的副詞形。這個字在現代英文裡大概都是指「似乎是」的意思，幾乎沒有「很明顯地」或者「顯而易見」的意思。雖然理論上來說兩個意思都有，因為 apparently 字面上的意思是「從 appearance 看來」，所以也可以是「顯而易見」、「外表上看來」的意思，可是在現代英文裡多半較常是「外表上看來」。

> **學生譯文 4　修正案**
>
> 　　螞蟻顯得痛苦、慌亂，不久之後，牠們生平第一次離開地面，辛苦地爬上藤蔓和蕨類。

> Driven on and on by the still-growing fungus, the ant finally achieves a seemingly prescribed height whereupon, utterly spent, it impales the plant with its mandibles and, thus affixed, waits to die. Ants that have met their doom in this fashion are quite a common sight in certain sections of the rain forest.

> **學生譯文 5**
>
> 　　螞蟻被不斷增殖的孢子操控，終於來到看起來事先設定好般的高度，彷彿顯得筋疲力盡，將下顎刺在植物上、固定身體，等待死亡。這種悲慘死狀的螞蟻，在熱帶雨林的某個地區相當常見。

柴田　我遇到 finally 這個字總是很猶豫該怎麼譯。意思比「到頭來」再弱一些，又比「結果」更強。另外像天氣預報中講到「……地方……，……地方下雨，最後……地方……」此時的「最後」也會用 finally。其他情況也經常把 finally 譯成「最後」。不過這裡用「終於」應該就可以吧。

F　　我想問個比較細的問題，a seemingly prescribed height 這裡譯成「看起來事先設定好般的高度」，我覺得「看起來……般」這裡意思不太對。如果是「似乎事先設定好」還可以理解，「看來」不太需要吧？

柴田　如果改成「彷彿」如何？

F　　我覺得可以。

柴田　那就改成「彷彿事先設定好的高度」吧。緊接著後面的這一句「彷彿顯得筋疲力盡」，重複了兩次「彷彿」，就把第二個彷彿刪掉，「顯得筋疲力盡」就行了。

　　再來最後「相當常見」跟 quite a common sight 比起來稍微弱了一點，改成「司空見慣的情景」吧。

> **學生譯文 5　修正案**
>
> 　螞蟻被不斷增殖的孢子操控，終於來到彷彿事先設定好的高度，顯得筋疲力盡，將下顎刺在植物上、固定身體，等待死亡。這種螞蟻的悲慘死狀，在熱帶雨林的某個地區可說是司空見慣的情景。

接著看下一段。

> The fungus, for its part, lives on: it continues to consume the brain, moving on through the rest of the nervous system and, eventually, through all the soft tissue that remains of the ant. After approximately two weeks, a spikelike protrusion erupts from out of

what had once been the ant's head. Growing to a length of about an inch and a half, the spike features a bright orange tip, heavy-laden with spores, which now begin to rain down onto the forest floor for other unsuspecting ants to inhale.

學生譯文 6

　　菌會繼續生長。利用完腦然後擴散到其他神經細胞，最後再擴散到所有剩下的軟組織。大約兩週後，像釘子般的突起物會打破螞蟻原本的頭部跑出來。長到大約 1.5 英吋左右的長度後，釘子的前端會沾滿許多孢子，成為鮮明的橘色。然後這些孢子降落到了毫無疑慮將其吸入的螞蟻們所棲息的地表上。

H　　譯文裡寫的是 1.5 英吋，但我自己讀起來也覺得不好懂……我每次翻譯這些單位也都得一一去查，換算成公分譯出來，這裡保留英吋就行了嗎？

柴田　　不能一概而論，如果文章的重點在於讓人了解實際長度，那我覺得應該要換算比較好。

　　相反地，有時候比起具體長度，可能更重視數字本身的感覺。例如〈離家五百哩〉這首知名老歌。「我已離家五百哩……」這句歌詞的重點在於已經離很遠了，如果是「離家八百公里……」聽起來就不像歌了（笑）。

　　不過在這篇文章裡，最好能夠讓讀者了解這個像角一樣的東西到底有多長，所以我想翻成「四公分」或者「將近四公分」比較好。

　　研究英文或近代西洋史的各位請對英吋大約多長有個大致概念啊，就當成一種雜學。一英哩大約是一・六公里，另外一英磅大概等於〇・四五公斤重、一英吋等於二・五公分，這些請大家記住。一碼只要知道大概跟一公尺差不多就行了。還有什麼常用單位呢……

I 一英畝也要換算比較好嗎？

柴田 我對英畝一點概念都沒有。那英畝該換算成什麼比較有感覺？

I 公畝……？

柴田 我對公畝或公頃一樣完全沒概念（笑）。我大概只知道平方公尺吧，還有坪（笑）。

D 第三行的「打破螞蟻原本的頭部」，既然跑出來的是「像釘子般的突起物」，應該用「刺穿」會比「打破」好。

柴田 有道理有道理。原文是 erupts 呢。

學生 這一段第一行的 continues 好像沒有譯到。

柴田 continues to consume the brain 這裡嗎？這裡學生譯文譯成「利用完腦後」，嗯，這裡用「利用」，意思好像也有點不一樣，如果換成「繼續侵蝕腦部」如何？

J 上一段裡 meet one's doom 的學生譯文我覺得有點怪。我覺得不應該用「死」這種一般的表現，換成「終結自己的命運」比較好。

柴田 這個嘛，如果說「終結自己的命運」，不會有種壽終正寢的感覺嗎？meet their doom 不是這種壽終正寢的感覺，像學生譯文 5「悲慘死狀」的譯法才是比較正確的。如果譯成「結束」這樣聽起來好像安享天年的感覺，意思就不太對了。

　　doom 這個字雖然跟 fate 或者 destiny 一樣譯成「命運」，不過每個字的語意都不太一樣，destiny、fate、doom……有依序愈來愈灰暗的感覺。所以有時候 doom 不要譯成「命運」，譯成「毀滅」反而比較理想。一般我們說「命中注定」是指 destiny。這個字沒有特別正面或負面的意思。以前有首流行歌 "You Are My Destiny" 譯成〈你是我命中注定的那一個〉，如果叫做 "You Are My Doom"，就是〈你是我的毀滅〉（笑）。至於 fate 的話，意思大概比較接近我們說的「宿命」吧。

「宿命」聽起來有一點陰暗的味道。doom，除了前面說的「毀滅」之外，有時候也可以譯成「劫數」，比方說 The project was doomed from the beginning，意思是「這個計畫從一開始就有劫數」、「這個計畫注定要受挫」等等。

我們再回到這一段最後一句，「然後這些孢子會降落到毫無疑慮將其吸入的螞蟻們所棲息的地表」。聽起來節奏還不錯，也不是不行，不過有點說明過頭的感覺。unsuspecting 這個字翻成「毫無疑慮將其吸入」，整個句子有點長，不過翻得不差，不改動也行。只是我覺得也不妨簡單一點，「一無所知」就可以。

另外有一點是我自己最近才發現的，other... 或者 the rest，其實不太需要譯出來。只要說「一無所知的螞蟻」就行了。就算不特地說「其他的螞蟻」也可以知道不會是同樣的螞蟻，我想這樣就夠了。有時候看情況也可以翻成「夥伴」。

K　這樣一來最後的 to inhale 到哪裡去了？我覺得這裡以文法功用來說應該是表示結果的 to，所以翻成「……降下，讓牠們吸入」，讓文章結束得有點 B 級恐怖片的感覺。

柴田　這裡的 to 不是指結果，應該是目的。for... to... 是「讓……做……」的意思。

修改之後確實「吸入」就不見了，這樣好像愈改愈接近我自己的譯文，「被牠們吸入」怎麼樣？今天還有很多時間，不過偶爾也提早下課吧。

學生譯文 6　修正案

　　菌會繼續生長，繼續侵蝕腦部後擴散到其他神經細胞，最後再擴散到所有剩下的軟組織。大約兩週後，釘子般的突起物會刺穿螞蟻原本的頭部跑出來。長到大約四公分左右的長度後，釘子的前端會沾滿許多孢子，成為鮮明的橘色。然後這些孢子降落到一無所知的螞蟻們棲息的地表上，被牠們吸入。

〈吸入孢子〉

勞倫斯・韋施勒

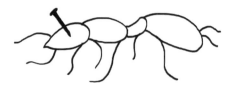

額上長角的 Megaloponera foetens
（喀麥隆・臭蟻）

中非中西部喀麥隆的熱帶雨林深處，有種俗稱為惡臭螞蟻、棲息在地表的螞蟻，學名叫做 Megaloponera foetens。這種大螞蟻——其實這種螞蟻能發出人類耳朵能聽到的聲音，是相當罕見的種類——在熱帶雨林極為豐饒的地面上靠落葉和草間的食物維生。

偶爾，當牠們尋找食物時，這些螞蟻當中有的會吸進革菌屬的菌類微小孢子，被菌侵襲。這數百萬的孢子會從熱帶雨林頂上的葉叢往地面降下。孢子被吸入後，便會賴在螞蟻小小的腦髓中，迅速成長，不要多久，就引發了宿主螞蟻在行動上的奇妙變化。螞蟻顯得困惑、慌亂，不久之後，牠們生來首次離開地面，辛苦地開始攀爬藤蔓和蕨類的莖。

螞蟻被依然繼續增殖的菌類驅動，終於到達彷彿預先設定的高度。來到這裡後，牠們身軀疲憊，將下顎刺向樹枝，像把身體掛著般，等待死亡。在熱帶雨林的好幾個地區，這種螞蟻的死狀都是稀鬆平常的光景。

同時，菌還在繼續生長，持續侵蝕著腦部，然後進軍神經細胞，最後連剩下的軟組織也吞噬得一乾二淨。大約兩週後，螞蟻原本頭部的位置長出釘子般的突起，這些突起物最後長到約四公分左右長，前端呈鮮明的橘色，擠滿了孢子。這些孢子再次降落到樹林地面，等著被一無所知的螞蟻們吸入。

8

理查‧布勞提根
Richard Brautigan

太平洋收音機之火
Pacific Radio Fire

The largest ocean in the world starts or ends at Monterey, California. it depends on what language you are speaking. My friend's wife had just left him. She walked right out the door and didn't even say good-bye. We went and got two fifths of port and headed for the Pacific.

It's an old song that's been played on all the jukeboxes in America. The song has been around so long that it's been recorded on the very dust of America and it has settled on everything and changed chairs and cars and toys and lamps and windows into billions of phonographs to play that song back into the ear of our broken heart.

We sat down on a small corner-like beach surrounded by big granite rocks and the hugeness of the Pacific Ocean with all its vocabularies.

We were listening to rock and roll on his transistor radio and somberly drinking port. We were both in despair. I didn't know what he was going to do with the rest of his life either.

I took another sip of port. The Beach Boy were singing a song about California girls on the radio. They liked them.

His eyes were wet wounded rugs.

Like some kind of strange vacuum cleaner I tried to console him. I recited the same old litanies that you say to people when you try to help their broken hearts, but words can't help at all.

It's just the sound of another human voice that makes the only difference. There's nothing you're ever going to say that's going to make anybody happy when they're feeling shitty about losing somebody that they love.

Finally he set fire to the radio. He piled some paper around it. He struck a match to the paper. We sat there watching it. I had never seen anybody set fire to a radio before.

As the radio gently burned away, the flames began to affect the songs that we were listening to. A record that was #1 on the Top-40 suddenly dropped to #13 inside of itself. A song that was #9 became #27 in the middle of a chorus about loving somebody. They tumbled in popularity like broken birds. Then it was too late for all of them.

柴田　今天開始討論翻譯之前，先跟大家聊聊理查‧布勞提根這位作家。

　　一般學術研究很少提到他，不過他其實是二十世紀後半相當重要的作家，至少也形成了一道分水嶺，在美國從一九六〇到七〇年代非常受歡迎，尤其在西岸，他與馮內果（Kurt Vonnegut, 1922 － 2007）並稱，是嬉皮眼中的偶像作家。

　　讀了作品大家應該就能了解，這篇的內容相當超現實，跟現實相當脫節──收音機燃燒的過程中四十首暢銷金曲漸漸改變，這可不是現實中能夠解釋的現象，但是文章卻沒有實驗性或者前衛的味道。當時還沒有這種說法，但其實這就是一種流行。流行超現實主義（Pop Surrealism），這類風格大概就是始於這位作家。

同時代有另一位知性、優雅的作家唐納德‧巴塞爾姆（Donald Barthelme, 1931 – 1989）。在文學史的課堂上講到後現代主義時代的六〇、七〇年代一定會提到。他離開大學後一直住在紐約，主要寫短篇供稿給《紐約客》雜誌。今天我們討論的布勞提根作品裡提到了海灘男孩，而巴塞爾姆因為曾經在美術館工作，對當代藝術很熟，所以作品裡經常提到紐約的藝術界，有那麼一點高知識份子的感覺。一般總認為巴塞爾姆聲勢比較高。

當然巴塞爾姆也是很出色的作家，不過最近大家從後來的發展看到布勞提根的重要性，也開始認知到他的流行超現實風格。尤其在日本，村上春樹先生的活躍應該是很大的要因。我之前好像提過，村上先生自己說過他的文章受到幾位作家的影響，其中一位就是布勞提根。一想到現在全世界的人都在讀村上先生的作品，布勞提根的意義或許也不單只是一位美國作家了吧。

另外，布勞提根在日本翻譯史上也是很重要的人物。布勞提根作品中最有名的是這本《美國釣鱒記》，由藤本和子女士所翻譯。這本作品為日本翻譯史造成極大的影響。我買這本書的時候大概跟各位差不多年紀吧，1975 年，我二十歲的時候，買回來一讀，簡直驚為天人。

當然那時候還沒有這種稱呼，不過他筆下既流行又超實的內容令人耳目一新，給我很大的衝擊。說到美國的釣魚文學，當然不能不提到海明威，不過從《美國釣鱒記》這個標題看來，就知道這是在開海明威的玩笑。海明威那種陽剛英雄的形象，開始呈現漫畫般的崩解。非常新鮮。

我感受到的另外一個衝 是翻譯的精采。藤本女士的翻譯相當出色。我讀了之後心想，原來翻譯的語言可以這麼鮮活。在這之後出現的美國文學譯者例如青山南、齊藤英治、岸本佐知子，當然還有村上春樹，這些人可說都受到了藤本譯文的影響。大家可以參考一下這次作品的藤本譯文，就能知道其中的精湛之處。按照慣例，一樣會放上我的譯

文，不過就像猜拳慢出一樣，我幾乎完全被藤本譯文牽著走。

再回到剛剛美國文學的脈絡。布勞提根可以說是六○到七○年代的小眾偶像，不，也不能說小眾，實際上他的書也賣得不錯。總之他算是嬉皮世代的英雄般的存在。六○年代氛圍下的天之驕子。後來六○年代的熱度急遽冷卻，布勞提根也突然過氣。這樣聽來他好像運氣很差，不巧的是他本人的新作的品質也下降，許多狀況剛好都湊在一起。

兩年前，當年翻譯了《美國釣鱒記》的藤本和子女士出了一本書，書名就叫《理查‧布勞提根》（新潮社）。這本書介於研究書籍和論文集之間，內容相當精彩。可能因為藤本女士撰寫這本書的原因，絕版的布勞提根作品重新再版，最近大家又開始讀他的作品。現在重讀他的小說，像是這篇取自《草地的復仇》短篇集的〈太平洋收音機火災〉，比以前更明顯感受到這個作者對於受過傷、崩潰的人的同理心。

我試著想了想還有哪些類似的作家，應該就是瑞蒙‧卡佛了吧。他大約活躍於七○到八○年代，比布勞提根晚十到十五年，筆下的小說一樣以西岸為舞台，一樣將目光投向活在社會角落傷痕累累的人。卡佛比較走現實主義的路線，晚年雖然有寫一點幻想類的故事，但是基本上不太寫。感覺就好像在卡佛寫小說之前，布勞提根先寫了戲仿卡佛的版本一樣，順序顛倒了過來。

我雖然說戲仿，但並沒有開卡佛玩笑的意思。他們兩人關注的對象都一樣，不過卡佛以比較直接、現實的方法來書寫，而布勞提根則用流行的設計來包裝，差別大概就在這裡。正常狀況應該是先有卡佛的直球，然後再有這種變化球。

這種不同當然也有時代的差異。在六○年代，文化和大眾都對脫軌這件事比較寬容，或者說是不害怕脫離。七○、八○年代從許多方面看來都是比較保守的時代，首先是政治上的保守，小說等創作也回到以保守形式為主流。但畢竟是形式上的保守，內容不見得跟政治一樣保守。總之，布勞提根的小說可以說是在一種不符合現實也無所謂的

空氣中所寫成。不過布勞提根自己也可以算是形成這股空氣的人之一。

　　這次大家給這篇作品加上的標題有很多版本，相當有趣。有人覺得這像是三題故事[39]，還有人用「太平洋與收音機與火」，或者「太平洋、收音機、火焰」等，並列三個名詞，我覺得這也有其道理。另外還有寫成一個完整句子，例如「在太平洋燃燒收音機」這種寫法，很適合作品本身的奇妙感。也有人全部都用片假名パシフィック・ラジオ・ファイヤ（Pacific Radio Fire）來寫，這也是一種手法。不過如果要用片假名，收音機不如寫接近英文發音的「レイディオ」（Radio）[40]。電台司令Radiohead我們通常說レイディオヘッド，應該不會說ラジオヘッド吧。

　　那我們開始看今天的內容。

　　The largest ocean in the world starts or ends at Monterey, California. it depends on what language you are speaking. My friend's wife had just left him. She walked right out the door and didn't even say good-bye. We went and got two fifths of port and headed for the Pacific.

---

39 原文為「三題噺」（さんだいばなし），指日本幕府時代開始流行的落語即興創作方式：由現場客人任選三個標題，交給落語家臨場發揮。

40 レイディオ發音為 RE－I－DI－O，是依照 Radio 的美式發音形成的外來語；ラジオ發音為 RA－JI－O，是日本人以五十音發音習慣來發 Radio 音所形成的外來語。

翻譯教室

學生譯文 **1**

　　加州的蒙特雷是世界最遼闊的海洋的起點，或者說終點。就看那個人說什麼語言而定。我朋友的太太離開了。開門後直接走開，甚至連再見都沒說。心情低落的我們喝了五分之二瓶的波特紅酒，然後前往太平洋。

柴田　最後波特紅酒這裡是誤譯。got two fifths of port 只要翻成「買來兩瓶波特紅酒」就行了。這部分跟學問無關，關鍵在於是否具備英語的日常常識。日本酒不是也有一升瓶嗎？同樣地，在英語裡這個 fifth 指的就是五分之一加侖，也就是一瓶的大小。特別是威士忌，多半都是 750 毫升。所以這裡的 got two fifths of port，就是買了兩瓶五分之一加侖瓶裝的波特紅酒。「五分之一加侖瓶裝」譯出來也可以，不過這是很理所當然的容量，大概就跟說 two bottles 的意思一樣，所以只說「買兩瓶」也可以。這裡改成「買兩瓶」，後面的「然後」也不需要。

　　第一句，「海洋的起點，或者說終點」這裡譯得很好。下一句「就看那個人說什麼語言而定」這裡，前面再加上「至於是哪一個」比較好懂。但是這樣一來「至於是哪一個，就看那個人……」，重複了兩個「那」，感覺很累贅，改掉前面的「哪一個」，「至於是何者就看那人說什麼語言而定」這樣就行了。

　　還有 My friend's wife had just left him 的 left him 只譯成「離開了」是正確的譯法。伴侶其中一方拋棄另一方離開，最常見的說法就是 leave……了。

　　說點題外話，同樣的狀況也可以說 His wife walked out on him，這跟英文文法有關，萬一大家不知道用法可就糟糕了。請務必記住這種 on 的用法，意思是「對……造成不利」，所以 Walk out 只是單純地離開，用了 on 就表示離開會帶來某人的不利，明知道會帶來別人的困擾還是要走。所以 walked out on 可以譯成「不顧一切地走了」。還有 Please don't die on me here 就是「拜託不要死在這個地方」。

這裡的 walk 就是「離開」的意思，如果譯成「走路」就一點意義也沒有。這種情況也不會說 went out。Went out 就只是「出去」。

下一個句子 She walked right out the door and didn't even say good-bye，這個 door 也並不好譯。當然可以譯成「門」，不過通常會譯成「玄關」。家裡會有很多扇門，不過說到 the door 一般是指玄關的門。藤本女士的譯本也沒有譯成「門」，這種情境下不要譯出來才是最自然的。還有這個略為強調的 right，這是極為常見的用法，也請大家記住。

A　我覺得在這裡說「太太」好像不太適合整體文章的語氣。

柴田　你覺得怎麼說好？

A　通常會說「妻子」吧。

柴田　好像翻成「妻子」的人最多呢。大家對 wife 的譯法有什麼想法？我也是譯成「妻子」。藤本女士用的是「老婆」呢。

不過我前面解釋過這篇作品的脈絡，他的作品裡描繪的都不是海明威式的陽剛男性，而是更脆弱、崩潰的人，考慮到這一點，其實有點軟弱的味道也不錯。這樣看來譯成「太太」可以。會不會太引人注意確實是個問題，不過這也不算是太過引人注意的奇怪字眼。

學生譯文 1　修正案

　　加州的蒙特雷是世界最遼闊的海洋的起點，或者說終點。至於是何者就看人說什麼語言而定。我朋友的太太離開了。開門後直接走開，甚至連再見都沒說。心情低落的我們買了兩瓶波特紅酒，前往太平洋。

> It's an old song that's been played on all the jukeboxes in America. The song has been around so long that it's been recorded on the very dust of America and it has settled on everything and

changed chairs and cars and toys and lamps and windows into billions of phonographs to play that song back into the ear of our broken heart.

　　有一首在全美國的點唱機播放的老歌。長久以來到處都可以聽到這首曲子，甚至連美國的骯髒塵埃上都錄著它的聲音。它附著在各種東西上，把椅子、車子、玩具、檯燈、窗戶都變成給咱們的破碎心靈播放那首曲子的無數唱機。

柴田　第一個 It 沒有寫出來代表什麼。不過很快就可以知道具體指的是什麼。學生譯文處理成「有一首……的老歌」，最標準的譯法還是「那是……的老歌」。從後面的內容還有 our broken heart 這些描述就可以知道，It 指的是流傳全美、一種類似悲傷的情緒，雖然沒有明講出來，但是這麼一想就很貼切了。

　　settle 是形容塵埃時常用的字。Dust had settled everywhere「到處都積滿塵埃」、「飄落下來」的意思。這裡用塵埃來比喻歌，翻譯的時候最好也能活用這種比喻。塵埃變成唱片，這些等於唱片的塵埃堆積在椅子、車子、玩具、檯燈、窗戶上。而唱片需要的就是唱機了，所以這些椅子車子就變成唱機，播放出塵埃唱片。是一個充滿幻想的情境。

　　settle on 在學生譯文裡翻成「附著」，翻得不錯，但還是差一點點。如果說「附著」好像跟「塵埃」搭配不起來。這裡譯成「堆積」比較好吧。

B　　我覺得「咱們」好像跟這篇文章的風格不太一致，用「我們」比較好吧？

　　柴田　道理跟剛剛說的一樣，用「太太」好像顯得太柔弱、跟文章不搭，反過來說「咱們」又太陽剛了是吧？原來如此，基本上我也同意

你的意見。用「我們」感覺比較不那麼剛硬，不過看完整篇文章就能夠自然而然地感覺到，雖然這兩人嘴上叫著「咱們」，其實挺脆弱的，那也未嘗不可。但這種寫法像在下賭注就是了。

雖然不應該一直強調男性、女性的差異，不過自從藤本和子女士譯了布勞提根之後，日文的布勞提根譯文就有種中性的味道。我腦袋裡也有很深刻的既定印象。總之，藤本和子是我唯一覺得不需要再看原書的譯者。我受她的影響很深，可能無法太客觀來評論，不過我想藤本女士應該不會用「咱們」這樣的譯法。但是就像我剛剛說的，也有可能藉由這樣的用法，以故作強勢的語氣來凸顯出脆弱，必須下一番工夫把這個企圖運用在整篇文章上。光看這一處很難說得準，不過確實是很有趣的地方。

C　最後一句我覺得語序依照英文，改成「附著在各種東西上，把椅子、車子、玩具、檯燈、窗戶都變成無數的唱機，播放曲子給我們聽。」比較好。

柴田　沒錯，這樣比較好懂。這時候比較令人猶豫的是「咱們的破碎心靈」。原文是 the ear of our broken heart，「咱們的破碎心靈的耳朵」，刻意說到「耳朵」，這裡不能省略。因為一般說到心的時候並不會聯想到耳朵。

play that song back into the ear... 不太像是路上到處都聽得到那種感覺，比較像是流動在空氣中，自然而然地進了耳中的感覺。「咱們的破碎心靈的耳朵」聽起來翻譯腔有點重，「的」也重複太多次，「咱們受傷心靈的耳朵」怎麼樣？我自己是這麼處理的。「受傷心靈的耳朵」聽起來就比較容易具體想像。不過「受傷」到底是針對哪個部分就顯得比較曖昧了。其實這也正好是一種效果。還有，「給我們聽」這裡還可以怎麼調整好呢？現在這樣並沒有傳達出 play that song back into 的 back，還是乾脆用片假名「プレイバック」（play back；重播）來處理？

D 　我覺得「破碎心靈」這種說法聽起來很不習慣。broken heart 一定是講「失戀」嗎？

柴田 　不一定。He died of broken heart 是指「他死前失意落魄」，這時是指這個人做生意失敗賠了錢。對了，還可以用「失意」這兩個字呢。不，「失意的耳朵」聽起來也有點翻譯腔。

E 　如果不用「受傷」，用「瘋狂心靈的耳朵」怎麼樣？

柴田 　「瘋狂」嗎……。「瘋狂」在一般人的眼中應該是比較負面的意義吧。我自己聽到「瘋狂」反倒覺得是正面意義（笑），不過這種對文字的認知確實有世代的差異。所以你覺得可以改成「咱們瘋狂心靈的耳朵」是嗎？說不定你們對「瘋狂」這個詞的感受是跟我不一樣的，聽到「咱們瘋狂的心靈」，我會有種這個人豁出去了、放膽跳脫社會的感覺，我覺得布勞提根的信徒應該沒有這種自信。如果要往這個方向想，換成「崩潰」怎麼樣？我覺得「崩潰的心靈」也可以試試。假如從 E 的精神出發，讓我來選擇用字的話，這裡我應該會用「崩潰」吧。

F 　我想回到前面，文章沒有明示出 It 指的是什麼這裡……有沒有可能是指前一段的內容？

柴田 　這確實是最安全的想法。指前一段內容，也就是說 It 指的是太太離家、跟朋友一起買酒，不勝唏噓的這個「狀態」。那麼這一段意思就變成太太離家這種情境，可說是自古以來普遍發生在美國的狀況。我剛剛把 It 解釋得更加普遍，「一種類似悲傷的情緒」，不過在上一段中就有一個具體例子。

　就這個方向來思考，再考慮剛剛 F 的意見，那麼你覺得 It's an... 不要譯成「那是……的老歌」，而是像學生譯文一樣「有一首……的老歌」比較正確嗎？這樣一來 It 指的是什麼就更不好懂了吧？

F 　我覺得如果 It 有具體指涉的對象，就應該表示出來。

柴田 這樣的話，與其翻成「有一首在全美國的點唱機播放的老歌」，還不如「那是在全美國的點唱機播放的老歌」。

藤本女士的譯文並沒有用「那是」，她以「沒錯，就是……的老歌」這樣的語氣來表現承接前文，這部分處理得很高明。

不過像學生譯文「有一首……的老歌」，就像是「在這裡稍微換個話題」的感覺，隨著文章逐漸推進，可以讓人發現「啊，原來一直在講同一件事啊」，這樣的譯法其實也不錯。

還有，我總覺得「那是……」帶點翻譯腔，It's an old song 裡 It's 很自然，語氣跟以「那是」開頭的句子還是不太一樣。雖然我自己的譯例也是用「那是」開始，不過還是希望大家可以了解這當中的差異。

F 那可以改成「那種」嗎？「那種老歌」。

柴田 「那種老歌」嗎？我想想，用「流傳至今的老歌」可能好一點。

G 我不是很贊同，如果把 It 的意義說得那麼具體，就感受不到「甚至連美國的塵埃上都錄著它的聲音」的意境了。我覺得還是用「一種類似悲傷的情緒」來解釋，也就是錄進去的是一種氣氛，這樣從上下文看來比較自然。

柴田 你的意思是說，在第一段落所指的「那些事」只是其中一個例子，實際上還會有更多可能的情境。這樣的話應該可以回到學生譯文原本的譯法。明確說出「那是」，就會侷限在失戀、老婆離家、瘋狂的男人們沮喪失意的狀況了。

另外，學生譯文裡「甚至連美國的骯髒塵埃」這一句，可能是光說「塵埃」覺得不安，才加上了「骯髒」兩字，不過塵埃前面通常不會再另加「骯髒」了。這裡只說「塵埃」就行了。還有「甚至連」也不需要。

H 咦？可是原文裡有 very 呢？

柴田 也對，那改成「就……在塵埃上」吧。

I 話是沒錯，不過 the very dust of America 應該是在戲仿「美國暢銷金曲」這句話吧？

柴田 跟 the very best of America 很像呢？其他人也在譯文中補充加注了。如果 recorded on the very best of America 這個句子有這個意思，確實可以這麼解釋……可是雖然有 the very best of... 這種說法，但是一般並不會用 recorded on。

J 老師，我有意見。這篇文章連續說了兩次「America」。通常應該會說 the States，所以 the very dust of America 聽起來並不自然，我覺得這裡是刻意要讓人聯想到 the very best of America，才故意連續說了兩次 America。

柴田 首先，在一般對話中美國人確實比較常說 the States，不太說 America。不過在小說裡要退一步討論美國的時候，還是會用 America 這個字，畢竟布勞提根的處女作標題就是 Trout Fishing in America。他是特別講究「何謂美國」的作家。這個人的上下文並沒有那麼不自然。

看起來好像只有我一個人在孤軍奮戰呢（笑）。其實如果 dust 和 best 不押韻，連母音都一樣的話，可能就沒有這個問題了。這樣可以嗎？大家好像不太滿意（笑），總之先這樣吧。

學生譯文 2 修正案
　　有首在全美國點唱機播放、流傳至今的老歌。由於長久以來到處都可以聽到這首曲子，那聲音甚至就錄在美國的塵埃中，堆積在各種東西上，讓椅子、車子、玩具、檯燈、窗戶都變成無數唱機，在咱們受傷心靈的耳朵裡重播那首曲子。

> We sat down on a small corner-like beach surrounded by big granite rocks and the hugeness of the Pacific Ocean with all its vocabularies.

學生譯文 3

我們坐在被巨大花崗岩和包容所有字彙的廣大太平洋所包圍的美麗小海濱。

柴田 這段學生譯文只擷取這一段對他有點不公平。其實這是一篇個性獨具的譯文，大家可以試著想像，他用這種大膽手法來統一整篇文章。

這段的原文 with all its vocabularies 不太好懂，大家覺得這是什麼意思？我先想到的是，因為在海邊所以有海浪聲、風聲等等。許多海浪聲、風聲都來自大海，或者存在大海附近。再加上文章最開頭提到，這裡是起點還是終點要看說什麼語言而定。這裡混雜了許多語言。我猜想這應該也跟 vocabularies 的複數形有關。

K 前面提到塵埃上也錄進了歌聲，所以我覺得這裡指的是那首歌。

柴田 那首「悲傷」的歌？

K 我想「悲傷」在不同東西上也可能呈現不同形式，所以才會用 vocabularies 吧。

柴田 但是這裡沒有證據顯示特別是指悲傷呢。這裡原文說 the Pacific Ocean with all its vocabularies，all 有一種許多語言的感覺。這一句的重點在於太平洋包含著豐富多樣的語言。如果是這樣解讀，那就需要好好重現這一點。

我看大家好像還是沒什麼概念，這個 all 的語感大家了解嗎？比方說這裡假如寫成 with its own special vocabulary，那就是「具備獨特的語彙」。如果是 with its scant vocabulary，意思就是「語彙相當貧乏」。with all its vocabularies 的感覺就是「擁有由許多語言形成的語彙」這種意思，而這個由許多語言形成的語彙，放在這篇作品中來思考，也可以解讀為具備各種色調的悲傷。

我們先把內容擺一邊，回頭看看這段學生譯文。他完全沒有使用逗

點，而且從一開始的「巨大」一直到最後的「美麗、小」都是在形容「海濱」。通常句子的形容部分拉這麼長實在太勉強，我不建議大家這麼譯，那往往會影響到文章的整體平衡感。不過這個譯文不錯，確實帶來另一種可能性。「被巨大花崗岩和包容所有字彙的廣大太平洋所包圍的美麗小海濱」。「巨大」、「廣大」、「小」，幾乎等間隔地插入句中，形成不錯的韻律。這種強度，也就是文章風格，可以說相當突出、尖銳的譯法。假如可以從頭到尾都保持一定的調性，這也不失為一種作法。當然會是很大的冒險。

L　all its vocabularies 如果譯成「太平洋和它所訴說的一切」如何？

柴田　這也不錯。「包容所有字彙」確實不太適合大部分的譯文。這種時候為了讓文章更柔軟，類似「太平洋和它所訴説的一切」這種處理方法就很有效。除此之外再強調一下有許多語言的感覺，改成這樣如何：

學生譯文 3　修正案
　我們坐在被巨大花崗岩包圍、被太平洋和它所訴説的一切所包圍的美麗小海濱。

> We were listening to rock and roll on his transistor radio and somberly drinking port. We were both in despair. I didn't know what he was going to do with the rest of his life either.

學生譯文 4
　我們用他的晶體管收音機聽著搖滾樂，沉悶地喝著波特紅酒。我們兩人都很絕望。我對他的餘生還能做什麼，也沒有頭緒。

柴田　有人把 in despair 譯成「自暴自棄」，我大概可以了解這麼譯的用意，不過大家對於 despair 和 desperate 這兩個字好像有不少誤解，

我們之前已經解釋過一次，我希望大家能記住這些差別，作為一般知識。

despair 和 desperate 當然在語源上是相同的，不過語氣差很多。in despair 是絕望的意思。就像這兩人一樣，不知道接下來該怎麼辦。也就是說，無法延續到後來的行動。相對之下 desperate 就某種意義來說已經跨越了這種無法行動的階段，其實就是我們常說的自暴自棄。發生有人持獵槍挾持的事件，我們會說「那傢伙已經 desperate，什麼事都做得出來」，所以會譯成「豁出去了」或者「自暴自棄」。

比較起來 in despair 就是什麼也不做、不知道該做什麼好的感覺。這樣看來這裡比較適合翻成「絕望」。翻成「自暴自棄」也可以，但是「自暴自棄」這樣的說法好像只是「一個自暴自棄的人在借酒澆愁」，似乎事情並沒有太嚴重，心理失落的程度又不太一樣。

M 英文裡有 for the rest of my life 這種說法，這裡的 for the rest of 和──

柴田 和 with the rest of 的差別是嗎？很好的問題。for the rest of my life 很單純，就是指「從今以後的人生」這段期間。with 的用法，比方說 I don't know what to do with you 這種說法，就是對一個不聽話的孩子或者學生說「我不知道到底該拿你怎麼辦好」，這種時候我們會用 with，有「關於……」的感覺。在這裡也帶有一種關於今後的人生，不知道該怎麼辦才好的感覺。

M with 聽起來意思比較重。

柴田 沒錯。for 只是指期間、長度。do with the rest of life 就有「我該拿接下來的人生怎麼辦好？」這種感覺。

*

E 關於「絕望」這的地方，我覺得「絕望」這個詞有一點點不那

麼貼切。我想表達的是無力感，所以這裡譯成「擊垮」。

柴田 因為比起無力感，「絕望」表現出來的更像某種哲學式的美感嗎？

E 不，我只是單純覺得這個字聽起來太硬。

柴田 原來如此。所以你想用「擊垮」，放在這個脈絡中挺適合的。「我們兩人都被擊垮了」、「徹底被擊垮了」，像這種用法是嗎？

E 還有，如果把 the rest of my life 譯成「餘生」，我會覺得敘事者好像變成上了年紀的老先生，但是年紀應該沒有那麼大吧？

柴田 我也這麼覺得。說到「餘生」，就會直覺想到退休之後的生活（笑）。所以這裡我想可以改成「今後的日子」、「就此開始的人生」。「還能做什麼」，不如「該怎麼辦」，就跟 I don't know what I am going to do 這句一樣，強調不知所措的感覺。

另外，句首「我對他……」連續出現了兩個代名詞，這種寫法比較難了解句子的結構，不如把「我……」放到後面，「他……該怎麼辦，我也沒有頭緒。」。

N 「就此開始的人生」聽起來有點太光明。

柴田 會嗎？那你覺得怎麼改好？

N 「剩下的」？

柴田 「剩下的」，那就跟「餘生」會有一樣的問題呢。假設這兩個人大概三十歲吧。三十多歲的人說起剩下的人該怎麼辦，不會覺得好像人生就要結束了嗎？假如是刻意強調他們的人生真的快要結束了，或許可以這麼譯，但是我站在五十多歲的立場來說呢（笑），如果是三十歲左右——我擅自假設他們是三十多歲——我很想告訴他們，人生才剛要開始呢（笑）。

但是剛剛 N 說得沒錯，「就此開始的人生」確實聽起來太過積極，看

起來還是用「以後的日子」比較安全。「以後的日子」這種說法也比較常用在不安的時候。改成「不知道以後的日子該怎麼辦」，這樣改應該比較好。

學生譯文 4　修正案

　　我們用他的晶體管收音機聽著搖滾樂，沉悶地喝著波特紅酒。我們兩人都被徹底擊垮了。他以後的日子該怎麼辦，我也沒有頭緒。

I took another sip of port. The Beach Boy were singing a song about California girls on the radio. They liked them.

His eyes were wet wounded rugs.

學生譯文 5

　　我又喝了一口紅酒。收音機裡的海灘男孩正唱著加州少女的歌。這是他們的喜好。

　　他的眼睛是濕掉而破了洞的地墊。

柴田　在這裡知不知道海灘男孩這首 < 加州少女 > 的歌詞，我想會大大影響到翻譯的貼切程度。歌詞大家在網路上都可以很快查到，有興趣的人請自己去查查看。其實歌詞很簡單，是在説「東海岸少女、中西部農家少女、夏威夷少女都很吸引人，但還是加州少女最棒」的一首歌。They liked them 在這裡不妨進一步譯成「他們唱著，加州少女最棒」。

　　真正跟翻譯有關的問題在下一段，「他的眼睛是濕掉而破了洞的地墊」。從結論來説，我覺得這個譯法是對的。比喻一般可以大致分成兩種，metaphor 跟 simile。metaphor 就是「暗喻」，simile 則是「明喻」。從本質上來看講的都是同一件事，不過在英文裡卻有明顯的區分。明喻的寫法，就是例如「他的心就像獅子」，一定會有 like 或者 as 這些

字。隱喻則是直接將不一樣的東西畫上等號,「A 是 B」,直接就說「他的心是獅子」。原則上來說,隱喻就該用隱喻來譯,明喻就用明喻來譯。

所以在這裡譯成「他的眼睛是破地墊」,如果說成「就像破地墊」,wounded 的力度就稍微弱掉了,像學生譯文那樣譯成「濕掉而破了洞的地墊」就很好。

不過這裡還有另一點值得注意,當兩個形容詞並列的時候,有個很細微的技術性問題。「濕掉而破了洞」聽起來可能讓人覺得是因為濕了所以才破洞,兩者間有因果關係。比方說「下巴尖而沒朋友的男人」,聽起來就像這個人因為下巴尖所以沒朋友一樣對吧(笑)。wet wounded rugs 也是一樣,在這裡並不是因為 wet 所以才 wound。是指地墊濕,加上有破損。把 wounded 翻成「破了洞」,乍看之下好像不符原文,不過其實這正是譯者認真思考 wound 比喻的證據,所以這裡翻成破了洞我覺得沒什麼問題。但是這種時候在兩個形容詞之間還是用頓號來區隔開比較好。在「濕掉……」後面加個頓號。這大概是有多個形容詞並列時最安全的方法吧。

＊

O　我覺得 another sip 翻成「一口」,好像有點喝太多了?

柴田「又喝了一口波特紅酒」……嗯,你覺得一口有什麼問題呢?感覺是仰頭一口灌下的感覺嗎?

O　好像大口牛飲的感覺。這兩個人感覺有些彆扭,所以我這裡翻成「輕啜」。

柴田「輕啜」是不是有點太過文雅,給人太過從容、冷靜的感覺呢?感覺這樣的喝法太節制,有自己的美學。以這個年代的脈絡來說,紅酒本來就是廉價的酒,特別是波特紅酒更是便宜,簡單的說就像清酒

裡的一升瓶一樣，在日本酒中算次級酒。在這裡不太希望營造出兩個風雅男人淺啜小酌的感覺呢。我覺得這裡 sip 還是翻成「一口」比較好。

O　這裡的，「加州少女」聽起來很像偶像，我覺得不太好。

柴田　你是說太類似「早安少女組」那種感覺？原來放在現代會有這種感覺啊！我還覺得「少女」有點老派呢。也對，「早安少女組」改變了一切呢……好了（笑）。我看到「少女」這樣的說法會覺得有種五〇年代的感覺，所以「女孩」可能比較恰當。

P　我覺得「地墊」有點怪。還有「破了洞」那裡應該不是用「破」。

柴田　應該用「開了洞」嗎。不，這裡還是「破了洞」吧。「地墊」改成「地毯」如何？其實也不一定要執著於「破了洞」或「開了洞」，換成其他譯法的話剛剛加上的頓號可能也不需要了。總之只要表現出「他」受傷、崩潰的感覺就行了。

學生譯文 5　修正案

我又喝了一口紅酒。收音機裡的海灘男孩正唱著加州女孩的歌，唱著他們喜歡加州女孩。

他的眼睛是濕掉破爛的地毯。

> Like some kind of strange vacuum cleaner I tried to console him.
> I recited the same old litanies that you say to people when you try
> to help their broken hearts, but words can't help at all.

學生譯文 6

就像某種奇怪的吸塵器一樣，我試圖安慰他，重複說了那些想拯救受傷心靈時會對人說的同樣陳腔濫調，但是言語總是如此空虛。

柴田　第二行的 litany 這個字，大家好像捉摸不太到意思。也有人直

接寫上「連禱」這種字典上的解釋。這種連自己也不太清楚意思的詞語，不要因為字典上有，就照著抄。litany 這個字就像南無妙法蓮華經或者南無阿彌陀佛等等，什麼都好，日本經常會念誦這些佛號吧，也就是指人會下意識脫口而出的詞語。litany 這個字經常被拿來用在這種比喻上。

最後一句「言語總是如此空虛」，我覺得這樣的意譯不錯。原文是 but words can't help at all，從字面上看來是承接著前面的 when。也就是說，這一句如果要直譯，意思應該是在「想要幫助受傷心靈但是語言一點也派不上用場」時，我說了「經常對人說的老套說詞」，但是這麼一來語序就跟原文差太多了。如果不想改變太多語序，像這段學生譯文我覺得也是不錯的處理方法。

「想拯救受傷心靈時會對人說的……」這裡有點不太好懂。「想拯救受傷心靈」後面稍微斷個句，「想拯救受傷心靈時，會對人說的……」

「同樣的陳腔濫調」這裡的「同樣」並不需要。the same old 就是一般用來指「一樣的」、「老套的」的說法，只要說「陳腔濫調」就行了。

學生譯文 6　修正案
　　就像某種奇怪的吸塵器一樣，我試圖安慰他，重複說了那些想拯救受傷心靈時，會對人說的陳腔濫調，但是言語總是如此空虛。

> It's just the sound of another human voice that makes the only difference. There's nothing you're ever going to say that's going to make anybody happy when they're feeling shitty about losing somebody that they love.

學生譯文 7
　　但唯一不同之處在於那只是別人發出的聲響。失去所愛之人心情糟糕透頂時，沒有任何話語能讓這樣的人覺得輕鬆。

柴田 第一個句子很難。前一個句子說，語言都是空虛的，講的是很負面的意思。相對之下，這一段講的是 makes the only difference，「唯一有差別的」、「唯一有意義的」，是正面的意思。唯一有意義的事，就是能聽到別人的聲音，這裡強調的是聲響。這句的意思是，雖然不管說什麼都無法給對方安慰，但是像這樣發出聲音說話，就是一種安慰，只有這一點，算是唯一小小的撫慰。

　　針對這個譯文再作些微調，第一句的「只是」可以拿掉。「但唯一不同之處在於，那是別人發出的聲響」。用「但」來承接前後，拿掉「只是」，更有正面的感覺。這樣比較好。

Q 不知道這算不算誤譯，我採用意譯的方式，譯成「不管是誰，也只是聲音的不同，其他都一樣」，這樣如何？

柴田 這樣一來意思就變成「只是聲音不一樣，其他都一樣」，變成否定的意思了呢。這裡要說的是，語言的內容不管是什麼都一樣，這樣一來，跟前一段講的就大同小異了。但是這裡要表達的應該是雖然不管說什麼都一樣，但是能聽到其他人的聲音，這是唯一有意義的事，盡量讓想法往肯定的方向走。

　　再來 make a difference 多半用在正面的意義上，這一點大概可以視為一般原則吧。

R 第三行 happy 的譯法呢？

柴田 你說「讓……覺得輕鬆」這裡嗎？確實有點不一樣。「輕鬆」的相反會是「緊張」，跟悲傷很不一樣。「開心」也不太對。「放鬆心情」，這好像也是緊張的相反詞呢。該用什麼詞好呢？

R 我是用「開朗」……

柴田 「開朗」。聽起來不錯。「讓那些人開朗起來」或者「能讓人心情開朗」。所以這句可以改成「沒有任何話語能讓心情糟糕透頂的人開朗起來」，聽起來不錯。

學生譯文 7　修正案

　　但唯一不同之處在於那是別人發出的聲響。沒有任何話語能讓失去所愛、心情糟糕透頂的人快活起來。

Finally he set fire to the radio. He piled some paper around it. He struck a match to the paper. We sat there watching it. I had never seen anybody set fire to a radio before.

學生譯文 8

　　最後他在收音機上點了火。捲紙、劃了根火柴點起火。我們只是坐著看。這是我第一次看到有人對收音機點火。

柴田　不知道為什麼，幾乎大部分人都誤譯了這句 He piled some paper，這段學生譯文也是。很多人都寫成「把紙捲在收音機上」，pile 就是單純地「堆成山」的意思，沒有捲起來的意思。

所以這裡的「捲起紙」應該是「把紙堆在周圍」的意思。其他部分呢？

L　　Finally 如果譯成「最後……」，是不是好像之前做了很多事情。

柴田　對，上週的習題也出現過，每次遇到 finally 我都很猶豫。大家覺得呢？

L　　「終於」怎麼樣？

柴田　嗯，finally 與其譯成「最後」，多半更適合譯成「到頭來」或者「歸根究柢」。但有時候這樣又太過強烈，有時候看情況用「終於」就行了。在這裡我其實也很想這麼做，不過我自己的譯文想把最後一句的 then 譯成「終於」，這裡反而得避開。如果最後的 then 不用「終於」，那麼在這裡我覺得「終於」是最好的選擇。

　　finally 是指過了一段時間後再做其他的事，在那之後並沒有發生特別的大事。finally 這個字表示了這一切。另外在這裡用「終於」的話，

可以把最後的 then 改成「然後」或者「在那之後」。

S 「不久之後」不行嗎？

柴田 「不久之後」也可以，「過了一會兒」之類的。不過想來想去還是「終於」這個字最貼切。有點抒情……很符合文章整體略帶廉價的抒情感。

T 這段學生譯文在同一個段落用了三次「點」，「點了火」、「點起火」、「點火」。第二處點火只要講到「劃了根火柴丟到紙上」就行了。

柴田 原文怎麼說？

T He struck a match to the paper.

柴田 to the paper 啊，那改成「劃了根火柴拿到紙邊」吧，用「丟」的話，感覺會被風吹熄（笑）。那麼最後一句「對收音機點火」不用改動嗎？

T 嗯。

柴田 這個譯文的優點從下一句 We sat there watching it 可以明顯看出來，大家都會下意識地把 there 或者 it 譯出來，很多譯文都是「我們只是坐在那裡看著它」。但是看看這個譯文應該可以了解，there 跟 it 都不需要譯出來。這種地方的 there 或者 it，能省略就盡量省略。

學生譯文 8　修正案
　他終於在收音機上點了火。把紙堆在周圍，劃了根火柴拿到紙邊。我們只是坐著看。這是我第一次看到有人對收音機點火。

As the radio gently burned away, the flames began to affect the songs that we were listening to. A record that was #1 on the Top-40 suddenly dropped to #13 inside of itself. A song that was #9 be-

---

290　　　　　　　　　　　　　　　　　　　　　　　　翻譯教室

學生譯文 9

　　隨著收音機慢慢燃燒，火焰也開始左右我們聽的歌。四十首美國暢銷金曲中第一名的唱片在播放途中突然掉到第十三名。在合唱中間高唱愛情的第九名歌曲降到第二十七名。就像受傷的鳥一樣，受歡迎的程度急遽下降。那時候那些歌全都落伍了。

柴田　最後一句 Then it was too late for all of them，果然大家都不太知道怎麼處理 then 這個字。then 如果出現在句首，就是「之後」、「然後」、「終於」等意思。前面說到原本是第一名的曲子如何如何、第九名的曲子又如何如何如何，每一首曲子都像受傷的鳥一樣人氣直落，最後終於……大概是這樣的感覺。

　　then 這個字有很多意思。What do you want to do then？「既然如此那你想怎麼辦？」這時候的 then 是「既然」的意思。不過放在句首的 then 幾乎都是「接下來」、「接著」、「終於」等意思，也就是 and then 的意思。學生譯文大概可以改成「終於一切都為時已晚了」。這裡講的是收音機開始著火，聲音也漸漸變了，當然最後什麼聲音都沒有了，歌曲什麼的都沒了。

　　第三行的 inside of itself 這裡我不是很確定，但大概是這個意思吧。inside of 其實就是 within，在口語上經常用。比方說 inside of a week 就是「一星期以內」，我想應該是一樣的用法。

U　「在合唱中間高唱愛情的第九名歌曲降到第二十七名」，這樣不太能看出是在合唱途中降到二十七名的。

柴田　你說得沒錯。改成「第九名的歌曲，在唱到愛著某個人的合唱

段落時掉到第二十七名」吧。「原本第九名」聽起來好像比較順。「原本第九名的歌，唱到愛著某個人的合唱段落時，掉到第二十七名」，這樣吧。

V 第一行 gently 的譯法……

柴田 這裡也很令人頭痛呢。

V 學生譯文的「慢慢」，會讓我想到 gradually……但我覺得問題不在火慢慢燃燒的過程，而是火光的穩定。所以我覺得改成「安靜地」或者「平靜地」比較適合這篇文章。

柴田 沒有錯。「慢慢」好像只講到速度，不過這裡要說的可能不只速度。嗯，我覺得「平靜地」不錯。

V 還有一點，第二行的 affect 翻成「左右」，好像有點小題大作。

柴田 嗯嗯。

V 這裡只是指播放出來的歌漸漸變得奇怪吧。

柴田 對。如果把你剛剛說的一併修改，大概會修成「歌曲因為火焰開始變得奇怪」吧。如果不想有這麼大的變動，可以把「左右」改成「影響」。「開始對歌產生影響」，聽起來語感跟 affect 也比較近。

U 高唱愛情的歌排名掉下來之後，接著出現了 broken birds，這讓人聯想到 broken hearts 呢。

柴田 嗯，broken 這個字算是整篇文章的重要關鍵字，不只可以聯想到 broken hearts，跟整體的調性也是一致的。你的問題是？

U 我覺得應該呼應這樣的聯想，所以把譯文統一成「受傷的心」、「受傷的鳥」。

柴田 原來是這樣。我的譯文之所以譯成「破碎的鳥」，是因為 broken hearts 雖然是很普通的說法，但 broken birds 這種說法卻從來沒聽過，聽起來有些奇怪。再來，「受傷的鳥」聽起來有點太過溫柔、多愁善感，

在這裡我想要用「破碎的鳥」來表達原文的不尋常。

broken hearts 這的詞語的正常感和 broken birds 這兩個字帶來的衝擊、異常感是很不一樣的，要表現出這種不同，我想不用刻意選用相同的字來譯。這種不同反而比較重要。但是剛剛你提到的這個觀察也非常好。不如兩邊都處理成「破碎的心」、「破碎的鳥」吧。

W　最後的 too late 要像學生譯文一樣侷限於「落伍」嗎？

柴田　我覺得這裡是指收音機已經著火，就算潑水滅火也沒有用，一切都燒光，什麼也沒留下的意思。並不是在講歌曲排行一路往下掉、變得落伍，而是情況已經完全無法挽救、叫人束手無策的感覺，所以這裡應該改成「終於一切都為時已晚了」。

W　對，不過我覺得這句話也是針對文章整體而言。

柴田　怎麼說？

W　對出場人物來說一切都已經成為過去，只有自己還留下來。

柴田　你說得一點都沒有錯。不過，比起一切都結束了，too late 的重點更在於「已經沒有辦法」。這裡必須表達出都為時已晚，不管做什麼都沒有用了的感覺，而不是單純地被留下來。

學生譯文 9　修正案
　　隨著收音機平靜地燃燒，火焰也開始影響我們聽的歌。四十首暢銷金曲中第一名的唱片在播放途中突然掉到第十三名。原本第九名的歌，唱到愛著某個人的合唱段落時，掉到第二十七名。就像受傷的鳥一樣，受歡迎的程度急遽下降。終於，一切都為時已晚了。

藤本女士譯的布勞提根非常精彩，大家請務必一讀。那今天就上到這裡吧。

太平洋的收音機火災事件

理查‧布勞提根

世界最大的海洋始於加州的蒙特雷，也可以說終於此地。至於何者，端看你所說的語言而定。我朋友的老婆拋下他走了。連再見都沒說，就這麼走了。我們買了兩瓶 1/5 加侖的波特酒，到太平洋邊去。

沒錯，就是那首在全美各處點唱機播放的老歌。這首歷久不衰的歌，彷彿被錄進美國的塵埃中，飄落在各種東西上，將椅子、車子、玩具、檯燈、窗戶都化身為無數部留聲機，讓我們為情所傷的心靈耳朵聽見這首歌。我們坐在海邊的一個小角落裡，被巨大花崗岩、廣闊的太平洋以及它所有的語彙給包圍住。

聽著他帶來的晶體管收音機播放的搖滾樂，鬱悶地喝著波特。兩人都感到絕望。畢竟我也不知道他該如何度過往後的人生。

我又喝了一口。收音機裡「海灘男孩」正唱起＜加州女孩＞，是首描述他們有多喜愛加州女孩的歌。

他的眼睛是條千瘡百孔的溼濡抹布。我就像一部奇妙的真空吸塵器，想要安慰他。嘴裡雖然吐出大家想幫助悲傷的人時都掛在嘴邊的陳腔濫調，但這時候語言一點用都沒有。

唯一的可取之處，就是讓他聽見點人聲。面對一個失去摯愛而崩潰的人，不管說什麼都無法帶來慰藉。

終於，他在收音機上點了火。先在收音機旁疊滿紙，再用火柴點燃這些紙。我們坐著，直盯著看。這是我第一次親眼目睹有人在收音機上點火。

收音機緩緩燃燒，火焰開始對傳進我們耳裡的歌起了作用。「暢銷金曲四十」中原本第一名的唱片，在節目裡忽然變成十三名。

第九名的歌剛合唱到一半，唱到愛著某人時，變成了第二十七名。就像受傷的小鳥一樣，這些歌曲也在排名的世界裡墜落。在那之後，對任何歌曲來說，一切都已經太遲了。

——摘自《草地的復仇》（晶文社，1976 年出版），日文版為藤本和子譯

教師譯例

太平洋收音機火災 　　　　　　　　　理查·布勞提根

世界最大的海洋從加州的蒙特雷開始，或者該說在這裡結束。看成哪一邊，就看你說的是什麼語言了。我朋友的妻子剛離開他。妻子走得決絕，連再見都沒說。我跟朋友出門買了兩瓶波特紅酒，前往太平洋。

那是一首經年在全美點唱機播放的老歌。很久以前就存在的這首歌，聲音就錄進了美國的塵埃中，堆積在各種東西上，將椅子、車子、玩具、檯燈、窗戶等等，變成無數留聲機，再次朝著我們受傷心靈的耳朵，奏起那首歌。我們在一個宛如角落的小海濱坐下，周圍是巨大的花崗岩，還有帶著各式各樣言語的遼闊太平洋。

兩人用朋友的晶體管收音機聽搖滾樂，一臉沉悶地喝著波特紅酒。 兩人都感到絕望。 我也不知道朋友以後的日子該怎麼活下去。

我又喝了一口波特紅酒。收音機裡海灘男孩正在唱著 < 加州女孩 >。他們唱著加州女孩有多好。

朋友的眼睛，是潮濕、破損的地毯。

我像某種奇妙的吸塵器一樣試圖安慰他。嘴裡滔滔說著那些老

套的陳腔濫調，就是那類想幫助別人受傷心靈時，語言一點也派不上用場時人老愛掛在嘴邊的話。

讓他覺得有別人在發出聲音，大概是我唯一的幫助吧。不管我說什麼，都不可能取悅一個失去愛人、心情跌到谷底的人。

最後，朋友在收音機上點了火。他在收音機旁堆起紙。劃了根火柴將火拿到紙邊。我們直盯著看。這還是我第一次看到有人在收音機上點火。

收音機靜靜地燃燒，我們正在聽的歌也因為火焰開始起了變化。四十首暢銷金曲中原本第一名的曲子，突然落到第十三名。原本第九名的歌，唱到愛著某人的副歌時變成第二十七名。這些歌就像破碎的鳥一樣，排名一落千丈。終於，對所有的歌來說，都為時已晚了。

9

瑞貝卡・布朗
Rebecca Brown

天堂
Heaven

I've been thinking a lot about heaven lately. I've been trying to imagine it. In one version heaven is a garden, not Eden, but a great, big vegetable garden with patches of zucchini and crookneck and summer squash and lots of heavy tomato vines with beefsteak and cherry and yellow tomatoes getting perfectly, perfectly ripe, and zinnias and cosmos and lots of other flowers. There's an old lady in the garden. It's sunny out and she's wearing blue jeans and a T-shirt. She's healthy and tan and stooping down over one of these plants. Lying half asleep in the sun on the path behind her is a cat and they are happy.

In the other version, heaven is a big field near a lake. It's early in the day, before the sun has risen, and the air is brisk and cool and ducks are flying over head. There's a guy in the field, at all, strong guy with the healthy, clean-smelling sweat of someone walking. He's wearing his duck hunting gear, his waders and corduroy hat and pocketed vest. He's moving toward the water's edge where he'll shoot a couple of birds to bring home to his family.

The lady in the first heaven is my mother, brown-skinned and plump, with a full head of hair, the way she was before she turned into the bald, gray-skinned sack of bones she was the month she died. The guy in the second version is my father, clear-eyed and strong and confident, not the sad and volatile, cloudy — eyed drunk he was for his last forty years. I've been thinking about heaven because ever since my parents died. I've wished I believed in some place I could imagine them. I wish I could see the way I did when I was young.

柴田 這次選的是我已經翻譯過的作品。收錄在瑞貝卡‧布朗《青春歲月》裡的短篇。那我們馬上來看第一個段落吧。

I've been thinking a lot about heaven lately. I've been trying to imagine it. In one version heaven is a garden, not Eden, but a great, big vegetable garden with patches of zucchini and crookneck and summer squash and lots of heavy tomato vines with beefsteak and cherry and yellow tomatoes getting perfectly, perfectly ripe, and zinnias and cosmos and lots of other flowers.

學生譯文 1

最近我常在思考許多關於天堂的事。我試著想像那是個什麼樣的地方。在其中一種想像裡，天堂是座庭院。不是伊甸園，而是很氣派的大菜園，裡面種著櫛瓜和觀賞用的南瓜和北瓜，以及結實纍纍長滿許多完全徹底熟透的牛番茄、櫻桃小番茄和黃番茄的番茄藤蔓，還開著百日草和波斯菊等許多其他花種。

柴田 大家覺得這個譯文如何？請說。

A 我覺得他沒有斷句，依照原文的感覺來譯，這一點很不錯。原文也是片片段段地並列，有種獨特的語調。

柴田 對。像是不斷舉出具體蔬菜、花朵名稱這些地方，從 with patches of zucchi 到 cosmos 這裡，每一個都是普通名詞，但是卻讓人覺得很具體、獨特。其中用了幾個 and 呢……有八個，非常多呢。這

段譯文就很忠實地重現了原文列舉的感覺。

B　第二行的 version 該怎麼譯讓我很苦惱……老師直接譯成「バージョシ」（version；版本），這是為什麼呢？

柴田　如果是十年前我可能也會猶豫，不過現在大家經常把「バージョンアップ」（version up；版本升級）掛在嘴邊，我也覺得聽來很習慣了。不過看各位的譯文，反而很少人用片假名處理。像這個學生譯文也是，最常見的就是先將前一句譯成「試著想像」，然後這裡再重複一次「其中一種想像」。這樣也不是不好，不過原文裡並沒有這種重複。我倒覺得用「版本」就可以了。

C　在我的語感裡會覺得「版本」聽起來會聯想到電腦周邊機器。

柴田　所以覺得不適合放在這篇文章是嗎？那你是怎麼譯的？

C　我譯成「第一個天堂」。

柴田　嗯，那跟前一個句子就比較沒有連結。

E　我對後面的「不是伊甸園」有點意見。我覺得比起「不是……」，用「不像……那樣」感覺比較對。我想這裡的意思應該是「說到 garden 一般都會聯想到伊甸園，但其實不是這個意思」。

柴田　你說得沒錯，但是「不是伊甸園」不也能充分表達這個意思嗎？

E　不，我覺得「不是伊甸園」這句話看不出「雖然沒有伊甸園那麼大，但還是很大」的意思。

柴田　這裡的意思不是這樣，應該是在說「這不是一個可以不勞動的樂園，而是一個需要勞動栽種各種作物的菜園」。在基督教文化地區，說到「樂園」、「庭院」，第一個就會想起伊甸園，但這裡要強調文章所指的並不是。

F　第五行 heavy，在學生譯文中譯成「結實纍纍」，我也是一樣的譯法……不過老師的譯文中 heavy 好像是對應著「到處可見」？

柴田　倒不是一字一句都剛好對應，我是把 with patches of 和 lots of 這許多形容整理過，放在「到處可見」當中。只要整體看起來能感受到在許多地方有許多東西就可以了。這篇學生譯文整體來說也不錯，「有結實纍纍長滿許多⋯⋯的番茄藤蔓」這裡聽來有點同義反覆。就像是「從馬上落下來落馬了」一樣。這裡可以刪掉「許多」跟「番茄」，改成「有結實累累長滿⋯⋯的藤蔓」。

說到同義反覆，「完全」跟「徹底」也是同義反覆，這裡的原文 perfectly, perfectly 就是以一般不會重複的方式在重複，所以保留一點同義反覆的感覺也無妨。

C　第二行的 imagine... 在英文的最後又出現了一次，我覺得最好有些呼應。老師的譯文好像沒有特別前後呼應。第一個 imagine 您翻成「想像」，最後則譯成「描繪」。

柴田　原來如此，你說得有道理。

C　我想加入一點「想說服自己確實有這些東西」的感覺，但好像有點難。

柴田　所以你把 I've been trying to imagine it 解釋成要去描繪一個「有這種地方」確實存在是嗎？這樣的解讀好像有點不一樣，因為這裡強調的並不是這個地方實際上存不存在。不過你說得沒錯，最好能把 imagine 的重複表現出來。不如把第一句改成「我試著描繪，天堂是個什麼樣的地方」。這本書如果再版我就這麼改（笑）。謝謝你了。

還有個小地方，學生譯文的開頭「最近我常在思考許多關於天堂的事」，「關於⋯⋯的事」感覺有點太沉重，改成「思考許多天堂的事⋯⋯」或者是「思考跟天堂有關的事⋯⋯」吧。

另外，這篇譯文最大的特徵就是使用敬體。關於這一點，大家有什麼看法？

G 　我翻的時候覺得很苦惱，perfectly, perfectly 這裡聽起來很像在說話，所以最後我用對話的方式來翻。

柴田 　嗯嗯，用對話方式跟敬體會有什麼不同？

G 　比較不那麼生硬，人物的聲音更明顯。

柴田 　這我不太懂（笑），不過這篇文章確實用了許多 I've been thinking 或者 I've been trying 這種省略形，再加上 perfectly, perfectly ripe 這裡的口語感覺，的確比較像說的而不是寫的文字。另一方面，可能有人會覺得這種口語感跟海明威很像，例如同時用了許多個 and 這些地方。

　　瑞貝卡・布朗和海明威乍看之下文風好像很類似，但這些地方就是思考兩人的差異的重要關鍵。海明威並沒有那種對著某個人親密傾訴的感覺，給人的印象是一個男人壓抑地面對打字機書寫。相對之下，瑞貝卡・布朗的文章比較有對讀者訴說的味道，所以我覺得用敬體來處理是個很好的策略。

A 　perfectly, perfectly ripe 這樣的重複，英文地區的人聽起來有點奇怪嗎？

柴田 　一般不會這麼說。

A 　那如果刻意把這裡譯得很奇怪，例如「完全、完全」怎麼樣？

柴田 　嗯，我想這可能是比較安全的方法。接連兩次 perfectly，在英文的文章裡非常罕見。遇到這種情況，原則上要加以重現。假如 and 出現了三次，但在英文裡並不會覺得太奇怪，倒也不必在譯文中重複三次「和」或者「與」。但是這裡 perfectly 的反覆最好重現出來。我自己也是這麼譯的，不過如果顯得太過刻意也不好。在英文裡雖然會讓人多看兩眼，但並沒有那麼不自然，可是日文裡這樣的重複有時會顯得引人注目又非常不自然。這時候不需要拘泥於原則，只要把原文最強調的地方表達出來就可以。像這段學生譯文「完全徹底熟透」，聽

起來也許讓人覺得有點同義反覆，但大約這個程度的強調也是一個方法。

　　另外我再補充一點，剛剛我雖然說這裡用敬體很好，但是我自己很少用，是因為寫久了會覺得膩，總覺得很難為情。自己譯著譯著就覺得生厭，譯者下的工夫似乎鑿痕太過。

學生譯文 1　修正案

　　最近我常在思考許多天堂的事。我試著想像，那是個什麼樣的地方。在其中一種想像裡，天堂是座庭院。不是伊甸園，而是很氣派的大菜園，裡面種著櫛瓜和觀賞用的南瓜和北瓜，以及結實纍纍長滿許多徹底熟透的牛番茄、櫻桃小番茄和黃番茄的番茄藤蔓，還開著百日草和波斯菊等許多其他花種。

再看下一段。

> There's an old lady in the garden. It's sunny out and she's wearing blue jeans and a T-shirt. She's healthy and tan and stooping down over one of these plants. Lying half asleep in the sun on the path behind her is a cat and they are happy.

學生譯文 2

　　庭院裡有一個年邁的女人。外面很晴朗，老婦人穿著藍色牛仔褲和 T 恤。她看起來很健康，一身日曬過的膚色，蹲在其中一棵植物前。老婦人背後的小徑上，是隻在陽光下半睡半醒躺著的貓。老婦人和貓都顯得很滿足。

柴田　最後的 behind her is a cat and they are happy 這裡很有瑞貝卡・布朗的特色。

H　學生譯文一開始說「一個年邁的女人」，接著又說「老婦人」，在這裡我是想像成自己的母親，所以開頭先說「老婦人」，接著都譯成

「她」，感覺比較自然。

柴田 你是不是覺得「年邁的女人」這種說法聽起來太冰冷？我也有一樣的感覺。我想所有女性應該都有同感吧？如果是「年老的女性」怎麼樣？不好嗎？

D 我覺得「上了年紀的」聽起來比較柔和。

柴田 嗯，這個不錯，「上了年紀的」比「年老」聽起來更柔和些。

D 我本來想用「老婦人」，後來放棄了。因為看到一個穿藍色牛仔褲和 T 恤的老太太，稱呼「老婦人」好像有點太優雅了。

柴田 也對。那前面先說「一個上了年紀的女性」，後面都用「女性」就行了，或者像 H 說的，用「她」來代替。

再說，「老婦人」這種說法好像只會出現在翻譯裡呢。當然也要看上下文而定。我曾經跟一個精通日文跟英文的美籍女性聊過，她告訴我，「馬克吐溫裡面出現的 old lady 譯成『老婦人』，味道完全不對。」我問她，「那該譯成什麼呢？」她回答我，「老太婆啊，就是老太婆嘛。」另外在對話裡如果提到 old man，特別是 my old man，那就是指「我家老頭」的意思，就是稱呼自己的父親。這些稱呼當中的 old 並沒有「老」的涵義在，這一點請大家記住。

C ...is a cat 後面的 and they are happy，雖然講的是完全不同的事，不過文章感覺是連貫的。我覺得這裡譯文不應該加上句號，用逗號連接比較好。

柴田 嗯，我也打上了句號呢。剛剛這裡提到了幾個重點。一開始的地方 Lying half asleep the sun on the path behind her is a cat... 這種寫法乍看之下好像是英文不太拿手的日本人寫的。「在……的是貓」這種說法，在英文地區裡大家一般不會這麼說。正常來說應該會這樣開頭，A cat is lying half asleep...。最常見的說法是先明示出情景的中心，然後再逐漸描述細節。如果要講貓在曬太陽打盹，不管怎麼樣都會先

講「有隻貓在打盹」，接著再描述情景「她背後有……」。不過這個句子卻是從 Lying half asleep 開始，這時候讀者還不知道躺在地下的是什麼。接下來出現「曬太陽」，然後講到菜園裡的「小道」。提到這個女性，最後她身後才終於出現了「貓」。這是一種刻意引導讀者去思考「那裡到底有什麼？」的寫法。

等到 cat 這個字終於出現，接下來馬上就是 and they are happy，把貓跟這個女性連結在一起。在一大段長長的情景描寫當中，完全沒提到跟貓有關的字，等到「貓」一出現馬上就說「貓跟女人都很幸福」，這種毫無緩衝的銜接方式非常有效。我剛剛說這段文字很有瑞貝卡風格，原因就在這裡。

所以在這裡我們也自然而然地會想重現這種相當強勢的連接方式。像這段學生譯文，「老婦人背後的小徑上，是隻在陽光下半睡半醒躺著的貓。」這句最後結束在「貓」上，是非常好的做法。如果依照 C 的意見，這裡不要加句號比較好。我也加了句號譯成「在她身後向陽的通道上，有隻貓正躺著打盹。她和貓都很幸福。」之前也提過，英文和日文比起來，在句子當中替換主詞，往往也不至於太不自然，例如 A did B，and C was D 都算是很正常的說法。不過如果直接譯成日文，變成「A 做了 B、C 做了 D」，很多時候聽起來都不太自然。當然一定會有例外，不過日文對於在句中變換主詞一事並沒有英文來得寬容，像是我的譯文如果改成「在她身後向陽的通道上，有隻貓正躺著打盹，她和貓都很幸福」，就覺得句子結構不太好。本來想要重現原文 ...is a cat and they are happy 的意外性，不過考慮到這麼一來會讓日文顯得彆扭，我就把句子拆開來了。但如果要把原文的精神發揮到最大極限，不要拆掉這個句子讓它一氣呵成，確實比較好。

C　還有一點，學生譯文和老師的譯文裡都把 they are happy 的 they 翻成「她和貓」，但是這裡的 they 會不會帶有匿名性呢？

柴田　貓跟母親幾乎等於一體的感覺？

C 其實我覺得把「貓」寫出來並不好，但是又不敢隨便亂改，所以這裡我自己譯成「一人跟一匹」，這樣是不是改過頭了？

柴田 「一人跟一匹」聽起來比「人跟貓」感覺更突兀，也沒有匿名性啊。不如乾脆直譯為「他們」，不過能不能稱呼一個女性跟一隻貓為「他們」，讓人有點猶豫呢。

I 我是譯成「兩者都」。

柴田 「兩者都」倒是可以。在文章的推展下可以明確知道不是指稱「曬太陽」或者「小徑」，而是指「女性跟貓」的話，這樣也可以。

另外還有一點，我們上次上課時也講過，happy 這個字很少能譯成「幸福」。通常暫時的 happy 應該是「開心」、「高興」比較正確。例如 He was very happy when he received the gift，「他收到禮物很開心」，這樣的例子比較多。在這裡的 happy，我覺得是少數可以譯成「幸福」的例子。當然學生譯文裡「滿足」這種譯法也不錯。

更進一步說，這裡的 they are happy 算是罕見的特例。在這之前的句子觀點是在這個女性的外部，從外部來觀察這個女性，當然也不是這隻貓的觀點，一樣是從外部來看這隻貓。所以其實我們並不知道他們到底是不是 happy。海明威很討厭這種寫法，他的寫法是從外面客觀觀察，只寫觀察到的事，至於內在就聽憑讀者自己去想像。

瑞貝卡‧布朗跟海明威一樣，前面開頭部分「有……番茄、有……番茄」，以一種攝影機運鏡的手法來描寫。先用這種運鏡的方式寫完，最後突然來一句 is a cat and they are happy，跳進兩者當中。這種打破規則的方式相當有趣。簡單地說，海明威樹立起一種相當壓抑的規則，這種規則成為一種正確的書寫方式，進而制度化。小說如果是從外部觀察，就不能談論人物心裡的想法。這裡卻打破了這樣的規則，因此特別有趣，從中也產生了一股獨特的溫暖，等於是確認了「我知道這些人是幸福的」。

J　　Lying half asleep in the sun on the path... 這裡，我覺得原文不像「在陽光下躺著」這樣有明顯的著力點，應該是想傳達在溫暖的地方慵懶打盹的氣氛。

柴田　你的意思是不應該將「陽光／打盹」分成「背景／主體」來看，而應該是讓「曬著太陽打盹」形成一整片風景是嗎？

J　　學生譯文譯成「在陽光下半睡半醒」。

柴田　對，我自己的譯文裡「向陽」跟「躺著」離得太遠了。改成「在她身後的通道上，有隻貓正躺在陽光下打著盹」吧。但是這樣「通道」跟「向陽處」又離太遠了。看來得重新徹底改寫了。等到決定再版時我再仔細想想（笑）。謝謝你。

K　　老師為什麼把 path 譯成「通道」呢？

柴田　因為我覺得這裡應該是溫室或者菜園之類的地方……咦？這種地方好像不會說走道喔。

K　　「通道」聽起來有點嚴肅，跟這裡的風景不太合。我想像中應該是類似田間的溝道，或者「田畦」。

柴田　「田畦」聽起來又太像農田了。再來「身穿藍色牛仔褲和 T 恤」這裡，「青いジーンズ」（藍色 jeans；藍色牛仔褲）我想一般應該直接用外來語片假名「ブルージーンズ」（blue jeans；藍色牛仔褲）。還有，牛仔褲的動詞應該用「はく」（套上）而不是「着る」（穿上），這一點我每次都很頭痛，英文裡全都可以用 wear，但是譯成「套上牛仔褲再穿 T 恤」又覺得很囉唆。不如整理成「一身藍色牛仔褲和 T 恤裝扮」，或者「身上是……」。

學生譯文 2　修正案

　　庭院裡有一個上了年紀的女人。外面很晴朗，她一身藍色牛仔褲和 T 恤裝扮，看起來很健康，一身日曬過的膚色。她蹲在其中一棵植物前，背後的走道上是隻在陽光下半睡半醒躺著的貓。她和貓都顯得很滿足。

我們來看下一段。

> In the other version, heaven is a big field near a lake. It's early in the day, before the sun has risen, and the air is brisk and cool and ducks are flying over head. There's a guy in the field, at all, strong guy with the healthy, clean-smelling sweat of someone walking. He's wearing his duck hunting gear, his waders and corduroy hat and pocketed vest. He's moving toward the water's edge where he'll shoot a couple of birds to bring home to his family.

學生譯文 3

　　另一個想像是，天堂是廣大湖邊的原野這種情景。某日清晨，在太陽升起之前，空氣凜冽舒爽，鴨子飛過頭上。原野上有一個男人。個子高，看起來很魁梧，流著健康、聞起來很清潔的汗水。那是行走者的汗水味。他一身獵鴨裝扮，防水褲、燈心絨帽子、附口袋的背心。來到湖邊獵了兩隻鴨，為了家人帶回家去。

柴田　要是在我的譯本出版前看到這個翻譯，我可能會想偷偷借用這裡第三行 brisk and cool 的譯法「凜冽舒爽」。譯得真好，英文和日文漂亮地對應上。我自己是翻成「清爽冰涼」，但這個學生譯文的譯法更接近原文的味道。

L　　一開始的 a big field near a lake，學生譯文譯成「廣大湖邊」，這樣好嗎？

柴田　嗯，「廣大湖邊的原野」，這樣看起來「廣大」好像是在形容「湖水」。應該是「湖邊的廣大原野」吧。另外，形容「原野」用「遼闊」感覺比用「廣大」更貼切一點。「這種情景」聽起來有點累贅，「在另一個想像中，天堂是廣大湖邊的原野」，這樣感覺比較好。

　　中間的「行走者的汗水味」這裡，斷句方式跟原文不太一樣，不過我覺得效果不錯。把原文 healthy, clean-smelling sweat of someone walking 分成兩句也是很好的策略。

N 「燈心絨」這種說法如何？我之前看一些時尚散文，上面好像寫到「現在已經沒有人會說燈心絨了吧」。從此我就覺得「啊，現在不說燈心絨了」。

柴田 我還是一樣會說「燈心絨」啊，因為我一點也不時尚吧（笑）。不過我好像譯成「條絨」呢。這些不太要緊的小地方就配合每個時代的潮流選擇吧。在這裡希望營造出正面積極的形象，所以最好避開聽起來太粗糙隨便的詞語，這樣看來可能「條絨」比較恰當吧。畢竟翻譯並不是一個主張自己哲學或興趣的場域。

小津安二郎曾經說過這麼一句話：「無關緊要的事追隨流行，重要的事追隨道德，藝術的事追隨自己。」在這些定義當中，翻譯這種工作跟「藝術的事」幾乎一點關係也沒有。說完全沒關係，好像又太武斷了，不過大致上可以「追隨流行」。很多時候順著時勢行動會是正確的決定。

N 回到前面 sweat of someone walking 這裡，不管是老師的譯文還是學生譯文，我都看不太懂。為什麼這裡會是 someone 呢？還有，為什麼這裡非得特別強調「行走者」不可呢？

柴田 這種 someone 的用法在英文裡很常見，也就是不說「好像迷路了」，而說「好像那個迷路的人」。比方說 as if he were lost 就是「他好像迷路了」，這時候還可以寫成 like someone who was lost，「好像那個迷路的人」，這在英文裡很常見，兩種說法的意思都差不多。不過 like someone who 這種說法比較有「不是經常有這種人嗎？」的感覺，更一般化。of someone walking 這樣的說法可以知道不僅限於這個人，而是一般常看到的人。

你的另一個問題是指「行走者的汗水味」到底是什麼特別味道是嗎？如果我說「沒洗澡的傢伙」，馬上就可以連想到會有味道（笑），但是

走路的人會有什麼味道，你無法想像，是嗎？

N 對。

柴田 為了 sweat of someone walking 這種比較難想像的形容，前面已經準備好了 healthy, clean-smelling sweat 這一句。這裡沒有光講 sweat，還提供了健康、聞起來很清潔這些形容，所以最後出現了 walking 也不至於太突然。在這裡表現的不是汗臭的感覺，已經事先給人「健康」、「有活力」的印象。假如這裡是 running，就會讓人聯想到「體臭」。因為是 walking，才會有「清爽汗水味」的感覺吧。

還有「為了家人帶回家去」這句話，也有點同義反覆的感覺。「有家人在等待的家」是日文中常用的句型，可能聽起來會太過感性吧。

再來，在現代英文的一般原則裡，這個 a couple of 並不好譯。到底能不能直接說「兩隻」，其實查字典也一樣搞不清楚。原則上 a couple of 在現代英文裡大部分都是指「二」。不過究竟是不是「二」，其實並沒有那麼重要，也不是非得是「二」不可。這就是這個詞跟 two 不一樣的地方。這種時候譯成「兩隻左右」是比較保險的作法。

另外在中間左右「個子高，看起來很魁梧」這裡，跟前面 they are happy 篤定地翻成「他們很幸福」一樣，可以直接說「個子很高，身材魁梧」。

學生譯文 3　修正案

　　在另一個想像中，天堂是湖邊的遼闊原野。某日清晨，太陽升起之前，空氣凜冽舒爽，鴨子飛過頭上。原野上有一個男人。個子高，身材魁梧，流著健康、聞起來很清潔的汗水。那是行走者的汗水味。他身穿防水褲、條絨帽子、附口袋背心的獵鴨裝扮。來到湖邊獵了兩隻左右的鴨，帶回有人等待的家中。

再看下一段。

The lady in the first heaven is my mother, brown-skinned and plump, with a full head of hair, the way she was before she turned into the bald, gray-skinned sack of bones she was the month she died. The guy in the second version is my father, clear-eyed and strong and confident, not the sad and volatile, cloudy-eyed drunk he was for his last forty years. I've been thinking about heaven because ever since my parents died. I've wished I believed in some place I could imagine them. I wish I could see the way I did when I was young.

學生譯文 4

　　在第一個天堂裡的女性是我的母親。她的肌膚是褐色，身材豐潤，頭髮豐盈。這是她頭髮掉落、肌膚灰白，像包著骨頭的袋子般死亡那一個月前的樣子。在第二個天堂裡出現的男人是我的父親。他眼睛清澈，強壯有力，充滿自信。不像他人生後半四十年那樣是個不堪、易怒、目光渾濁的醉漢。自從我父母親死後，我開始不斷思考天堂，我希望能夠相信，真的有個地方能想像父母兩人存在。我希望，要是能看到年輕時看到的光景就好了。

O　　sack of bones 這個說法真是露骨呢。

柴田　沒有錯，直譯出來就是「骨頭的袋子」呢。

O　　這在英語圈是常見的說法嗎？如果這是慣用句，那大可譯成「骸骨」或者「皮包骨」就行了，不過如果 sack of bones 是這個作家獨創的說法，那就得想一個特殊的說法。

柴田　這不算常見的說法呢。不過，並不是因為這是一種有獨創性又具衝擊性的說法，就非得直譯不可。當然最好不要隨便套用「皮包骨」這種常用句，但直譯也不見得就一定能表達作者的獨創性和衝擊性。

　　我自己譯成「最後一個月，變成禿頭的、灰色的、只剩皮包骨般的

身體」，希望用「禿頭的、灰色的」來強調她最後淒慘的身影。通常形容句並列的時候會盡量避免「禿頭的、灰色的」這種同樣語尾的寫法，但是在這裡我刻意不避開，加上頓號分隔，運用連續的「的」來表達淒慘的感覺。做好這些準備之後，後面連接的「像皮包骨一樣的身體」應該就能充分表現出淒慘不堪的樣子。

O 還有一點，學生譯文在這後面那句很奇怪，「死亡那一個月前的樣子」。

柴田 其實說「最後一個月」就行了。「頭 掉落、肌膚灰白，像包著骨頭的袋子般最後一個月的樣子。」。

P 「最後一個月」是不是移到句子前面比較好？

柴田 也對。「她最後一個月頭 掉落、肌膚灰白，像包著骨頭的袋子一樣，那是她在此之前的樣子。」改成這樣也不錯。

Q 我無法贊同。我看英文的時候，在句子最後出現 she was the month she died，心裡覺得很震驚，我覺得在譯文裡最好也把這個部分留在最後。

柴田 嗯嗯。

Q 下半段 he was for his last forty years 也是因為放在最後，才有那種驚人的感覺吧？

柴田 你說得沒錯。這樣的話「最後一個月」放在最後比較好。在英文裡面，原本很健康，後來變成這副模樣，這中間的轉換很明顯。但是在「頭髮豐盈」後面緊接著「頭髮掉落 ……」，可能會讓人覺得，不是才說頭髮豐盈，怎麼又說頭髮掉落？考慮到這一點，又覺得在中間插入「最後一個月」的這句比較能循序傳達她的變化。所以先說「最後一個月」也是一種譯法。或者是先講「過世」呢？嗯……但是剛剛說到最後才出現 the month she died 比較有衝擊性，也確實很有道理。要保留這種感覺的話後者比較理想。該怎麼辦好呢？

翻譯教室

Q 如果想要保留在最後，那只能在句子開頭先加上「後來」，處理成「……像包著骨頭的袋子般，度過最後一個月」了吧。

柴田 不過如果加上「後來」，這就會變成線性的故事。「當時如何如何、後來變成如何如何」，就好像告訴讀者，這時候的樣子只是暫時的狀況，最後其實變成了這個樣子。在這裡我們不想讓讀者覺得她的健康只是一場謊言。我想這一句就看自己比較重視原文語序的衝擊性，或者強調譯文的自然流暢，在兩者中去選擇取捨吧。

R 我想問另一個問題可以嗎？我把 lady 譯成「女性」，不過 guy 譯成「男人」，在這裡「男人」跟「女性」放在一起會不會很奇怪？

柴田 這樣嗎？

R 這裡的 guy 跟 lady 應該視為相對應的稱呼嗎？

柴田 這是很好的問題。以前跟 lady 相對應的應該是 gentle-man。但是在這種狀況下，現在的英文不會說 gentleman。相對於 man 是 woman，不過好像並沒有相對於 guy 的女性指稱呢。基本上 guy 跟 lady 本來就不是成對的稱呼，所以一個說「男人」一個說「女性」，我覺得無所謂。

　一般來講，lady 這個字不見得有「女士」所包含的敬意。在這篇文章裡，lady 的用法算是包含著敬意，不過有時候這個字也有些覺得煩、受不了的味道，比方說「太太，我現在可忙著呢」這種口氣，就會說：Lady, I have lots of things to do。

S 關於 last fofty years 的譯法，四十年大概就占了人生的一半以上了，譯成「後半生」怎麼樣？

柴田 英文裡 last forty years 就形式上來說是很一般的說法，在這裡最好再加上一點四十年來都活得很沒用，時間過得很沒有意義的味道。我之所以不太想譯成「後半生」，是因為「後半」跟「前半」的分量感

覺差不多，會覺得這是段有意義的時間。在這裡很明顯讓人感到前半段是很美好的人生，不過後半段人生幾乎一無是處、活著也是白活。所以我不覺得要刻意強調這是人生的「一半」。

O　老師這一段譯文是「充滿自信，」在變化之後也用逗號來連接，我想應該是刻意這麼做，不過我讀起來有點不了解。

柴田　「目光清澈，身形壯碩，充滿自信，」這樣的句子，會讓人覺得後面接下來的應該也是正面的形容詞是嗎？

O　在英文裡這裡是用 not 來連接的。

柴田　沒錯，not the sad。以前面講的暫時狀況和結果來說，原文的 not 讓人大概知道，「從這裡開始要講結局了」。但是我的譯文卻無法看出這一點。只不過，在這一段之前才剛講過「我母親健康的時候……，最後一個月……」，我想讀者應該也猜得到父親也會有一樣的變化。因為文章裡對稱描寫了母親的庭院、父親的庭院，所以在「充滿自信，」之後，讀者幾乎可以預測到最後的結局是悲慘的，我想不需要太細心引導也沒關係。

O　「充滿自信，而」，在逗號的後面加個「而」，感覺連接得比較自然。

柴田　嗯，有道理。「目光清澈，身形壯碩，充滿自信，而……」，在後面加個「而」。再版的時候要改好多地方啊（笑）。這樣可以跟接下來的描述保持適度的距離。

T　我想再回到前面，剛剛說到 lady 和 guy 的差異，這是不是也可以視為敘事者對自己母親和父親的不同距離感？

柴田　讀了瑞貝卡·布朗其他的作品，確實可以感覺到她跟母親的感情比較深厚。這雖然是事實，但是單就這篇文章比較難判斷。guy 這個字並沒有輕視、抱持敵意的感覺，只是很中立地提到有個男人。相反地，如同剛剛的說明，lady 也不見得包含那麼明顯的敬意。兩者之

間算不上呼應對稱，不過至少在這個作品當中，最好不要太強調對女性更有共鳴或者情感。

T　但是最後提到了「四十年」不是嗎？我覺得「四十年」這個說法也感覺到她對父親的不耐。

柴田　一點也沒錯。the month she died，這裡是一個月，接下來說到四十年，兩者間的差異相當明顯，確實可以感覺到這當中的不同。

學生譯文 4　修正案

　　在第一個天堂裡的女性是我的母親。她的肌膚是褐色，身材豐潤，頭豐盈。最後一個月她頭 掉落、肌膚灰白，像包著骨頭的袋子，那是她在此之前的樣子。在第二個天堂出現的男人是我的父親。他眼睛清澈，強壯有力，充滿自信。不像他人生最後四十年是個那麼不堪、易怒、目光渾濁的醉漢。自從父母親死後，我開始不斷思考天堂，我希望能夠相信，真的有個地方能想像父母兩人存在。我希望，要是能看到年輕時看到的光景就好了。

好，這一學期來大家辛苦了。這堂課每次都有熱烈的討論，相當難得。那麼祝大家春假愉快！

教師譯例

天堂

瑞貝卡・布朗

最近我經常在思考天堂。我試著想像，天堂是個什麼樣的地方。在其中一個版本裡，天堂是座庭院。不是伊甸園，是座遼闊的大菜園，種著櫛瓜、彎頸南瓜、北瓜，到處可見結實纍纍的番茄藤。牛番茄、櫻桃小番茄、黃番茄都完全、完全熟透了。庭園裡開著百日草、波斯菊還有許多其他花朵。菜園裡有個上了年紀的女人。外面很晴朗，女人身穿藍色牛仔褲和 T 恤。她看

來身體健康，一身日曬過的膚色，彎身靠近某株植物。在她身後向陽的通道上，有隻貓正躺著打盹。她和貓都很幸福。

另一個版本中，天堂是湖畔的遼闊原野。在一天的開始，太陽露臉之前，空氣清爽冰涼，鴨群飛過上空。原野上有個男人。那是個高眺又健壯的男人，流著健康、聞起來很清潔的汗水。那是行走者的汗水味道。男人穿著獵鴨的服裝。及腰長靴、條絨帽子、多口袋背心。男人走向水邊。在水邊獵了兩隻左右，帶回有人等待的家中。

第一個女性是我母親。小麥色肌膚，身材豐潤，頭髮豐盈。那是母親最後一個月，變成禿頭的、灰色的、只剩皮包骨般的身體之前的樣子。第二個版本裡的男人是我父親。目光清澈，身形壯碩，充滿自信，跟最後四十年，那不堪、易怒、目光無神的醉漢不一樣。我最近開始思考天堂，這是從父母親死後一直有的念頭——我心想，要是能相信有個能描繪他們的地方真的存在於某處就好了。許多東西，要是都還像我年輕時所看到的樣子就好了。

習題作品　作者介紹

史都華・戴貝克　Stuart Dybek（1942 −）

在波蘭裔移民眾多的芝加哥老街區出生長大的作家，作品也經常以這種「窮酸破落」的風景為舞台，撰寫出帶有奇妙抒情風格的絕妙短篇。作品有 I Sailed with Magellan（2003; Picador, 2004）等，日文譯本有《芝加哥人》（柴田元幸譯，白水 U 書店）等。

貝瑞・約克魯　Barry Yourgrau（1949 −）

以異想天開的靈感和精緻細節，開創出超短篇小說原創世界的作家。作品有 NASTYbook（Joanna Cotler, 2005）等，日文譯本有《一個男人跳下飛機》（柴田元幸譯，新潮文庫）等。

瑞蒙・卡佛　Raymond Carver（1938 − 1988）

以精簡文字、呈現奇妙深度和黑暗面的文章描寫沉滯社會邊緣者的姿態，引領 1980 年代美國短篇小說的作家。作品有 Where I'm Calling From（1988; Vintage Contemporaries, 1989）等，日文譯本有《Carver's Dozen》（村上春樹譯，中公文庫）等。

村上春樹　Haruki Murakami（1949 −）

善於描寫不附屬於組織和家族的「我」的心情和冒險，以其清透的文章和高度幽默擄獲讀者的心，讀者遍布全世界。除了作家身分亦為活躍的譯者。作品有《發條鳥年代記》全三部（新潮文庫）等；編譯書有《生日故事集》（中央公論新社，村上春樹翻譯書庫）等。

伊塔洛・卡爾維諾　Italo Calvino（1923 − 1985）

義大利作家。運用精湛文字，將現實的虛構性、虛構的現實性、語言、故事、記憶等各種意念，編織成許多作品。作品有 Le città invisibili（1972; Mondadori, 2003）等，日文譯本有《看不見的都市》（米川良夫譯，河田文庫》等。

厄尼斯特 · 海明威 Ernest Hemingway（1899 － 1961）

　　徹底排除華麗辭藻、力求簡單語言，為小說寫作帶來革命性變化，描寫第一次世界大戰後籠罩人們的幻滅感、疲憊感。作品有 In Our Time（1925; Scribner, 1996）等，日文譯本有《我們的時代、只有男人的世界 海明威短篇全集 1》（高見浩譯，新潮文庫）等。

勞倫斯 · 韋施勒 Lawrence Weschler（1952 －）

　　異於常人的著眼點和詼諧的文章，發掘不為人知的漫畫家、詭異博物館，找出「比小說更離奇」的現實的非虛構作家。作品有 Vermeer in Bosnia（2004; Vintage, 2005）等，日文譯本有《威爾森先生的驚奇陳列室》（大神田丈二譯，美鈴書房）。

理查 · 布勞提根 Richard Brautigan（1935 － 1984）

　　以輕快的語言和異想天開的發展，幽默地重構美國各種神話，創造出所謂「流行超現實」新風格的作家。作品有 Trout Fishing in America（1967; Mariner Books, 1989）等，日文譯本有《美國釣鱒記》（藤本和子譯，新潮文庫）等。

瑞貝卡 · 布朗 Rebecca Brown（1956 －）

　　無論是描寫男女、女女間的熾烈愛情的幻想式作品，或者是從照護愛滋病患和母親的親身體驗所發展出的作品，都像咒文一般，以簡單的文字吸引著讀者。作品有 Annie Oakley's Girl（City Lights, 1993）等，日文譯本有《身體的禮物》（柴田元幸譯，新潮文庫）等。

國家圖書館出版品預行編目資料

翻譯教室 / 柴田元幸作；詹慕如譯 . -- 初版 . -- 新北市：大家出版：遠足文化發行 , 2016.07
　　面；　　公分
譯自：翻訳教室
ISBN 978-986-92961-1-3（平裝）
1. 翻譯
811.7　　　　　　　　　　　　　　　　　　　　　　　　　　　　　　105007729

common33
翻譯教室——自由、推理、激辯，東大師生的完美翻譯示範
翻訳教室

作者　柴田元幸｜**譯者**　詹慕如｜**責任編輯**　周天韻｜**封面設計**　林宜賢
內頁設計　唐大為｜**選書**　李若蘭｜**行銷企畫**　陳詩韻｜**校對**　魏秋綢
總編輯　賴淑玲｜**社長**　郭重興｜**發行人兼出版總監**　曾大福
出版者　大家出版｜**發行**　遠足文化事業股份有限公司
231 新北市新店區民權路 108-2 號 9 樓　　電話 (02)2218-1417　　傳真 (02)8667-1851
劃撥帳號 19504465　　戶名　遠足文化事業有限公司｜**印製**　成陽印刷股份有限公司
電話 (02)2265-1491｜**法律顧問**　華洋國際專利商標事務所　蘇文生律師
定價　340 元｜初版一刷　2016 年 7 月｜**有著作權‧侵犯必究**

翻訳教室
Written by Motoyuki Shibata
Originally published in Japan by SHINSHOKAN Co.,LTD.,Tokyo. 2006
Complex Chinese translation rights arranged with SHINSHOKAN
Through LEE' s Literary Agency,Taiwan
Compex Chinese translation rights © 2016 by Common Master Press,
a division of Walkers Cultural Enterprises, Ltd.

—本書如有缺頁、破損、裝訂錯誤，請寄回更換—